KB201800

나비의 궤적

* 이 책을 사랑하는 부모님께 바칩니다.

나비의 궤적

문학적 전통과 변용의 지평에서

호병탁 평론집

황금알

머리말

문학작품은 그에 상응하는 감성적 · 이성적 반응을 야기하기 마련이다. 다양한 열린 시각이 제시되었을 때 이런 반응은 더 성공적이고 풍요로울 것이라는 믿음으로 이 책을 썼다.

그동안 전문비평가들에 의해 수행된 비평들이 지나친 개인적 신념으로 문학예술의 심미적 측면을 도외시한다거나 경도된 담론의 잣대로 작품을 재단하려한 경향이 있었음은 사실이다. 따라서 문학비평이 무미건조한 학문연구의 지적작용으로 간주되어 독서의 유쾌함 대신 난해한 수식을 대하는 것처럼 일반 독자들의 머리를 흔들게 만들고 있다는 부정적 견해에도 동의하지 않을 수 없다.

예술은 자유로운 창조정신에서 비롯되는 것이다. 그것은 활기차며 감각적이고 독창적이다. 그런데 시는 무엇을, 어떻게 써야하는가와 같이 규범화된 기준에 따라 판단한다면 작가의 상상력이나 독창성은 무시되게 마련이다. 멀지않은 과거, 계몽주의 비평, 사회주의 계급투쟁 비평 등이 바로 세워진 기준에 의한 비평이 아니었던가. 이상이 죽기 전에 찾은 것이 레몬이냐 멜론이냐를 따지는 것처럼 작품과 무관하고 오히려 미학적 지각력을 떨어뜨리는 것들에 몰두하는 비평도 있었다. 작품 밖을 다니다가도 작품으로 돌아와야 되는 데 결국 작품 외적인 곳만 헤매다 마는 경우다.

문학비평의 방법은 많다. 서두에서 말한 대로 다양한 시각, 즉 다양한 방법으로 작품을 대하는 것이 옳다고 믿는다. 전통적인 고전비평부터 현대의 변용된 비평까지 작품에 합당한 여러 방법이 견인되어야 할 것이다. 이 책의 제목, 『나비의 궤적』은 이에 기인되었다. 나비의 비상에 활주로는 없다. 수직이착륙은 물론 꽃과 꿀이 있다면 어느 쪽으로도 즉

시 방향 선회할 수 있다. 작품에 합당하다면 어느 이론도 수용할 수 있고 '절충'도 가능하다. 자신의 비평방법에 대한 배타적 옹호는 치졸한 지성이다.

나비의 궤적처럼 다양한 방법으로 쓴 이 책의 글들은 대개가 최근에 쓴 글로 주로 현장 · 실천비평이다. 이론에 관한 강단비평은 제외하였다. 이 책은 4부로 되어있다. 1부는 김동리, 홍석영의 소설과 신석정, 허소라의 시를 다루었다. 기존과는 다른 시선으로 텍스트를 바라보고자 하였다. 2부는 최근에 발표된 시를 다루고 있다. 대개는 독자들도 잘 아는 작가들의 작품이 대상이 되었다. 해설적 비평의 글은 덕담이 많다. 부정적 시각도 있겠지만 폄하와 혹평은 작가에게 절망감만 주는 파괴적 행위일 뿐이다. 비평대상으로 선택하였다는 자체가 이미 작품의 가치를 인정한 것이 아닌가. 쉽고 재미있게 쓰려고 힘썼다. 3부는 소설을 다루었다. 대화주의, 카니발리즘, 판소리 구술전통 등 여러 시각으로 심도 있게 다루고자 하였다. 4부는 이용찬의 수필을 깊이 읽어내고자 하였다. 전통과 변용의 시각이 교직될 것이다.

상당한 지식과 체계를 요구하는 작업이 평론이다. 따라서 여기저기 글을 발표해왔지만 아직은 설익었다는 생각에 평론집 없는 평론가로 살아왔다. 친한 동료 평론가가 그만 삼가도 되겠다고 웃는다. 특히 어려운 가운데도 흔쾌히 등을 쳐준 '도서출판 황금알'의 김영탁 형이 고맙다. 이 책으로 한 꼭지 마무리 지으려 한다. 나비가 꿀이나 제대로 땄는지 모르겠다.

2011년

호병탁

차례

제3부

제4부

제1부

인가된 무지 ― 김동리

무색투명한, 그러나 푸른 ― 신석정

'사슬'을 푸는 '바람' ― 홍석영

문학과 시대의 파수꾼 ― 허소라

어느 결에 전생에서 마중 온

두셋이 어울려

푸르고 푸른 둔덕, 가물가물 넘어가

— 양은숙 시 「나비」 중에서

인가된 무지

— 타인의 이미지로 보는 「무녀도」의 샤머니즘

1.

인간은 언제나 무언가를 경험하며 살아가는 존재이다. 사랑하고 미워하며 기뻐하고 슬퍼하며 원망하고 고마워하고 친구들과 술을 마시기도 하며 홀로 책을 읽기도 한다. 그런데 인간은 헤아릴 수 없는 경험을 하며 살아가지만 동시에 그 경험을 반추하고 설명하고 이해하려 한다. 학문이라고 하는 것도 우리 경험의 본질을 설명하고 이해함으로서 삶에 질서와 의미를 부여하는 것에 다름이 아닐 것이다.

우리가 설명하고 이해하고자 하는 경험은 다양하다. 그 중에는 표면으로 들어나는 물리적 사실과는 달리 정신의 내면으로 겪는 경험들이 있다. 이 경우 그 본질을 쉽게 파악하기는 힘들다. 예로 슬픔과 같은 내면적 고통을 당하는 주체는 나 이외도 무수히 많기 때문에 자신만의 독단적 경험만으로는 그 고통의 본질을 설명할 수 없다. 보이지는 않지만 인간의 정신내부에 실재하는 종교적 경험이 바로 이에 해당된다. 어떤 신성을 믿고 따르는 사람들이 우리 주위에는 얼마든지 있다. 그러나 그들이 경험하는 정신세계는 보이지 않는다.

더구나 종교가 있건 없건 타인의 믿음과 신념이 자신과 다를 때 그들의 종교경험을 설명하고 이해한다는 것은 지난至難한 일이다. 그럼에도 우리가 인간이고 그들도 인간인 이상 그들은 우리의 거울이자 우리의 일부이다. 인간의 본질이 무엇인가라는 질문에 우리는 스스로 인간이면서도 답을 할 수 없다. 이때 우리는 인간의 모습이 반영된 거울을 볼 수밖에 없다. 타자는 나를 비추는 거울이자 나를 이해하기 위한 통로이기 때문이다.

종교경험의 세계는 믿는 사람에게는 실재하지만 다른 사람에게는 닫혀있는 세계, 즉 한 인간의 의식 심층에서 발생하는 비가시적 경험의 총체라 할 수 있다. 물론 특정한 종교에 속하는 신도들의 집단은 그 종교가 제공하는 경험의 범주를 공유함으로 공동체를 이루기도하고 어떤 사회나 가족의 구성원이 되면 자신의 선택과는 무관하게 소속된 공동체의 종교를 따르게 되기도 한다. 그렇지만 인간의 고통과 희망의 근원이 모두 다른 것처럼 믿는 동기와 목적도 사람마다 다를 수밖에 없다. 따라서 종교현상은 어디까지나 개인의 의식현상이라고 할 수 있다.

2.

궁극적 존재를 만나는 주체는 결국 개별적 인간 자신임으로 종교현상이 한 인간의 의식적 체험임에는 확실하다. 그런데 우리의 의식이라는 것도 실상 선택적이고 제약적이며 상황에 따라 왜곡되기도 한다.

개 눈에는 똥만 보인다는 말이 있다. 소위 '선별적 감지'라는 것으로 모든 사물을 있는 그대로 의식하는 것이 아니라 관심 밖의 것은 걸러 내버리고filtering-out 필요한 것만 선택하여 의식하는 것이다. 거리의 진열장에 수많은 물건이 있어도 배고픈 사람에게는 먹는 것만 보이게 마련이다. 이미 인간의 눈은 생물학적 제약으로 자외선, 적외선, 엑스선 같은 파장은 볼 수 없고 고주파나 저주파에 우리의 귀는 반응하지 않는다. 이처럼 인간의 의식이라는 것은 수많은 감각대상 중 생물학적 생존에 필요한 것만 받아드린다.

'듣기 좋은 노래도 한두 번'이라고 같은 것이 반복되면 무감각해지고 의식하지도 않게 된다. 심리학적으로 자동화, 습관화 현상이라는 것이다. 또한 의식하기는 하더라도 선입관이나 각자의 주관에 따라 왜곡되기도 한다. 같은 떡이라도 남의 것이 더 크게 보인다. 비 뿌리는 밤의 기적소리는 이별하는 사람에게는 애간장을 끓게 하지만 첫사랑에 빠진 소년에게는 환희의 송가로 들릴 뿐이다. 모두 자기가 '본 대로 들은 대로' 이지만 서로에게는 '다르게 보이고 다르게 들리기' 때문이다.

문화적, 사회적 요인에 따라서도 우리의 의식은 달라진다. 서구인에게 '노래하는' 새는 우리에게는 '우는'새다. 우리의 '시금텁텁'하다는 맛에 해당되는 언어가 아예 없는 문화권에서는 이 맛이 있는지조차 의식하지 못한다. 한 여름에 뜨거운 보신탕을 들며 '어, 시원하다!'라고 말하는 한국남자와 '미워 죽겠어!' 라고 눈까지 흘기며 옷을 벗는 한국여자의 역설적 논리는 서구인에게 그야말로 '말도 안 되는 소리'다. 남자가 치마를 입고 외출한다는 것은 그 발상조차 한국인의 의식에 들어오지 않는다. 이처럼 한 사회의 언어, 논리, 규범은 삼중의 필터로 의식을 제한한다.

위의 몇 가지 예를 보더라도 우리의 의식은 생물학적 조건, 반복, 주관적 심리, 사회문화적 요인에 의해 제약되고 변화되는 불완전한 것이다. 우리의 의식은 실재 그 자체를 경험하는 것이 아니라 이미 주어진 범주의 틀 안에서 결정되고 있다. '보아야 믿는 것'이 아니라 '믿어야 보이는 것'이다. 따라서 불완전한 의식을 통해 접촉하는 세계는 실재의 일부에 불과하며 그나마 그것도 완전한 것이 될 수 없다.

3.

위에서 본 것처럼 종교경험의 세계는 개인의 의식현상이다. 그리고 인간의 의식현상이라는 것도 따지고 보면 가변적이고 불완전한 것임을 알 수 있다. 그러나 대부분의 사람들이 이 사실을 무시하고 자신의 의식에 비친 세계야말로 유일하고 절대적인 것으로 확신하며 살고 있다. 믿는 사람에게 종교는 신과 인간, 그리고 세계에 대한 총체적 이해를 제공할 뿐 아니라 구원과 해방의 전망을 제시한다. 따라서 종교는 지적문제가 아니라 실존적 결단이다. 어떤 종교를 선택한다는 것은 그 종교의 가르침을 유일하고 절대적인 진리로 받아들이는 것으로 이해된다. '유일하고 절대적인 것'에 대한 신념은 바로 다른 것은 인정할 수 없는 배타적 신념이 되기 쉽다. 그러나 그것은 최소한 믿는 사람과 그 공동체 내에서만 가능한 것이지 이러한 배타적 신념이 외부로 유출되면 자칫 독선과 폭력이 될 수 있다.

김동리의 「무녀도」는 종교라는 절대적 신념 체계가 외부로 유출될 때 서로 사랑하는 한 가족이 해체되고 결국 죽음의 종말로 내쳐지게 되는 비극적 상황을 극명하게 보여주는 작품이다.

> 그것은 한 머리 찌들어져가는 묵은 기와집으로 지붕 위에는 기와 버섯이 퍼렇게 뻗어 올라 역한 흙냄새를 풍기고, 집 주위에는 앙상한 돌담이 군데군데 헐린 채 옛 성처럼 꼬불꼬불 에워싸고 있었다. 이 돌담이 에워싼 안이 공지 같이 넓은 마당에는 수채가 막힌 채 빗물이 괴는 대로 일 년 내 시퍼런 물이끼가 뒤덮어 늘쟁이, 바랭이, 강아지풀 하는 이름도 모를 여러 가지 잡풀들이 사람의 키가 묻힐 만큼 거멓게 엉키어 있었다. 그 아래로 뱀같이 늙은 지렁이와 두꺼비 같은 늙은 개구리들이 구물거리고 움칠거리며 항시 밤이 들기만 기다릴 뿐으로 이미 수십 년 혹은 수백 년 전에 벌써 사람의 자취와는 인연이 끊어진 도깨비 굴 같기도 하였다.

이 도깨비굴같이 묵고 헐린 집 속에 무녀 모화와 그의 딸 낭이는 살고 있었다.

김동리가 「무녀도」의 도입부에서 주인공인 무당 모화가 거처하는 곳을 묘사한 장면이다. 사람이 살기에는 부적격한 불안전하고 비위생적인 곳이다. 동리는 이 짧은 단편에서 도깨비굴 같은 모화의 거처를 두 번이나 더 반복하여 묘사하고 있다. 반면에 그녀의 아들 욱이가 믿는 예수교의 현목사나 박장로의 집에 대한 묘사는 '명랑한 찬송가 소리와, 풍금소리와, 성경 읽는 소리와, 모여 앉아 기도를 올리고 빛난 음식을 향해 즐겁게 웃음 웃는' 곳으로 극명하게 대비된다. 마찬가지로 무당인 모화의 행동은 관능적이고 비이성적인 반면에 욱이와 기독교도들의 행동은 도덕적이고 이성적으로 기술된다.

혹자는 「무녀도」를 잘못 분석하여 기독교에 대한 토착 전통종교인 샤머니즘의 패배라고 속단하기도 한다. 이는 한 마디로 어불성설이다. 만약 동리에게 이런 의도가 조금이라도 있었다면 그는 소설을 쓸 줄도, 쓸 자격도 없는 사람이다.

동리의 문학은 1920년대 후반부터 30년대 초반 이 땅의 문단을 풍미한 유물론적 문학사상에 대한 반발에서 비롯된다. 그의 문학관은 한 마디로 '인간의 개성과 생명의 고양 내지 그것의 구경究竟 추구'[1]로 집약된다. 그는 '물질이란 이념적 우상'이 '인간의 개성과 생명을 예속 내지 봉쇄'시켰다며 그 우상으로부터의 해방을 역설하였다. 1936년 「산화山火」에서부터 그는 줄기차게 '인간생명의 구경'을 추구하는 바 김병욱은 이를 '유한한 인간이 무한한 우주의 제단에 자신을 희생으로 던지는 것'[2]으로 말하고 있다. 동리는 이를 '한限 있는 인간의 한이 없는 자연에

1) 김동리, 「신세대의 정신」, 『문장』 2권 5호, 1940년 5월
2) 김병욱, 「영원회귀의 문학– 김동리론」, 『월간문학』 1970년 11월호

의 융화'라고 말하는데 이를 위해 그는 그의 문학적 소재를 주로 토속적 전통, 즉 신화, 전설, 무속, 민담 등으로부터 견인하고 있다.[3] 이런 소재들은 이미 일차적 형상화를 거친 것으로 그 자체가 스스로 인간생명의 구경을 추구하고 있다. 이처럼 물질적 이데올로기의 폐해를 직시하고 문학의 인간복귀를 주창하는 그가 어느 특정 외래종교의 손을 들어주는 어리석음을 범할 리가 없다.

그럼에도 불구하고 「무녀도」를 분석하면 의외로 작가의 서구중심주의의 이원론적 사고가 도처에 노정露呈되고 있음을 알 수 있다. 한마디로 '동양에 대한 서구인의 편견'이라 말 할 수 있는 오리엔탈리즘 사고가 의도적이었든 비의도적이었든 한국의 토속 샤머니즘을 보는 틀로 작동하고 있음은 변명할 수 없는 사실이다.

사실 우리 근대문학의 작품들 중 서구중심주의 담론에서 자유스러운 작품이 과연 존재할 수 있을 것인가. 1818년의 『태서문예신보』는 주로 외국의 문예사조와 작가를 번역, 소개하였다. 태서泰西는 바로 서양을 뜻하는 것이다. 1922년의 『백조白潮』는 새가 아니다. 『백조』는 그것이 낭만주의든 계몽주의든 상징주의든 백인들의, 즉 서양인의 조류와 사조를 말하는 것이다. 우리의 근대 문학작품들은 시작부터 서구의 타자성을 면치 못한다. 특히 일제 침탈의 시대에 생산된 작품들은 직 · 간접적으로 서구적 식민 담론과 불가분의 관계를 가지게 된다. 동리라고해서 예외가 아니다. 그의 문학은 처음부터 한국의 토속적 전통에 기반을 두고 있지만 그것을 바라보는 관점은 서구의 오리엔탈리즘의 영향으로부

---

3) 따라서 출발점부터 민속과 밀접한 관계를 가지는 김동리의 작품 읽기에 '신화 mythological' 혹은 '원형 archetypal' 비평은 그 방법론으로 가장 적합한 것으로 간주되어 많은 비평가가 이 방법론을 사용하여 그의 작품을 읽어왔다. 본고에서 『무녀도』 읽기는 신화 · 원형비평의 방법론은 물론 여타 방법론에 의한 평가와도 무관하다. 역사와 사회적 상황에 따라 유동적인 척도에 따른 가치평가보다는 단지 무속을 보는 작가의 시각에 시각을 맞추어 한국문학과 샤머니즘의 관계를 분석하고자 하였다.

터 자유롭지 못하다. 이런 동리의 시각은 바로 위의 인용문처럼 무당이 거처하는 장소의 묘사부터 부정적으로 나타나고 있다. 필자가 무속인의 거소를 살펴본 바에 의하면 오히려 아담하고 정갈했으면 했지 '잡풀들이 사람의 키가 묻힐 만큼 거멓게 엉키어' 있고 '뱀같이 늙은 지렁이와 두꺼비 같은 늙은 개구리들이 구물거리'는 곳은 없었다. 그러나 이미 고착된 샤머니즘에 대한 서구적 편견은 무당의 거소뿐 아니라 작품의 곳곳에 부정적으로 나타난다.

4.

「무녀도」는 폐쇄된 한 마을에서 무당의 가족 성원 사이에서 일어나는 샤머니즘과 기독교의 충돌을 비극적으로 묘사한 작품이다. 전통적인 플롯의 구조로 소설을 요약한다면 그 내용은 다음과 같다.

무당 모화와 그녀의 어린 딸 낭이가 살고 있는 집에 외지에 나가있던 아들 욱이가 열렬한 기독교 신자가 되어 나타난다(발단). 미국 선교사 집에 살았던 욱이는 예수교를 전도하려고 하고 모화는 욱이가 잡귀가 들었다고 생각하고 이를 저지한다(갈등 또는 상승). 마침내 모화는 광란하여 욱이를 칼로 찌른다(정점). 상처 입은 욱이는 몸져누워 앓는다(하강). 드디어 욱이는 죽고 모화도 굿을 하다가 물속으로 스스로 걸어 들어가 죽음을 맞는다(대단원, 파국).

무속은 민족문화의 원형 · 기층基層이라 할 수 있음에도 이미 역사적으로 부정적인 시각의 대상이었고[4] 특히 그러한 부정적 인식의 결정적

4) 무속을 비롯한 민간신앙에 대한 부정적 인식은 고려 중엽, 이규보의 무당과 무당의 굿을 비판하는 「老巫編」이라는 시에서 나타난다. 이때부터 무속은 일부 사대부에 의하여 음사(淫祀)로 규정되어 수도나 도성에서 무당들이 쫓겨나고 활동의 제약을 받게 된다. 유교문화가 정착되는 조선시대에는 이런 규제는 더 심해지고 무당은 팔천(八賤)의 하나로 천대 받았다.

인 유포는 개항이후의 근대화 과정에서 비롯되었다. 서구를 모델로 한 근대화를 추구하며, 급속한 산업화와 함께 이른바 과학적 합리주의가 사회의 지배적인 가치로 자리 잡게 되었고, 무속은 하나의 미신으로 무지의 소산이며 척결되어야 할 부정적 관습으로 간주되었다.

특히 근대화된 학교 교육을 통해 이런 시각은 광범위하게 확산되었다. 조선 후기에 서구로부터 한국에 전파된 기독교 또한 기독신앙의 입장에서 무속을 종교가 아닌 미신으로 배척하고 타파하고자 하였다. 기독교가 서구 제국주의자들과 결탁하고, 선교라는 이름아래 세계 각지에서 그들의 전위부대의 역할을 다 함으로서 제국주의의 식민지 팽창활동에 크게 기여하였음은 주지의 사실이다. 이러한 사실은 일제 강점기에도 식민지 지배를 정당화하기 위해 조선의 후진성을 강조하는 식민정책과 부합하여 한국의 무속을 부정적으로 인식하는데 또한 기여하였다.

일제 식민주의적 틀에 입각하여 조선 문화의 자주성을 전략적으로 부정하려는 일제 관변학자들의 연구에 대항하여, 민족주의적인 조선학자들의 무속에 대한 학문적인 연구로부터 무속의 긍정적 시각이 시작되었다. 1920년대 조선 문화의 독자적 기원과 발전을 추구하던 민족주의자들은 무속에서 그 구심점과 상징을 찾고, 무속을 우리문화 고유성의 근원지로 인식하였다. 민족문화의 자주성과 구심점을 찾으려는 이들의 연구와 노력은 물론 그 연장선에 '탈식민'이 위치함은 당연하다.

이런 관점에서 볼 때 서구의 과학적 · 합리적 사고에 대한 맹종을 거부하고 문화의 자주성을 회복하려는 문화적 토착주의와 복고주의가 「무녀도」에서 나타나는 것은 일견一見 매우 반가운 일이다. 낭이가 옷을 벗고 춤을 춘다든지 모화가 망설임도 없이 운명에 순종하듯 물 속으로 잠겨 가는 모습들은 탐미주의 경향을 보이지만, 근대적이고 합리적인 사고와 행동을 거부하고 숙명론을 취하는 샤머니즘적 토착주의는 인간의 원초적 존재론을 탐구하는 그의 순수문학론과 맥락을 같이한다.

그럼에도 불구하고 동리는 근거도 없이 본질인 것처럼 굳어져 권위적 서사로 확립된 오리엔탈리즘의 시각을 전복할 기미는 전혀 없는 것처럼 보인다. 일례로 '암탉이 울면 집안이 망한다' 같은 말이 타당한 권위로 인식될 때 여성은 암암리에 억압되고 무시되게 된다. '우리 서구 기독교인들은 하나님을 모르는 비서구인들에게 복음을 전파함으로서 그들을 구원해야할 의무가 있다'라고 말한다면 어떠할까. 자신을 희생해가며 남을 돕고자하는 고귀한 박애정신의 발로로 타당한 서사로 확립된다. '서구인은 문명의 혜택을 받지 못한 비서구인들에게 문명을 전파함으로서 그들을 도와줘야 할 의무가 있다'라는 주장과 대동소이한 말이다. 그러나 이는 명백히 근거 없는, 제국주의자들이 그들의 식민 활동을 정당화하고자, 그럴듯하게 포장한 기만에 불과한 것이다. 근거 없는 이러한 권위적 서사는 식민주의자의 얼굴에 씌워진 웃음 띤 가면에 다름이 아니다. 이런 관점에서 볼 때 「무녀도」에서 욱이는 암암리에 그의 가족들을 불행으로 몰고 가는 제국주의자의 하수인으로 등장하게 된다. 앞에서 필자는 민족문학의 원형이자 기층이라 할 수 있는 '무속'을 김동리가 식민지 시대의 그의 작품에 소재로서 등장시킨 것을 두고 '일견' 반가운 일이라 언급한 바 있다. 그러나 문제는 그가 인식론적 구별에 근거한 사고방식으로-거리를 두고 어느 정도 떨어져서- '무속'을 '타인의 이미지'로 바라보고 있다는 점이다. 즉 근거 없는 권위적 서사에 그 '근거 없음을 밝힘'으로서 뒤집기를 시도하는 것이 아니라 한국의 샤머니즘은 근대화에 역행하는 하나의 미신에 불과하다는 부정적 시각 -오리엔탈리즘적 시각- 을 그대로 노정하고 있다는 점이다.

5.

오리엔탈리즘은 '동양과 서양이라고 하는 것 사이에서 만들어지는 존재론적이자 인식론적인 구별에 근거한 하나의 사고방식'[5]이다. 이는 서양인의 경험 속에 동양이 차지하는 특별한 지위에 근거하는 것으로 유럽인의 마음 속 가장 깊은 곳으로 반복되어 나타난 '타인의 이미지'이기도 하다. 사이드는 "동양 –그 이질성, 상이성, 이국적인 exotic 관능성–과 결부된 비유적 표현들은 단정적이고, 시제는 시간을 초월한 영원이며 반복과 강제를 인상 지운다."[6]고 말한다. 사이드는 마르크스, 디즈레일리, 버튼과 같은 저술가들이 아무런 의문을 가지지 않고 "동양인은 동양인이기 때문에 동양에 산다. 그는 동양적인 전제와 동양적인 관능 하에서 동양적인 숙명론에 물들어 동양적 인간의 인생을 살아간다."[7]는 일반론을 구사한다고 주장한다. 여기서 한 가지 주목할 점은 '동양의 관능과 숙명론'이다. 이런 이미지는 이미 고대 그리스시대부터 나타난다. 아시아적 색채가 가장 농후한 그리스 연극인 유리피데스 Euripides의 「바커스의 여인들 the Bacchae」은 분명히 동양적 신비, 관능, 광포함과 결부되고 있다.[8]

동리는 바로 조선(동양)의 무당인 모화의 모습과 행동을 통해서 이러한 전형적인 오리엔탈리즘의 이미지를 다방면으로 재현하고 있다. 작품 서두에서부터 그는 이슥한 밤중에 춤을 추는 무녀의 자태를 관능적으로 표현한다.

> 무당은 바야흐로 청승에 자지러져 뼈도 살도 없는 혼령으로 화한 듯 가벼이 쾌자 자락을 날리며 돌아간다.

---

5) 에드워드 사이드 Edward Said, 『오리엔탈리즘』, 박홍규 역, 교보문고 17쪽.

6) 같은 책 138쪽

7) 같은 책 194쪽

8) 디오니시스는 원래 아시아의 농업 신으로 바커스라고도 불린 신이었으나 트라키아를 거쳐 그리스에 전해져 술의 신이 되었다. 무아지경에 빠지는 종교적 의식을 갖는 신으로 도취된 여인들은 광란의 춤을 추는데 이 여인들을 바카에라고 불렀다.

무녀의 춤사위를 엄숙한 종교의식과는 거리가 있는, 단지 날렵하고 고운 한 여인이 취한 듯 굴곡이 크게, 따라서 유연한 육체의 선이 쾌자 자락 속에서 향을 뿜는 것 같이 그려내고 있다. 문학작품에서 여인의 고운 자태를 예술적으로 아름답게 표현하는 것은 결코 시비꺼리가 될 수 없다. 그러나 무속과 기독교의 대립과 갈등을 주제로 한 이 작품에서 모화에 대한 관능적인 묘사는 필요이상으로 반복되는 감이 있다.

> 별안간 그 후리후리한 키에 긴 두 팔을 벌려, 흡사 무슨 큰 새가 저희 새끼를 품듯 달려들어 욱이를 안았다

> 그 후리후리한 허리에 긴 팔을 벌려, 흡사 큰 새가 알을 품듯, 그의 상반신을 얼싸안고 울기 시작했다.

위의 인용문에서 모화는 키가 크고 늘씬한 몸매를 가진 매우 감성적인 여자임을 작가가 반복하여 강조하고 있음을 알 수 있다. 작가는 그녀의 아들 욱이의 모습을 그리면서도 간접적으로 모화의 빼어난 자태를 묘사하고 있다,

> 어미를 닮아 허리가 날씬하고 목이 가는 이 열아홉 살 난 청년은… 품위가 있고 아름다운 얼굴이었다.

우리는 이제 후리후리한 키에 허리는 날씬하고 목은 가늘며 이목구비가 정돈된 모화의 모습을 보게 된다. 소위 남성들이 잠자리를 함께 하기에 아주 좋은 몸을 가진 여자의 모습이다. 동리는 자태의 관능에서 더 나아가 모화의 태도와 행동에서도 관능을 추구한다. 모화는 마을 사람들과 인사할 때에는 '수줍은 듯이 어깨를 비틀며' 절을 한다. 이는 보통의 인사가 아니고 일종의 교태이다. 특히 모화가 굿을 하며 치성을 드

린다거나 춤을 출 때면 교태에 가득 찬 그녀의 육체는 마약에라도 취한 것 같은 원초적 관능을 뿜어댄다.

> 모화의 두 눈은 보석같이 빛나며, 강렬한 발작과도 같이 전신을 떨고 두 손을 비벼 댔다.

> 모화는 혼자서 손을 비비고 절을 하고 일어나 춤을 추고 갖은 교태를 다 부리며 완연히 미친 것같이 날뛰었다.

> 모화는 소복 단장에 쾌자까지 두르고 온갖 교태를 다 부려가며 손을 비비다, 절을 하다. 덩싯거리며 춤을 추다, 하고 있다.

> 모화의 음성은 마주魔酒같은 향기를 풍기며 온 피부에 스며들었다. 그 보석 같은 두 눈의 교태와 쾌자 자락과 함께 나부끼는 손짓은 이제 차마 더 엿볼 수 없게…

민간종교인 무속의 의식에서 무녀의 가무는 관능적일 수도 있다. 그러나 동리는 짧은 단편소설인 「무녀도」에서 왜 이처럼 거듭 모화의 관능을 강조하고 있는가. 그의 눈에는 종교현상의 외면적 표현인 신앙대상에 대한 모화의 봉헌행위 –의례라고 불리는 종교적 상징인 인간의 몸짓, 즉 모화의 가무– 가 단지 '뼈도 살도 없는 몸뚱이의 율동'에 불과한 것으로 보일 뿐이다.

> 그녀의 음성은 언제보다도 더 구슬펐고, 몸뚱이는 뼈도 살도 없는 율동으로 화한 듯 너울거렸고… 모화의 쾌자 자락은 모화의 숨결을 따라 나부끼는 듯했고, 모화의 숨결은 청승에 자지러진 채…

사이드는 동양이 유럽에서는 맛볼 수 없는 성적경험과 연관되어 있음을 주목한다. 동양여성은 언제나 수동적이고 관능적이며 말이 없을 뿐 아니라 '기꺼이 응하는' 상대로 묘사된다. 마치 사이드가 「무녀도」를 읽고 그의 역작 「오리엔탈리즘」에서 동양을 '쉬운' 여성으로 타자화 한 것 같은 생각이 들 정도로 모화에 대한 묘사는 이러한 여성의 전형이다.

> 모화는 어느 하루를 집구석에서 살림이라고 살고 있는 날이 없었다. 날이 새기가 무섭게 성안으로 들어가면 언제나 해가 서산마루에 걸릴 무렵에야 돌아오곤 했다. 술이 얼근해서…

> 모화는 주막에서 술을 먹다 말고, 화랑이들과 어울려서 춤을 추다말고…

동리가 보는 모화는 관능적일 뿐 아니라, 정숙하고 조신操身함과는 거리가 먼 여자로 종일 밖에 나가 술을 마시고 춤을 추는, 즉 남자들에게 있어서 갖기 '좋은', 갖기 '쉬운' 여자이다. 이러한 그의 시각은 욱이의 태생을 설명하는 다음 문장에서 결정적이다.

> 욱이는 모화가… 귀신이 지피기 전 어떤 남자와의 사이에 생긴 사생아였다.

결혼하기도 전에 신원이 불명확한 외간 남자와 관계하여 사생아를 낳은 모화, 작가의 게슴츠레한 눈은 그녀의 유일한 어린 딸 낭이라고 그대로 두지는 않는다. 그 어미에 그 딸인가. 동리는 낭이의 얼굴과 몸매부터 묘사한다.

> 그 호리호리한 몸매와 종잇장같이 희고 매끄러운 얼굴에 빛나는 굵은 두 눈

그런데 이 어린 딸은 의붓오빠인 욱이가 돌아오고 나서부터 태도가 야릇하게 변한다. 종일 오빠의 하는 양만 바라보고 있다가 밤이 되면,

> 그 얼음같이 싸늘한 손과 입술로 욱이의 목덜미나 가슴팍으로 뛰어들곤 했다.

이렇게 '낭이의 태도가 미묘해진 뒤부터'는 당연히 '욱이의 얼굴빛은 날로 창백해 갈' 수밖에 없다. 작가는 근친상간까지 암시하고 있는 것이다.

> 낭이가 누구 아이인지는 모르지만 배가 불러 있다는 풍설도 돌았다.

낭이가 작중화자의 조부 댁에 식객으로 찾아 왔을 때, 그녀는 열일곱 살이었다. 그렇다면 '배가 불렀다'는 이 사건은, 그녀가 아비와 떠돌아다닌 세월을 감안하면, 그녀 나이 열대여섯일 때가 된다. 이 어린 소녀에 대한 작가의 끈적거리는 시선은 멈추지 않는다.

> 그녀는 미친 것처럼 뛰어 일어나며, 저고리를 벗었다. 치마를 벗었다. 그리하여 어미는 부엌에서, 딸은 방안에서, 한 장단 한가락에 놀 듯 어우러져 춤을 추었다. 그러한 어느 새벽 낭이는 (정신을 차리고 보니) 발가벗은 알몸뚱이로 방바닥에 쓰러져 있는 그녀 자신을 발견한 일도 있었다.

이름의 여성성, 교태, 신체의 관능적 묘사, 쉬운 여자라는 인식이 드는 술 취함과 화랑이들과 어울려 추는 춤, 모화의 칼부림, 투신, 나체 춤 등 비이성적 행동은 탐미주의에 경도된 시각의 표현이라고 하더라도 갈등의 대척점에 선 기독교에 비해서는 지나친 감이 있다.

일일이 인용을 하지 않더라도 소설의 행간에서는 무속과 기독교의 갈

등 구도가 정형화된 이분법적 체계로 재현되고 있다. 욱이의 의연한 종교적 신념(순교적 죽음)과 초혼招魂에 실패하고 강물에 투신하는 모화, 성서의 '진리'를 설파하는 선교사의 합리적 언행과 청승에 자지러지는 무녀의 격정적 제의 등, 대비적으로 나타나는 이런 이분법적 구도는 바로 동양을 열등한 '타자'로 담론 화하는 서구의 '오리엔탈리즘'적 시각의 발로라고 아니할 수 없다. 앞에서 작가가 어느 특정 외래종교의 손을 들어주는 어리석음을 범할 리가 없다고 단언하였지만 아는지 모르는지 일정거리를 두고 '타인의 이미지'로 조선의 무속을 보는 작가의 이런 시각에는 머리가 갸웃해진다.

6.

'주자어류朱子語類'에는 무巫란 "신명神明을 다해 춤추는 사람이다"라고 말하고 있다. 한자 '巫'자의 '工' 양변에 있는 '人'자는 춤추는 모양을 취한 것으로 원래 무당은 접신하기 위해 가무가 필수적이었던 것이다. 무당은 입무入巫 형태에 따라 모계세습 형태로 전승되는 단골무와 신 내림을 통해 무당이 되는 강신무로 나눌 수 있다. 그러나 어떤 경우에도 무당이 되려면 상당 기간 노래와 춤을 비롯한 여타 의례를 학습하는 과정을 거쳐야 했다. 모화의 '쾌자 자락과 함께 나부끼는 손짓'은 바로 이러한 가무를 오랫동안 수행한 결과이다. 원래 무당은 여무를 지칭하며 만신萬神이라고도 부른다. 모화와 함께 춤을 추는 화랑이는 신라의 화랑花郎에서 유래된 말로 박수라고 부르는 남무男巫를 지칭한다. 샤머니즘이 화랑도라고 불렸던 신라시대에는 이런 수행이 널리 실시되었던 것으로 보인다. 화랑, 즉 샤먼은 무사武士나 예술가나 시인을 겸했다.

한국 샤머니즘의 의식은 굿이다. 굿은 무격巫覡의 사설辭說, 미술, 음악, 춤으로 구성된다. 따라서 굿은 현재 하나의 전통예술로 분류되고 있다. 이렇게 볼 때 모화의 '구슬픈 노래와 뼈도 살도 없는 율동'은 바로 예술 자체인 것이다. 굿은 산 사람들의 재앙을 물리쳐 주며 복을 받게 한다. 죽은 사람들은 극락세계로 가게 한다. 한편 굿은 한국인에게 '한바탕 모여 노는 것'이다. 한국의 샤머니즘은 수천 년 동안 기복과 굿이라는 두 가지 기본 요소를 유전자처럼 보존해 왔다. 따라서 이 땅에 도입된 어떤 종교도 '사람들이 모여 복을 빌고 함께 노는' 한국적 샤머니즘에 동화되지 않을 수 없었다. 기독교나 불교가 세계 어느 곳보다 한국에서 융성하고 있는 이유도 바로 '함께 복을 빌고 모여 놀기' 때문일 것이다. 종교뿐 아니라 한국의 많은 사회적 요소에 샤머니즘의 굿판은 일상이 될 정도로 그 영역을 넓혀왔다. 건물을 지을 때도, 새 트럭을 구입했을 때도 돼지 잡고 술을 준비해 고사告祀를 지내는 것 역시 복을 빌고, 그 다음에는 함께 모여 놀기 위한 것이 아닌가. 한국인이 만든 최대의 굿판은 월드컵 대회의 '붉은 악마' 굿일 것이다. 사전의 각본, 인원의 동원, 정부의 협조 없이 스스로 진행된 이 굿판은 그 거대함과 질서정연함으로 세계를 놀라게 했다. 이는 바로 수천 년의 전통을 가진 한국인의 '함께 모여 놀기'에서 비롯된 것이라 할 수 있다. 이 거대한 '모여 놀기'는 승리를 기원하는 기복 행사이자 전지구인을 포용하여 벌린 한바탕 굿판이었다. 바로 한국적 샤머니즘의 의식을 세계화 시킨 것이다.

앞에서 근거도 없이 본질인 것처럼 굳어진 권위적 서사에 대해 경계할 것을 지적한 바 있다. 이는 바로 그 '근거 없음을 밝힘'으로서 뒤집기를 시도해야한다. 한국의 무속을 잘못된 '타인의 이미지'로 보는 시각은 위와 같이 한국무속의 오래된 역사와 전통 그리고 그 특별한 기능을 일견하기만 해도 서구의 권위적 서사는 전복될 수 있다. 모화의 춤사위는 관능이 아니라 예술인 것이다.

'근거 없음'을 밝힐 근거는 얼마든지 있다. 무속이 척결되어야 할 대상으로 매도되는 가장 큰 이유는 무속이 첫째, 미신이라는 점과 둘째,

지나치게 현세 기복적이라는 점일 것이다.

미신은 아무런 과학적 · 합리적인 근거도 없는 것을 맹목적으로 믿는 것을 말한다. 또는 비과학적이고 종교적으로 망령되다고 판단되는 신앙, 또는 그런 신앙을 가지는 것을 의미한다. 사전은 점복, 굿, 금기 등을 미신의 예로 들고 있다. 이 예를 보면 사전 자체도 무속을 미신으로 간주하고 있음을 알 수 있다. 그런데 타자에게 이 용어를 사용하는 경우 은연중에 자신은 좀 더 합리적이고 과학적이라는 우월감을 내포하게 되는데 실상 이것은 주관적인 것일 뿐 아무런 근거도 없이 사용되고 있는 것이다.

대개의 종교체계는 타인의 종교를 미신으로 보는 경향이 있다. 이는 같은 신앙을 공유하면서도 종파가 다른 경우에도 마찬가지다. 무신론자의 눈에는 종교인의 신념과 의식이 미신으로 비쳐지기도 한다.[9)]

어느 시대 어느 지역을 막론하고 대부분의 사람들은 악을 추방하고 복을 가져다주는 방법과, 질병을 치유하고 재난을 방지하는 방법에 관한 다양한 유형의 비합리적 신앙, 즉 종교적 미신을 가지고 있다. 기우제 의식, 부적의 효과, 남근석에 대한 신앙 같은 민간전승은 거의 보편적인 현상이었다. 또한 어떤 수험생이 특정한 펜을 가지고 합격하면 이후에도 그 펜은 행운을 가져다준다고 믿는 것처럼 모든 인간은 개인적인 미신도 발전시킨다. 합리성과 객관적 증거로 평가하는 오늘날에도 대부분의 사람들은 이런 비합리적인 신앙, 즉 미신을 갖고 있다. 이렇게 볼 때 자신도 비합리적인 믿음을 가지고 있으면서 근거 없는 우월감으로 '무속은 곧 미신'이라고 하는 것이 바로 비합리적인 것이다.

---

9) 타키투스는 그리스도교를 해로운 미신이라고 불렀으며 콘스탄티누스는 모든 이방인의 종교를 미신으로 간주했다. 같은 기독교이지만 개신교 신자는 가톨릭의 성 유물 · 성상 · 성인 숭배를 미신으로 배척한다. 또한 대개의 종교는 미신을 주변적 신앙으로 덧붙이는 경향이 있는데 예로 기독교인은 고난에 처했을 때 성서를 아무데나 펼쳐 처음 눈에 들어오는 본문이 자신을 인도해주리라고 믿는다.

무속이 주로 출산, 결혼, 건강, 질병, 죽음 등 구체적이고 현실적인 삶의 문제를 해결하려 주력함으로 '현세 기복적'이라고 배척하지만 '지금, 여기'의 문제는 근원적인 삶의 문제로 누구도 이에서 자유로울 수 없다. 소위 고등종교 –영원불멸의 절대적 존재에게 의존하고 예배함으로 그의 은총으로 구원을 얻고자 하는, 혹은 자신 내부의 '우주'를 찾아 합일을 이루고 깨달음을 얻어 해탈하고자 하는– 의 신앙인들은 직접적인 현실문제 해결에 몰두하는 무속을 무지의 소산으로 경시한다. 그러나 구원과 해탈만을 목적으로 인간이 종교를 믿는 것이 아니다. 그들에게도 '지금, 여기'는 삶을 영위하는 곳이다.[10] 현실 속에 부대끼는 갖가지 문제들과 미래에 거는 여러 가지 기대, 이를 해결하고 이루고자하는 하는 희망이 사람들을 교회로 사찰로 가게 만든 더 큰 이유가 될 것이다. 만약 '지금, 여기'의 문제 해결을 회피하는, 즉 '현세 기복'의 동기가 배제된 종교가 있다면 그것은 철학이지 종교가 아니다. 다른 종교인들이 우월감을 가지고 '현세 기복'적이라는 이유로 무속을 '무지의 소산'이라 배척한다면 그것이 바로 무지의 소산임에 다르지 않다.[11]

7.

글의 서두에서 말한 바처럼 종교현상은 인간의 개별적 의식현상이고,

---

10) 은총과 계시, 혹은 참 나와의 합일과 깨달음 같이 종교경험은 일상적 차원을 넘어선다. 그곳은 언어가 끊긴 곳이다.(道可道非常道) 그러나 일상의 탈피는 현실복귀를 전제로 한다. '물은 물이요, 산은 산이다'는 일상적 관점이다. '물은 물이 아니요, 산은 산이 아니다'는 일상을 탈피한 새로운 관점이다. 그러나 결국 '물은 물이요, 산은 산이다'로 다시 돌아오는 것은 현실의 삶을 영위하며 깨쳐야 한다는 자세를 보여주는 것으로 인간의 삶의 뿌리는 역시 '지금, 여기'에 두어야 함을 확인하고 있다.

11) 매일 새벽기도에 가는 어머니, 100일 불공을 드리는 어머니, 새벽마다 물을 떠놓고 치성을 드리는 어머니, 세 분 모두 가족의 안녕(현세 기복)을 위하여 겸허히 무릎을 꿇은 고귀한 사랑의 모습을 보여준다. 무지한 사람 외는 누가 세 번째 어머니를 미신적 기복신앙자라며 배척할 수 있겠는가.

인간의 의식이라는 것도 생물학적 제약, 습관화, 문화적 · 사회적 요인으로 변화되는 것이다. 그럼에도 불구하고 대부분의 사람들은 자신의 의식에서 비롯된 신념이야말로 유일하고 절대적인 것으로 확신하고 다른 것은 인정하지 않으려한다. 이런 배타적 신념의 외부유출은 독선과 폭력의 위험성을 야기하게 된다.

조선 후기 근대화 과정에서 서구로부터 한국에 전파된 기독교신앙의 배타적 신념이 그 한 예다. 그들은 한국의 무속을 종교가 아닌 미신으로 배척하고 타파하였다. 그들은 제국주의자들이 그들의 식민 활동을 정당화하고자 내세우는 '비서구인의 문명화'와 같은 근거 없는 권위적 서사 즉, '복음으로 비서구인을 구원'한다는 슬로건을 내세웠다. 역사적으로 기독교는 "땅 끝가지 복음을 전하라"라는 말씀에 따라 순교를 불사하며 로마를 정복하였고, 서구지배자의 종교로 군림하며 전 세계의 '기독교왕국Christendom'을 꿈꿔왔다. 이런 정복주의 선교는 제국주의 시대까지 계속되었고 선교사는 '제국주의의 첨병'이 된 것이다. 그리고 이후 그들은 정치 · 군사적 제국주의 대신 '문화적 제국주의'라는 훨씬 세련된 얼굴로 변모해갔다. 우리가 만났던 선교사들이 이 얼굴들이다. 그들은 박애주의 정신에 입각하여 이 땅에 배제, 이화학당 같은 '미션스쿨'을 설립하고 세브란스 같은 '기독병원'을 지었다. 이러한 소위 '문명화 선교civilizing mission' 뒤에는 '문화적 우월주의'가 배경이 되었음은 말할 것도 없다. 여기에 '동양이라는 타인'의 이미지인 오리엔탈리즘이 작동한다.

문제는 김동리 역시 부지불식간에 이러한 근거 없는 사고방식으로 '무속'을 '타인의 이미지'로 바라보고 있다는 점이다. 즉 한국의 샤머니즘은 비과학적, 비합리적인 미신에 불과하다는 오리엔탈리즘 시각을 그대로 따르고 있다는 것이다. 이는 작가가 무당 모화의 자태와 행동을 묘사하는 것만으로 그 근거가 충분하다. 이러한 인식론적 문제는 「무녀도」

뿐 아니라 샤머니즘을 대하는 대부분의 한국문학에 대동소이하게 나타난다. 그야말로 '인가된 무지'[12]라 아니할 수 없다.

근거도 없이 본질인 것처럼 굳어져 타당한 권위적서사로 확립된 오리엔탈리즘 시각은 우리 자신이 그 '근거 없음'을 밝혀 전복시키고 탈피하여야한다.

도교, 불교, 유교 등과 같은 한국의 재래종교들이 있지만 사실 샤머니즘은 이들보다 깊은 역사를 가지고 있다. 자주 출토되는 선사시대의 청동방울 · 청동거울 같이 제의에 사용된 유물들은 무속의 역사가 청동기시대에로 거슬러 올라감을 의미한다. 당시는 제정일치사회로 무당의 권한이 절대적이었다. 이처럼 무속은 외래종교가 들어오기 전부터 한민족의 생활 속에서 유전자처럼 뿌리를 내려왔다. 따라서 이 땅에 유입된 종교들은 결국 한국의 무속과 융합을 이루게 된다. 절에 있는 칠성각七星閣은 작지만 대웅전을 내려다보고 있는 것은 불교와 무속이 융합한 예고, 칠성신앙 · 남강노인 등은 도교적 요소와 결합된 결과이고, 당산제와 당산굿, 서낭제와 서낭굿 같이 제祭와 굿이 같은 의미로 쓰이는 것은 무속의례와 유교의 제가 혼용된 결과이다.

기독교도 예외는 아니다. 무당을 인간과 신 사이의 중보자로 보는 샤머니즘의 입장은 기독교가 전래될 당시 그리스도의 중보적 사역과 거의 동일시되곤 하였다. 이 같은 인식은 지금도 목사나 부흥사를 기능상 샤먼과 동일시하는 경향을 보이기도 한다. 샤머니즘에서는 무당이 굿을 통해 영계에 몰아沒我의 상태로 들어가 신언神言을 경험하는 황홀경의 체험을 중시한다. 열성적 기독교 신자들 중에는 이런 특별한 신비적 체험이 있어야 은사를 받은 것이라고 본다. 방언을 한다든가, 체험의 간증

12) 오리엔탈리즘에 입각한 탈식민주의 비평이 현대 서구의 제도권 문학비평에서 무시되고 있으며, 학문적으로도 가치가 없다는 혹평에 대해 스피박은 이를 '인가받은 무지 sanctioned ignorance'라 말한다.

이 많은 지도자가 신령한 자라고 하는 인식은 바로 샤머니즘적인 영향이다. 또한 무속이 '현세 기복적'이라고 배척하지만 헌금은 많이 바치면 '복을 쌓을 곳이 없도록' 받는다고 교회에서도 강조하고, '천 배, 만 배로 갚아주실 것'을 바라고 신도들도 낸다. 사실 많은 신도들이 교회 출석, 교역자 대접, 교회 봉사 등의 행위를 마치 하나님으로부터 현세적 복락을 더 얻기 위한 수단으로 이해하고 있다고 한다면 지나친 말이 될 것인가.

많은 현대인들이 풍수지리, 사주, 성명학, 관상 등에 흥미를 보이고 있다. 기독교인들도 궁합을 보고 이사하기 좋은 날을 잡는다. 무종교인들은 물론 상당수의 기독교인이 윤회설을 믿고 있다. 야구경기에서 어느 종교에 속한 선수이건 홈런을 때린 타자의 손바닥을 치며 환영한다. 이는 무속의 감염주술에 해당한다.

사람은 누구나 현재의 세상을 이해하는 나름대로의 의미체계를 가지고 있다. 이 의미체계가 바로 개인의 인식과 행위의 기초가 되는 것인데 종교는 하나의 해석 틀로 포괄적인 의미체계를 제시하려한다. 이러한 종교적 의미체계는 그 종교에 속해 있는 사람에게는 매우 중요한 의미를 갖게 되지만 모두에게 적용되는 것은 아니다. 인간은 하나만의 의미체계를 사용하려 하지 않는다. '안되면 조상 탓'이란 말이 있다. 이 때 '조상 탓'은 '하나님께 죄 지은 탓'과는 다른 의미체계이다. 광무시대에 한 외국인 선교사는 '한국인은 철학할 때는 불교인이 되고, 예를 갖출 때는 유교인이 되고, 위기에 빠지면 무속인이 된다'고 비꼬았다지만 인간의 의미체계가 획일적인 것이 아니고 복합적인 것을 감안한다면 이는 삶의 자연스런 모습에 다름이 아니다.

한국의 모든 외래종교는 직간접적으로 무속의 영향을 받았다. 아니 모든 종교는 다른 종교나 문화의 영향을 받으며 변화한다. 기독교가 시대에 따라, 지역에 따라 얼마나 다양한 얼굴을 보여주었는지 보라. 또한 우리는 종교여부에 관계없이 자신의 삶 속에서 자신의 해석에 의한 자신의 의미체계를 형성시키고 있지 않은가. 그럼에도, 거리를 두고 샤머니즘을 바라보는 한국문학, 그 '인가된 무지'는 계속되어야 할 것인가.

무색투명한, 그러나 푸른

— 석정 시의식의 의미화

1. 해석과 평가

해석의 대상인 동시에 평가의 대상으로 문학작품은 존재한다. 해석의 선행이 없는 평가는 불가하다. 그러나 작품의 궁극적인 존재이유는 평가에서만 찾을 수 있는 것으로 이 두 작업은 불가분의 관계를 가질 수밖에 없다. 평가의 문제는 문학작품의 문학적 가치를 어떻게 측정하는가 하는 문제이다. 문학예술은 다른 어떤 지적 가치와 구별되는 것으로 스스로의 특수하고 고유한 가치를 가진다.

이러한 특수한 가치는 무엇인가. 우리는 이를 예술적 가치 혹은 심미적 가치라고 구별하여 말할 수 있을 것이다. 따라서 예술로서의 문학적 가치는 그 심미성으로 측정되고 평가 될 수 있다. 물론 심미적 가치의 판단은 매우 주관적일 가능성이 크며 또 독자에 따라서도 심미적 경험의 밀도 차이에 의해 그 객관적 측정이 힘들다. 그럼에도 인간 경험의 귀납으로 의식되는 문학의 보편성으로, 또는 이상적 독자, 즉 비평가가 수행한 해석과 평가에 의해 어느 정도는 이 힘든 측정이 가능하다고 본다.

또한 우리가 문학작품을 해석하고 평가한다함은 어디까지나 예술로서의 문학 '작품'을 분석하고 평가하는 것이지 작가의 인생관, 종교, 이념, 사상 등을 분석하고 평가하는 것은 아닐 터이다. 인생의 여러 문제는 철학적 논리를 적용하여 확정지어진 문제는 아니다. 즉 시인이 대하는 인생살이는 철학에 의해 개념화되어 고정된 것은 결코 아니라는 말이다.

신석정의 많은 시편들이 밤하늘의 별처럼 반짝이고 있다. 위의 두 가지 해석과 평가의 기준에 의해 그 중에서도 유난히 반짝이는 두 개의 별을 보자.

어머니
당신은 그 먼 나라를 알으십니까?

깊은 삼림지대를 끼고 돌면
고요한 호수에 흰물새 날고
좁은 들길에 야장미 열매 붉어

멀리 노루새끼 마음놓고 뛰어다니는
아무도 살지 않는 그 먼 나라를 알으십니까?

그 나라에 가실 때에는 부디 잊지 마셔요
나와 같이 그 나라에 가서 비둘기를 키웁시다
어머니
당신은 그 먼 나라를 알으십니까?

산비탈 넌지시 타고 내려오면
양지밭에 흰 염소 한가히 풀뜯고
길 솟는 옥수수밭에 해는 저물어 저물어

먼 바다 물소리 구슬피 들려오는
아무도 살지 않는 그 먼 나라를 알으십니까?

어머니 부디 잊지 마셔요
그때 우리는 어린 양을 몰고 돌아옵시다

—「그 먼 나라를 알으십니까」 부분

저 재를 넘어가는 저녁해의 엷은 光線들이 섭섭해 합니다
어머니 아직 촛불을 켜지 말으서요
그리고 나의 작은 冥想의 새새끼들이
지금도 저 푸른 하늘에서 날고 있지 않습니까?
이윽고 하늘이 林檎처럼 붉어질때
그 새새끼들은 어둠과 함께 돌아온다 합니다

언덕에서는 우리의 어린 羊들이 낡은 綠色寢臺에 누어서
남은 햇볕을 즐기느라고 돌아오지 않고
조용한 湖水우에는 인제야 저녁안개가 자욱이 나려오기 시작하였습니다
그러나 어머니 아직 촛불을 켤때가 아닙니다
늙은山의 고요히 冥想하는 얼굴이 멀어가지 않고
머언 숲에서는 밤이 끌고 오는 그 검은 치맛자락이
발길에 스치는 발자욱 소리도 들려오지 않습니다.

—「아직 촛불을 켤 때가 아닙니다」 부분

위 두 편의 시는 석정의 첫 시집 『촛불』에 수록된 것으로 지금까지 그의 다수 시편들 중 우리 민족에 의해 가장 빈번하게, 변함없이 애송되어 왔고 또한 연구된 작품이 될 것이다. 역사의 변천과 사회 환경의 변화에도 불구하고 다수 대중으로부터 회자되고 애호를 받은 작품이라 함은 문학적 보편성에 의한 심미적 성취도가 그만큼 탁월하다는 것을 의미한다.

『촛불』의 첫 논평자인 정래동은 1940년 3월 7일 동아일보에 "시단에서 아름다운 시를 쓰는 사람을 찾는다면 먼저 신석정을 들게 될 것이다."라며 『촛불』에 수록된 석정 시의 미학적 성취를 상찬하였다. 오세영은 "한 작품의 문학적 평가는 그 정치적 행위나 반영에 앞서 우선 문학적 성취여부에 따라 이루어져야"한다고 강조하며 석정이 "해방기, 4·19전후에 쓴 참여시들은 적어도 문학적 성취 면에서는 소위 목가적인 경향의 시들과 비교할 수 없을 만큼 저열하다"고 평가한다.[13] 이건청은 전원적 특성이 짙게 나타나는 『촛불』과 『슬픈 목가』가 자연 계조의 생활을 승화시킨 꿈의 세계를 통하여 '시학적 미의 결정'을 이루고 있다고 평한다.[14] 양병호도 두 시에 「가을이 지금은 먼 길을 떠나려 하나니」를 추가하여 석정시의 대표작으로 꼽고 있다.[15] 정양은 『촛불』과 『슬픈 목가』 두 시집을 비교하며 '호칭어나 의문형 어미가 많이 사용된 『촛불』쪽에 소위 말하는 신석정 시의 명편이 많'고 '절망의 농도에 따라서도 『촛불』쪽에 명편들이 더 많다'고 거듭 지적하고 있다.[16]

정리해 보면 해방 이후의 참여성 강한 시편들보다는 초기 시편들이 예술적 성취도가 높고, 초기의 시편들 중에서도 최초의 『촛불』에 명편이 많다는 것이다. 이런 판단의 정당함은 "원뢰처럼 들려오는/ 민주학원의 발자취 소리 들으며/ 동지들은 지금 단식투쟁의 대열에서/ 노도같이 싸우며 전진한다.(「단식의 노래」)"와 같이 품격이 떨어지고 정치적 주장에 봉사하는 시편과 『촛불』에 실린 서정적 절창과를 비교해 볼 때도 한 눈

13) 오세영. 「현실인식과 그 부정의 변증법」. 신석정 시인 탄생 100주년 기념문학제 심포지엄 발제 2007. 24쪽

14) 이건청. 「신석정 초기시의 전원지향」. 『신석정 30주기 추모문집』. 2004. 199쪽

15) 모든 논의에서 세 작품은 빠지지 않고 그 대상이 되고 있는바 그만큼 이들 작품이 석정시의 대표작이라 할 수 있다는 논지를 편다. 양병호. 「'아직 촛불을 켤 때가 아닙니다'의 인지의미론적 연구」. 같은 책. 264쪽

16) 정양. 「'슬픈 牧歌' 小巧」. 같은 책. 216, 221쪽

에 확연히 나타난다.

우리가 '문학작품'을 해석하고 평가한다는 것이 말 그대로 '문학적인 작품' 즉 예술적, 심미적 성취도가 높은 작품을 해석하고 평가하는 것이라면 여러 시편 중에서도 인용된 두 작품을 독서대상으로 선정하는 것은 자연스럽고 당연한 일이 될 것이다. 어떤 의도된 목적에서 의도한 작품을 선택하여 –예로 저항담론을 위한 위와 같은 참여시의 선택– 독서행위를 수행하는 것은 아무래도 '프로크로테스의 침대'가 될 공산이 클 것이 아닌가.

2. 모성으로서의 자연

우리가 자연을 사랑하는 것은 자연의 실재에 대한 '인식'이라기보다는 원초적이고 기본적인 '정서'라고 할 수 있다. 사물을 제대로 인식하지도 않고 사랑한다는 것은 그 근원이 다른 곳에 있는 어떤 사랑을 사물 안에 실현시킨 것이다. 우리가 열정을 가지고 자연을 바라는 것은 그 감정 역시 모든 정서의 근원에 뿌리를 박고 있기 때문이다. 바슐라르는 이를 '아들로서 느끼는 감정'이라고 말한다. '모든 사랑은 어머니에 대한 사랑을 하나의 구성요소'로 삼고 있다는 것이다. 자연은 바로 한없이 확대되어 영원으로 투사되는 모성이다. 따라서 자연에 대한 사랑의 근원은 어머니에 대한 아들의 사랑이라고 할 수 있다.

석정에게 자연은 어머니였다. 그는 스스로 "나의 어머니 자연의 품속"을 찾아 갔노라고 쓰고 있다.[17] 석정은 "촛불"에서 21회나 어머니를 부르고 있다. 인용 시 두 편에서도 어김없이 다정하고 조용하게 어머니를 부른다. 그리고 사랑의 원초적 정서인 어머니 자연은 시인의 의식 속

17) 『문학사상』, 73년 2월호

에 하소연의 대상이자 그것을 들어주는 존재가 된다. 때로는 '…을 하십시다'라고 청유하기도 하고 '…을 하지 마셔요'라고 만류하기도 하지만 역시 그 대상은 어머니이다.

9연으로 구성된 '그 먼 나라를 알으십니까'는 1, 4, 7연에서 반복적으로 "어머니/ 당신은 그 먼 나라를 알으십니까?"고 묻고 있다. 그리고 화자는 스스로 구체적이고 선명한 심상으로 2, 5, 8연에서 그 먼 나라를 설명한다. 그곳은 '노루새끼가 마음 놓고 뛰어다니는' 곳이고 '흰 염소가 한가히 풀뜯'는 곳이다. 또한 '오월 하늘에 비둘기 멀리 날고', '꿩소리가 유난히 한가'로운 곳이다. 현실과 동떨어진 유토피아의 세계다,

더구나 화자는 그 먼 나라에서 '비둘기'를 키우고, '어린 양'을 몰고, '새빨간 능금'을 '또옥똑' 따자고 3, 6, 9연에서 어머니에게 청유한다. 시대적 현실과는 멀리 떨어진, 그가 꿈꾸는 이상향의 세계에서 한유하고자하는 소위 '도피안到彼岸'의 선禪철학적 자장이 강하게 느껴진다.[18] 그는 이 시에서 자연과의 생명적 공감과 일체감의 도가적 자연관을 피력한다.

석정의 시 앞에서 주눅이 들 독자는 아무도 없을 것이다. 전달 과정에 아무런 어려움 없이 이해가 되기 때문이다. 한 마디로 '쉽게 쓴 시'가 아니라 '쉽게 읽히는 시'다.

보편적 인간의 감정은 막연한 대상보다는 구체적으로 의탁할 수 있는, 특히 자신을 온전한 사랑으로 보듬어주는 '어머니'와 같은 존재를 대상으로 할 때 훨씬 공감의 정도가 강하고 그런 글은 상대적으로 쉽게 읽혀진다.

또한 추억 속의 따뜻하고 부드러운 어머니의 품 안을 인식하게 하려

18) 사실 석정은 중앙불교전문강원에서 불교경전을 학문했고 노장철학에 공감했으며 '타골, 한용운, 도연명의 시적 기법과 정신에 영향을 받았다'고 1946년 4월 2일, 청구원에서 쓴 "나의 몇몇 시우들에게"라는 편지에서 회고하고 있다.

면 어머니를 부르는 화자는 어린사람이어야 한다. 세상의 낡은 지식을 모르는 유아는 그만큼 더 순수한 것이고 그의 호소는 더 절실하고 호소력이 있다.

이 시에서 평안한 자연의 모성으로 회귀하고자 하는 시적 자아는 '어린'아들이다. 어머니에게 '그 먼 나라'를 아느냐고 묻고 있는 화자는 아무것도 모르는 천진한 아이에 불과하다. 이 작품의 '먼 나라'에는 여리고 작은 '어린 것'들이 살고 있다. 물새, 노루새끼, 비둘기, 염소, 어린양, 꿩, 꿀벌 등 모두 약하고 작은 것들이다. 새라는 것이 원래 작은 것들이지만 '아직 촛불을 켤 때가 아닙니다'에서는 아예 '새새끼'로 더욱 가볍고 약한 '어린 것'으로 표현하고 있다. 작고 어린 것들은 색칠되지 않은 무색의 순수이다.

> 철학은 우리를 조숙하고 성숙한 상태로 이끌어 간다. 그렇다면 우리가 스스로 비철학화 되지 않는다면 어찌 새로운 이미지로부터 받게 되는 충격을, 즉 젊은 사람들에게는 항시 체험될 수 있는 그 충격을 경험하게 되기를 바랄 수 있겠는가? 우리가 상상력이 풍부한 나이라면 우리는 어떻게 그리고 왜 상상하는가 따위는 말하지 않는다. 이미 어떻게 우리는 상상하는가 하는 것을 말할 수 있게 되면 우리는 상상하지 않게 된 것이다. 그러므로 우리는 우리 자신을 어리게 만들어야 한다.[19]

우리가 공기를 숨 쉬며 살아가듯 모든 어린 것들은 어머니의 모성으로 살아간다. 어린 것들은 자신의 결정에 따라 직접적인 행동을 하지 못한다. 그는 '먼 나라'에 가서 어머니와 함께 '비둘기를 키'우고, '어린 양을 몰고', '능금'을 따자고 부탁을 할 뿐이다. 이때 어머니는 그 부탁을 들어주는 '절대적 존재'이자 함께 할 수 있는 '동반자'가 된다. '아직 촛불

---

19) 바슐라르, 「원환의 현상학」, 김진국 역, 『현상학』, 고려원, 1992. 218쪽

을 켤 때가 아니'라며 '촛불을 켜지 말라'고 부탁하는 공간은 집 안이다. 이때에도 어머니는 그것을 들어줄 수 있는 '절대적 존재'이자 집 안에서 함께 사는 '동반자'의 역할을 하고 있는 것이다. 어머니와 어린 아이의 관계는 인간의 가장 깊은 사랑의 원초적 정서이다. 그것은 어떠한 잡티도 없는 맑고 투명한 근원적 정서로 독자의 의식은 이 정서에 쉽게 조응, 공감하며 이해하게 된다.

한마디로 석정 시의 정신세계는 맑고 투명하다. 어머니의 모성과 어린 아들과의 관계에서 발로되는 순정한 의식에 잡색이 끼어들 틈이 없다. 이러한 석정의 의식세계는 색채에 대한 어휘사용에서도 나타난다. '고요한 호수에 흰 물새 날고', '흰 염소 한가히 풀 뜯고'와 같은 흰색의 이미지는 순수와 순결을 상징한다. 바로 그가 꿈꾸는 세계에서 살고 있는 평화와 자유로운 동물들이다. '노루새끼, '새 새끼', '어린양'과 같이 흰색 대신 들어가는 수식어 '어린'이나 '새끼'도 바로 어린다는 것을 강조하는, 순수와 순결을 상징하는 이미지로 흰색과 등가를 이룬다. "촛불"에서 흰색은 22번이나 나타나는 색채로 푸른색(53회)과 더불어 가장 빈번하게 사용되는 색채이다. 흰색 동물의 배경은 언제나 푸른 공간이다. 흰 물새가 나는 '고요한 호수'는 푸른색임에 틀림없다. '깊은 산림대'도, 흰 염소가 뜯는 '풀'도, '먼 바다'도 '5월 하늘'도 모두 푸른색이다. 청색을 바탕으로 하는 순백의 이미지는 자유와 평화가 충만한 세계에서 순수하고 순결한 동물들이 뛰노는 생명력 약동하는 이상적 세계인 것이다. 흰색은 무채색으로 채도가 없는 무색이다. 석정의 색채의식은 맑고 깨끗한 무색으로 투명하다.

3. 의식의 의미화

그런데 석정 시의 맑고 투명한 서정에는 푸른 그림자가 드리워져 있다. 그래서 더 맑고 투명하게 보이는 것이다. 이는 위에서 본 색채의식에서 나타나는 직접적인 시각적 심상을 의미하는 것은 아니다. 언어로 표현된 맑고 투명한 의식 배면에 흐르는 깊은 내적의식에 흐르는 푸름을 말하고 있는 것이다. 양지 뒤편의 그늘은 더욱 깊은 법이고 그래서 입체감은 더 뚜렷이 나타난다. 우리의 직접 경험에 주어지는 세계가 현실이다. 석정의 '5월의 하늘'과 '가을의 노란 은행잎'은 과거에도 미래에도 당연히 존재한다고 믿는 세계이며 우리가 일상적으로 체험하는 현실이다. '당연히'는 '자연적'인 것이며 '자연적 세계'는 인간에게 의미를 갖는 세계임으로 '인간적'세계이다. 세계의 '실재'는 의심의 여지가 없다. 세계는 사유와 감정, 의식과 행동으로 타인과 함께 경험되고 또한 우리의 오감으로 경험되며 너와 내가 매 순간 존재하며 경험하는 세계이다.

작가의 언어가 '무엇인가 의도된 것'이고 '무엇에 대한 의미'라 한다면 비평가는 언어로 표현된 작가의 의도 즉 작품의 내재적 의미를 밝히는 작업을 수행하여야 한다. 석정의 내재적 시의식의 '의미화'작업은 어떻게 수행해야 할 것인가.

'세계는 나의 신체의 연장물이다'라는 말이 있다. 이는 인간과 세계의 관계를 말하는 것으로 즉 세계는 나의 신체의 끝에 잇대어져 존재고 있음을 말한다. 내 머리칼에 접하여 하늘이 펼쳐지고 내 발바닥에 접하여 대지는 숨을 쉬고 있는 것이다. 석정의 의식이 30년 당대의 세계를 외면할 수는 없다. 그러나 그 의식은 내면화되어 현실세계 너머에 존재하는 역설의 세계를 그린다. 그것이 '먼 나라'다. 양지 뒤의 그림자가 짙은 것처럼 역설의 세계가 자유롭고 평화스런 나라로 표현되면 될수록 현실의 질곡은 그만큼 더 가혹하다는 의식이 강하게 작용된다. 그의 '노루새끼가 마음 놓고 뛰어다니는 나라', '양지 밭에 흰 염소가 한가히 풀을 뜯는 나라'는 가까이 있는 나라가 아니다. 그곳은 현실과는 멀리 떨어져 있는 '먼 나라'다. 석정은 양지 뒤의 그늘을 두 개의 대립된 알레고리로 노래하지는 않는다. 대립된 알레고리, 즉 그늘진 현실은 겉으로 들어나지 않고 내적 의식으로 숨어있다. 그러나 그 그늘은 생략을 통해 함축되어 있어 글에 더욱 심미적 효과를 줄 뿐 아니라 드러나지 않는 현실의 그늘을 내적의식으로 더욱 깊고 짙어지게 만든다. 그는 먼 나라를 그리고 있지만 동시에 현실 세계인 '노루새끼가 결코 뛰어다닐 수 없는 나라', '그늘 속에 흰 염소가 목이 매어있는 나라'를 그리고 있는 것이다.

석정은 '노루새끼가 마음 놓고 뛰어다니는' 먼 나라로 가자고 어머니에게 거듭 부탁하고 있다. 노루가 마음 놓고 뛰어다닐 수 있는 곳은 자유로운 곳이다. 그러나 당대의 현실세계는 자유와는 거리가 먼 세계이다. 식민의 억압에서 자유롭게 해방되고자하는 석정의 의식이 여기에서 강하게 작동되고 있다. 그는 해방된 조국, 즉 자유로운 세계를 추구하고 있는 것이다.

'양지 밭에 흰 염소가 한가히 풀을 뜯는 나라'는 평화스런 곳이다. 따라서 석정은 그곳이 '해방된 세계'이어야 함은 물론 당연히 '평화가 존재하는 세계'이어야한다고 주장한다. 석정의 의도는 그 '먼 나라'를 '피식민지 지배하의 나라'의 대척적인 의미로 함축하고 그곳으로 어서 가야만 한다고 거듭거듭 청유하고 있는 것이다.

석정의 내면의식은 현실세계를 그려내고 있을 뿐 아니라 그의 지향점을 분명하게 밝히고 있다. 이런 점에서 오세영의 '부정의 변증법'이라는 견해는 탁견이라 아니할 수가 없다. 그는 이 시가 '탈현실을 통해 현실을, 슬픔을 통해 저항을, 이상 세계에의 동경을 통해 일상의 삶의 질곡을 암시적으로 이야기'하는 '부정의 변증법'으로 쓰이고 있다고 말한다. 그리고 그가 석정의 이런 목가적 서정시가 오히려 '현실에 대한 날 선 칼'이라고 주장하는 소이가 바로 이에 있다고 말한다.[20]

20) 오세영.「현실인식과 그 부정의 변증법」, 신석정 시인 탄생 100주년 기념문학제 심포지엄 발제. 2007. 24쪽

「아직 촛불을 켤 때가 아닙니다」에서도 시인의 의식은 '세계는 나의 신체의 연장물'이라는 사실을 직시하고 있다. 그런데 「그 먼 나라를 알으십니까」 에서는 반복하여 '…을 하십시다'라고 청유하지만 이 시에서는 완전히 반대로 '…을 하지 마셔요'라고 거듭 만류를 하고 있다는 특이점을 보인다. 이 시는 「그 먼 나라를 알으십니까」와 마찬가지로 어머니에게 부탁을 하는 형식이다. 그러나 아직 때가 아니 되었으니 '촛불을 켜지 말라'고 만류를 하고 있다. 석정은 '때'나 '아직'이라는 시간개념을 도입하여 왜 촛불을 켜지 말아야 하는지 그 이유를 설명한다. 즉 지금 시간은 아직 밤이 오지 않은 시간임으로 촛불을 켜면 안 된다는 것이다.

시인의 의식은 낮을 긍정하고 밤을 부정한다. 따라서 지금은 저녁시간이지만 아직은 밤이 도래한 것은 아님으로 시간을 낮으로 인식하고자 한다. 시인은 현재의 저녁시간에 대해 긍정적이고 낙관적이며 나아가 이 시간이 지속되기를 바란다. 시인은 각 연마다 어머니를 부르며 현재시간을 여러 가지로 긍정적으로 설명하고 촛불을 켤 때가 아니라는 이유를 강조하는 한편 촛불을 켜지 말라고 어머니에게 부탁하고 있다.

절대적 가치를 지닌 아름답고 평화로운 자연에 대한 동경을 노래하고 있지만 시인의 내면의식은 순수서정을 초월하는 자연친화적 삶의 배면으로 역주행 한다. 그의 의식은 1930년대의 식민지 치하의 어둠을 부정하며 '촛불을 켤 때'가 아니라고 주장하는 것이다. 그는 '검은 치마 자락'으로 표현되는 현실세계를 의도적으로 부정하며 '발길에 스치는 발자욱 소리도 들려오지 않는다'고 도리질치고 있다. 이러한 그의 내적 의식은 '아직', '지금도'. '이슥고', '인제야' 등의 부사어를 반복하며 애써 밤이 오지 않았음을 강조하는 데에서도 강하게 나타나고 있다.

정양은 『촛불』을 '일제하의 소시민적 삶에 대한 자책과 거부와 고통과 혐오의 상징'으로 의미화하고 있다.[21] 자연의 배면으로 역주행하는 시인의 현실에 대한 내부의식을 예리하게 간파한 의미화가 아닐 수 없다. 일반적으로 촛불은 어둠을 밝히는 긍정적 의미를 내포하고 있다. 그러나 그것은 '어둠'을 밝히기 위한 것이지 '밝음'을 밝히는 것은 아니다. 시인의 의식은 밤을 부정하고 있다. 따라서 밤을 긍정하는 결과가 되는 '촛불'은 아직 켤 때가 아니라고 단호하게 부정하고 있는 것이다. 아직 어둡지도 않은 저녁나절에 촛불을 켜려는, 즉 시대현실에 순응하여 습관적으로, 무의식적으로 쉽게 무릎을 꺾고 마는 소시민적 태도에 대해 경종을 울리고 각성을 촉구하고 있는 것이다.

이 시에서도 '능금처럼 붉어'에 나타나는 '능금'이란 말이 주목된다. 이는 「그 먼 나라를 알으십니까」서 어머니에게 함께 따자고 부탁하던 그 새빨간 '능금'이다. 석정은 이 능금을 '자유에의 해방'을 고취하는 '빌헬름 텔의 아들 머리 위의 능금'으로 의식한다. 그는 스스로 '설령 빌헬름 텔의 능금이 좀 설익었다 해도 좋다'며 '진정한 자유에의 해방이 필요한 주민에게 이런 능금이 배급될 날이 어서 와야' 하겠기에 한말이었다고 술회한다.[22] 이처럼 그의 의식은 진정한 자유인으로서의 삶을 강렬히 지향하고 있었다. 그는 '양지 밭 과수원의 능금'과 '능금처럼 붉어가는 황혼'을 서정적으로 노래하고 있다. 그러나 그의 '능금'이라는 자연물에 대한 내부의식은 자유와 해방을 열망하는 '능금'으로, 아름다운 서정 배면에 알레고리 없는 변증으로, 그의 갈망을 함축시켜 동시에 표출하고 있는 것이다. 오하근은 이런 사실을 정확하게 직시한다.

> 자연의 속성은 항상 전경(foreground)인 양 앞서 있지만 실은 얼룩진 역사의 배경(background)이었고, 역사성은 거의 은폐되었지만 실은 전경이

21) 정양, 「신석정의 촛불」, 『석정문학』 2002 겨울호

22) 신석정, 「나의 문학적 자서전」, 『난초 잎에 어둠이 내리면』, 지식산업사, 1974, 297-8쪽

었다.[23)]

석정은 양지 뒤의 그늘을 내적 의식으로 숨겨둠으로 현실의 어두운 그림자를 실상 더욱 짙은 그늘로 드러내었다. 그는 현실에 대해 고개를 돌렸던 것이 아니라 그 현실의식을 내면화했던 것이다. 그러나 그는 해방이후 내면화되었던 현실의식을 직접적로 노출시킨다. 「방화범」(1947)이라던가 「단식의 노래」(1960)와 같은 시편들은 제목에서 이미 느껴지는 것처럼 투쟁적이고 선동적이다.

진정한 문학은 직접적인 행동과는 무관하다. 더 본질적인 것은 우리의 통상적 신념을 재확인하거나 의문시하는 것이다. 이는 행동보다는 의식 상태로 침윤浸潤되어 사회에 영향을 미치는 것이 문학의 사회참여라 할 수 있기 때문이다. 문학에서 시대현실은 사진처럼 그대로 모사되는 것이 아니라 일단 언어라는 이질적인 매개 수단으로 '번역'된다. 석정의 초기 시가 바로 '의식 상태의 침윤'을 성공적으로 수행된 것임을 증명한다. '애국시는 애국심을 고취할 수는 있어도 시로서는 엉성하기 일쑤다.'[24)] 해방 후 석정의 현실의식이 직접적으로 노출된 시편들이 심미적, 예술적 효과에서 초기 시에 미치지 못하다는 소이가 여기에 있다.

이미 석정은 『촛불』을 통하여 충분히 자연과 시대현실을 조합하는 시의식세계를 보여주었다. '자연과의 조화를 노래하는 가운데 역사 현실에 투철한 시 정신을 담고 있어 한국시의 이원적 경험을 흡수 통합하고 있다.'[25)]는 평가는 매우 타당하다. 석정은 맑고 투명한 많은 작품을 썼다. 그러나 그 밝은 이면에 어른거리는 시인의 내부의식, 푸른 정신을 놓쳐서는 안 된다.

---

23) 오하근, 「산이 증언하는 역사의 서곡」, 『신석정 30주기 추모문집』, 2004. 254쪽
24) 이상섭, 『문학의 이해』, 서문당, 215쪽
25) 허형석, 『신석정 연구』, 경희대 박사논문, 1988

5. 푸른 정신

독서행위는 외연적 사물을 정신적 객체로 대체하는 것이다. 즉 작가라는 타인의 사유를 우리 자신의 사유의 대상으로 만드는 것이다. 따라서 이 글은 석정이란 시인의 사유, 그의 내부의식이 나의 의식에 어떻게 동화하여 내 경험을 재구성하는가 하는 비평적 작업을 수행하고자 하였다.

우선 작품 평가의 가치기준을 예술적 혹은 심미적 가치에 두고 비록 주관적일 수가 있으나 경험의 귀납에 의한 문학적 보편성과 이상적 독자(평론가)가 수행한 평가에 의해 그 측정의 기준으로 삼아 석정의 『촛불』에 수록된 「그 먼 나라를 알으십니까」와 「아직 촛불을 켤 때가 아닙니다」를 논의의 대상으로 하였다.

석정에게 자연은 어머니였다. 시인의 의식 속에 '사랑의 원초적 정서'인 어머니는 시인의 유일한 하소연의 대상이자 그것을 들어주는 존재다. 이 시편들에서 석정은 도가적 자연관을 피력하기도 하지만 우리가 쉽게 공감할 수 있는 것은 바로 '어머니'와 같은 근원적 정서의 동화에서 비롯되는 것이다. 또한 어머니를 부르는 화자는 어린사람이다. 세상을 모르는 유아는 그만큼 더 순수한 것이고 그의 호소는 더 절실하고 호소력이 있다. 석정은 약하고 작은 '어린 것'들을 통해 무색의 순수를 드러낸다. '어린 것'들의 이러한 순수한 이미지는 잡티 없이 맑고 투명한 정서로 독자의 의식은 이 정서에 쉽게 조응하게 되는 것이다.

그런데 석정의 맑고 투명한 의식 배면에는 푸른색이 내적의식으로 흐르고 있다. '세계는 나의 신체의 연장물'이라는 사실을 석정의 의식은 30년 당대의 세계를 외면하지 않는다. 단 그 의식은 내면화되어 현실세계 너머의 역설의 세계로 나타날 뿐이다. 석정은 양지와 그늘을 대립된 알레고리로 표현하지 않는다. 그늘은 내적 의식으로 감추고 양지만을 그려내지만 함축된 그늘은 유추를 통해 더욱 짙어지게 된다. 아름다운 자연을 그리고 있지만 동시에 '어린 것'들이 '뛰어다니지' 못하고 '목이 묶여' 있는 현실세계를 그리고 있는 것이다.

석정은 '마음 놓고 뛰어'다닐 수 있는 자유의식과 '한가히 풀을 뜯'을 수 있는 평화의식을 강하게 지향한다. 그런 곳은 물론 '해방된 세계'임이 자명하다. 그의 이런 분명한 지향의식은 그의 목가적 서정시가 오히려 '현실에 대한 날 선 칼'이었다는 사실을 증명한다. 평화로운 자연에 대한 동경을 노래하고 있는 '아직 촛불을 켤 때가 아닙니다'에서도 어둡지 않은 저녁에 촛불을 켜려는, 즉 습관적으로, 무의식적으로 시대현실에 순응하는 소시민적 태도를 경계하는 내면의식을 드러내고 있다.

시인의 렌즈는 평면유리가 아니다. 굴곡과 도수가 있는 렌즈다. '눈물 있는' 세상을 '눈물 없이' 쓴다. 그의 렌즈는 맑고 투명하다. 어떠한 잡색도 없다는 말이다. 즉 무색이다. 그런데도 푸르다. 푸른 정신이 깔려 있다. 석정은 '색 없이 푸른 색'을 구현하였다. 마치 '고요한 호수'의 물을 떠 보면 무색투명하지만 '산림대' 건너 보이는 '호수'의 물이 푸르디푸른 것처럼.

'사슬'을 푸는 '바람'
—『바람과 사슬』의 미학적 구조

1.

홍석영의 네 번째 소설집『바람과 사슬』이 최근 '살림'에서 출간되었다. 결론적으로 이번 발표된 창작집은 과거와 현재를 옥죄는 질긴 '사슬'을 푸는 한 줄기 청량한 '바람'과 같은 것이라고 말할 수 있다. 그는 소설가이기 이전에 대학의 강단에서 오랫동안 후학을 양성한 학자이고 그만큼 문학이론에 밝은 작가이다. 그래서 그런지 그의 소설은 쉽게 읽혀지지만 엄정한 이론을 바탕으로 한 문장의 한 구절 한 구절이 빈틈이 없다.

소설의 형식이 작품의 외형적인 것으로만 간주되지 않고 어떤 구체적이고 역동적인 존재로서 그 자체가 내용적인 것으로 간주된다면 우리는 작품의 구조를 파악함으로서 성공적인 독서를 수행할 수 있을 것이다.『바람과 사슬』에는 10개의 작품이 수록되어 있은데 그 구조를 살펴보면 해박한 문학이론가인 작가가 각 작품 속에 수많은 문학적 장치를 내재시켜 미학적 효과를 번득이게 하고 있음을 알 수 있다.

작가는 '소설 속에는 언제나 하나의 시계가 있다'는 사실을 놓치지 않는다. 그는 이야기 도중에 이야기 시작 전에 발생했던 일을 집어넣기도 하고 뒤에 일어 날 일을 미리 서술하기도 하여 자연적인 시간 순서를 흩트리는 것은 물론 장면묘사와 요약을 적절히 분배함으로서 서술속도를 조절하기도 한다. 화자를 시켜 서사를 역전시키기도 하지만 특히 독자를 공지자共知者로 만드는 삽입적 예시를 도입함으로서 생동감과 사실감을 극대화 시키고 있는데 '사람의 인연이란 뜻밖이었다.(「그들의 침묵」)'라던가 '나는 기적처럼 그를 만날 수 있었다.(「바람과 사슬」)'같이 인위적으로 인지될 사건의 발생이나 우연한 해후를 기정사실화 시키고 있다. 그는 소설 속 시계의 존재를 놓치지 않을 뿐 아니라 그것을 능숙하게 부리고 있다.

홍석영이 창조하는 소설의 영적존재인 화자는 인생이나 사건에 대해 논평을 가하는 사람이 아니다. 그는 자신의 인물들에게 재판관이 되려하지 않는다. 작가가 전지적이라는 조그만 암시도 '소설적 현재'의 환상, 환원하면 동일시identification 현상을 깨고 만다는 사실에 입각하여 그의 화자는 언제나 중립적이다.

『바람과 사슬』에는 4개의 1인칭, 5개의 3인칭, 1개의 2인칭 소설이 있다. 물론 그의 1인칭 소설의 화자는 자신이 사건의 주인공으로 자신의 이야기를 서술하고 있지만 소설 속의 '나'는 언제나 객관적 시점을 가지고 있을 뿐이다. 자기가 보고, 듣고, 겪고, 생각하는 것만을 묘사할 뿐 타인의 마음을 들여다본다든가하는 월권행위는 철저히 배제한다. 3인칭 소설에서 화자는 인간이 아니라 신의 입장이 될 수 있다. 모든 작중인물들의 의식과 심리상태까지 독자에게 공개할 수 있기 때문이다. 그럼에도 작가는 그가 선택한 한 인물의 입장이 되어 그가 보고 듣고 생각한 것만을 기록하고 있다. 허영구(「허상의 그늘에서」)든, 은지(「사람의 탈」)든, 성호(「느글거리는 세상」)든 자기 자신만의 경험과 생각을 서술할 뿐이다. 따라서 글 속에 어른거리는 화자의 신적 능력은 배제되고 우리는 주인공과 심리적 밀착관계를 획득하여 동일시 현상을 배가시킬 수 있게 되는 것이다.

홍석영이 창조한 주인공들은 자유인이다. 독립적이고 각자의 가치를 가지고 있는 다수의 목소리들은 세계 속에서 그들이 누구인가가 아니라 그들에게 세계는 무엇인가 하는 문제를 제시하고 있다. 또한 우리가 보게 되는 것은 그들이 누구인가가 아니라 그들이 자신들을 어떻게 생각하고 있으며, 그들의 현실이 아니라 그들이 현실을 어떻게 생각하고 있는가이다. 저자는 자신이 창조한 인물들과 수직적 관계를 끊어내고 동일한 시간선상에 존재하는 수평적 관계의 위치에 서고자 한다.

2.

특히 우리의 주목을 끄는 것은 홍석영이 본격적인 2인칭 소설을 쓰고 있다는 점이다. '산책길에서'의 서두 부분에서 '그제야 당신은 오늘도 어김없이 나들이 차비를 차렸다.'라며 '당신'의 이야기가 시작된다. 종래에는 1인칭이나 3인칭 소설 이외에 2인칭 소설은 불가한 것으로 생각되었다. 1957년 미셸 뷔토르 Michel Butor가 최초의 2인칭 소설 「수정 La Modification」을 시도할 때까지는 부분적으로 2인칭 형태로 구성된 작품이 더러 나타나기는 했다. 실상 2인칭 소설의 가능성의 제시는 포크너William Faulkner가 대화 속에 상대방의 유년 시절이나 상대방이 말하고 싶지 않은 사실, 망각한 사실, 일부만 의식하고 있는 일을 상기시키고 환기시키는 내용을 소설 속에 수용함으로서 비롯되었다. 작가는 본격적으로 2인칭 소설, 「산책길에서」를 쓰기 전에 이미 「흔적」에서 부분적 2인칭 형태를 시도한다.

당신은 어쩌면 불우한 철새였을 게다. 번식할 곳과 월동(겨우살이)할 곳을 엉뚱하게 착각한 나머지 머물렀던 곳이 번번이 낯설기만 하여 허둥지둥 떠나버린 떠돌이새였을 거다. 그러니 당신은 미련 없이 이곳을 훨훨 떠났을지 모르나, 철 아닌 때에 흔적으로 남겨진 새끼 한 마리는 얼마나 가혹한 시련 속에서 살아야 했던가.

거침없이 미문으로 흐르는 위의 인용문은 「흔적」의 서두로 대화 내용이 아니라 화자의 서술이다. 대화에서는 '당신'이라는 2인칭이 흔히 등장할 수 있겠으나 일반 서술에서는 찾아보기가 힘들다. 여기에서 '당신'은 화자의 부친을 지칭하고 있다. 그런데 이 소설에서 '아버지'라는 3인칭 보다는 '당신'이라는 2인칭을 사용하여 글을 시작하는 점이 독자에게는 신선한 감 뿐 아니라 어느 정도의 신기함과 약간의 충격으로까지 육박해 옴을 느끼게 한다. 작가는 위의 부분적 구성을 뛰어넘어 마침내 「산책길에서」라는 소설에서 작품전체를 2인칭으로 구성하는 새로운 미학적 장치를 선보인다.

당신의 일상은 묵은 신문지와도 같다. 정해진 시간에 일어나 세수하고 토스토로 아침을 대충 때운다. … 그러니 당신은 형식이야 어쨌든, 사실상의 독거노인이나 진배없지 않은가. 그럴 것이 그녀는 당신과의 노후생활에 어지간히 싫증을 내고 있던 터에, 마침 기회다 싶어 당신을 내버려둔 채 서울생활에 안주하는 모양이었다.

여기서 '당신'은 어느 누구의 호칭도 아니고 이름이 있는 것도 아니며 '묵은 신문지' 같은 당신일 뿐이다. 내가 내 이야기를 하면 1인칭 서사가 되고 당신 이야기를 당신에게 들려주면 2인칭 서사가 된다. 그러려면 소설 속의 화자는 친구나 가족처럼 작중 인물과 같은 시공에서 살고 있거나 수사관처럼 작중인물의 행적을 자세히 조사한 사람이어야 한다. '묵은 신문지' 같은 '당신'의 일상에서 짧은 기간이었지만 '그만하면 반반하다 할 용모'의 '40대 후반의 여인'과 만나 사랑을 나눈 이야기는 '당신'도 화자도 알고 있다. 따라서 화자는 '당신'과 시공을 공유하는 실체를 갖춘 '나'라는 인간이고 그렇다면 화자는 1인칭 소설의 화자와 본질적으로는 대차가 없다고 할 수 있다. 그러나 소설이 주는 미학적 효과는 판이하다. 작품 말미의 다음 문장에 '당신' 대신에 '나'나 '그'를 대입하며 읽어 보라. '당신은 … 오늘의 산책길이 … 가장 슬프고 공허한 길이었음을 뼈아프게 느꼈다.'

홍석영은 결코 '묵은 신문지'같은 원로작가로서의 안주를 거부한다. 그는 미래지향적 실험정신이 왕성한 '오늘의 조간신문'을 새벽같이 우리에게 배달하려한다.

3.

소설은 허구이면서도 현실을 묘사하는 장르임으로 어떤 형태로든 현실적 요소가 혼재할 수밖에 없다. 홍석영은 작가의 말에서 스스로 자신을 '불우한 시대에 태어나 조국의 분단을 가져온 6 · 25 전쟁을 알몸으로 겪었고, 이데올로기 갈등이란 피비린내 나는 질풍을 정면으로 맞아본 분단의 산 증인'이라고 말한다. 따라서 그의 작품 도처에는 역사와 이념의 갈등이 산재해 있고 또한 우리는 그가 이러한 시대적 현실의 커다란 피해자임도 알 수 있다. 우리는 그가 가해자의 이념에 대해 분노를 표출하고 비판을 촉구할 것으로 예상한다. 그럼에도 그는 흑 · 백, 좌 · 우와 같은 이분법적 해석을 철저히 경계한다. 그는 문학의 사회적 효용성의 한계를, 사회에 영향을 미치더라도 직접적 행동을 유발하는 것이 아님을 직시하고 있다. 즉 진정한 문학은 직접적 행동과는 관련이 없는 것이며 통상적인 우리의 신념을 재확인하거나 의문을 제기하는데서 그치고 마는 것이지 어느 한쪽 손을 들어주는 행동의 촉발은 아니라는 것과 그것이 더 본질적인 것이라는 사실을 간파하고 있는 것이다.

이러한 작가의 태도는 그가 창작한 인물들에게서도 나타난다. 나와 당신을 포함한 영구, 은지, 성호, 문수(「베트남 그쪽은」), 영수(「인철네 집」)와 같은 주인공은 물론 주변 인물 누구 하나도 영웅적인 사람은 없다. 특별한 개성이 있는 사람도 아니다. 표제작 「바람과 사슬」의 주인공인 나는 '마을에 붙어 있지 못하고 도시로 나가 빌빌거리며 숨어 다니'는 존재다. 그저 그런 상황이면 누구나 그렇게 행동할, 우리가 밖에 나가면 지금도 얼마든지 만날 수 있는 그렇고 그런 사람들이다. 주인공들의 이름을 보라, 얼마나 평범한 이웃의 이름들인가. 홍석영 '선생'은 사회현실의 '선생'이 되기를 거부한다. 그는 변하는 사회현실의 한 국면을 포착하여 제시하려 하는 것이 아니라 변하는 사회 속에서 변하지 않는 인간의 보편성을 붙잡아 현재의 우리도 또한 후세의 독자도 충분히 이해할 수 있는 인간의 불변하는 본성, 즉 보편적 진리를 붙잡으려 하는 것이다.

4.

어떻게 보면 소설은 사건에 대한 서술 이외의 아무것도 아니다. 사건 없는 소설은 없기 때문이다. 의미의 보유체인 문장이 모여 하나의 '단위 사건 motive'이 되고 이러한 단위 사건이 여럿 모여 이야기의 줄거리를 구성하게 되는데, 단위 사건은 주인공이 부딪치는 상황과 그에 대한 주인공의 반응이 될 것이고 이 반응은 독백, 느낌, 대화, 회상 등을 포함하게 될 것이다. 표제작 「바람과 사슬」은 단편으로서는 꽤 부피가 큰 작품으로 여러 개의 단위 사건들이 등장한다.

대학병원에서 '나'와 '그'의 우연한 만남, 그와 맥주를 나누며 대화 중 빨치산으로 몰려 총살당할 뻔한 고비에서 구사일생으로 살아났던 회상, 악질지주로 몰려 곤욕을 당한 백부, 망실공비의 존재로 살아야했던 '그'

의 신산한 과거사. 월북한 그의 형과 그로 인한 형수의 고통스런 삶, 그가 새로운 아내와 결혼하게 되는 사연, 전쟁 중에 헤어져야 했던 '나'의 슬픈 사랑 이야기, 나의 아내, 처남, 아들과 현실 사회와의 부조화, 유성술집 여인의 넋두리 등 갖가지 작은 사건들이 행동이 되어 소설의 서사구조narrative structure를 이루어 간다.

'병열'이나 '삽입'이라는 두 가지 형식으로 둘 이상의 사건이 결합하게 된다. 홍석영은 둘 이상의 행동이 평행으로 진행되면서 얽히는 병열의 형식을 취하지 않는다. 이야기가 이야기 속으로 끼어들어가는 삽입의 형식을 취하는데 이는 물론 보다 '길고 비중이 큰 이야기'가 이야기 속으로 들어가는 액자소설의 형태는 아니지만 여하튼 '다른 이야기'가 이야기에 종속되는, 에피소드 형식으로 결합되고 있음을 보게 된다.(사실 '액자'와 '에피소드'의 구별은 상당히 자의적 판단에 의존한다.) 심지어 『바람과 사슬』에서는 '그'와 맥주를 마시며 하는 대화 중, 죽을 고비를 넘기는 '나'의 회상 중에 지엄한 존재였던 백부의 수난이 다른 회상으로 삽입되고 더 나가 쑥밭이 된 면장 네 딸 현희의 회상이 또 끼어든다. 즉 이야기 안에 이야기가 있고 그 안에 이야기가 두 개 더 있고, 1인칭 이야기 안에 3인칭 이야기가 복수로 있는 셈이다. 작가는 연구자가 머리를 짚게 만드는 이러한 독특한 서사구조에도 거침이 없다.

인생사의 어느 한 사건에도 시작과 끝이 있는 것처럼 소설 속의 사건에도 다 시작과 끝이 있다. 이처럼 독립성을 갖은 여러 개의 작은 사건들이 결합되고 연결되다보면 '팽팽한 플롯'이 추구하는 클라이맥스를 향한 일사불란한 서사전개가 어려운 것은 자명하다. 위에서 본 것처럼 『바람과 사슬』에는 많은 작은 사건들이 독립성을 띠고 등장한다. 따라서 일반인들은 이 소설에서 강렬한 극적효과나 충격적인 정점의 플롯은 기대하기 어렵다. 홍석영은 의도적으로 '느슨한 플롯'을 시도하는 것 같다.

사실 최근의 많은 소설가들이 플롯이 점차 추방되고 있으며 슈람케J.

Schramke 같은 사람은 오늘날 소설에서는 플롯이 아예 해체되어 없다고까지 말하는데 이러한 현상은 당연히 '느슨한 플롯'의 경향을 갖게 된다. 이 소설에서 주인공 '나'에게 실질적으로 발생한 중요한 사건은 병원에서 그를 만나 함께 술 마시고, 열흘 후 그의 집에 가서 또 술 마시고, 이튿날 숙취가 풀리지 않은 채 처자와 언쟁하다가 추석 무렵 병원에 들러오는 길에 그와 유성에서 또 술 마시는 것이 전부다. 많은 느낌, 생각, 회상, 체험 등이 기록될 뿐 뚜렷이 진행되는 사건은 사실 그와 술 마시며 대화를 나누는 것이 이 긴 이야기의 전부인 것이다. 플롯이 있기는 하나 전통적 의미의 플롯이 없는 소설, 즉 주인공들의 움직임과 대화는 있으나 분규, 정점, 대단원과 같은 명확한 사건의 진행이 없는 누보 로망 스타일을 '현형顯型소설'이라 부른다면 바로 『바람과 사슬』이 이에 해당될 것이다. 팽팽한 플롯에서 느슨한 플롯으로의 작가의 새로운 발걸음에 후학들은 또다시 머리를 짚게 되지만 그는 성큼 저만큼 앞서 가고 있다.

5.

홍석영의 『바람과 사슬』의 구조를 몇 개로 나누어 살펴보았다. 그는 이번 글에서 논평적이 아닌 중립적 화자를, 전지적이 아닌 객관적 시점(1인칭)과 선택적 시점(3인칭)을 취함으로 동일시 효과를 극대화하고 있고 또한 문학과 현실사회와의 새로운 관계설정을 시도하고 있다. 개성과 중요성을 상실한 주인공들을 등장시켜 이름도 흔한 보통 인간의 사고와 그 한계성을 보여주고 있다. 특히 2인칭 소설을 통하여 소설의 새로운 미학적 효과를 추구하고 있으며 서사구조에 있어서도 팽팽한 플롯에서 느슨한 플롯의 누보 로망의 글쓰기를 보여준다.

하나 더 추가하자. 소설의 구조면에서 설명이 되지 않는 무엇보다 중요한 것이 있다. 바로 작가의 설득력인데 막말로 말하자면 '입담'이다. 독자들은 이 '입담'에 빨려 들어가 쉽게 작품에 몰입하게 되고 동일시를 일으키게 된다. 단편 『바람과 사슬』에서만해도 이런 예가 쉽게 산견된다.

> '그의 어조는 어쩐지 밍근하게만 들렸다', '이씨 집성촌에 쌀에 뉘처럼 박혀 뿌리를 내린 셈', '우리 집은 그야말로 우박 맞은 배추밭 꼴', '언구럭스런 표정', '허우룩한 기분', '부러 엉너리를 치며', '흔감스레 웃어보였다'

위와 같은 작가의 '입담'은 설득력으로 이어지고 이는 곧 작가의 문장력에 다름이 아니다.

우리는 이런 몇 가지 점에서도 "바람과 사슬"은 녹슨 '사슬'을 푸는 청량한 '바람'으로 느낄 수 있을 것이고 따라서 박수를 보내는데 주저할 일이 없을 것이다.

문학과 시대의 파수꾼

— 허소라의 반세기 시세계

1. 들어가며

시인 허소라는 1959년『자유문학』에 신석정의 추천으로 등단하여 지금까지 반세기가 넘도록 활발한 창작활동을 하고 있다. 이 글은 시인이 최근 발표한 시편들에 대한 평론도 아니고 새로 발간된 시집에 대한 서평도 아니다. 그랬다면 작품 외적 사실에는 고개를 돌리고 즉시 시인의 결실인, 작품이라는 열매의 향과 맛에 취했을 터이다. 그러나 이미 50여년이란 세월의 무게가 그의 작품 전체에 길게 누워있고 이 무게를 관통하는 글을 쓰려면 열매만 보고 나무와 가지를 보지 않을 수 없다. 50여 성상동안 서리를 맞고 천둥소리를 들었던 나무야말로 열매라는 결과의 원인이 아니었던가.

문학작품을 인간에 의한, 인간에 대한, 인간을 위한 역사적 사건으로 본다면 당연히 작품의 창조주인 작가에 관심을 가질 수밖에 없다. 특히 허소라의 작품들은 그가 자라나고 활동했던 호남이라는 지역성, 군부독재라는 시대적 배경, 석정이란 시인과의 특별한 사숙관계, 기독교라는 종교적 배경 등이 커다란 환경요인으로 작용하고 있음은 확실하다. 문학작품의 만족스러운 이해와 평가를 위한 기초 작업으로 작품의 역사성에 대한 충분한 인식은 타당하다. 역사성이 제대로 인식된 평가가 전혀 인식되지 못했거나 잘못 인식되어진 평가 보다 가치가 있음이 당연하기 때문이다.

그럼에도 불구하고 작품 외적 배경의 탐색은 작품으로 복귀하는 것을 전제로 한다. 문학작품이 그 심미적 구조 안에서 인간의 의미 있는 경험을 전달하고 구체화시키는 것이라면 우리는 바로 작품 자체에서 그 가치를 추구하고 판단해야 한다. 작품 없이는 결국 독서행위도 존재할 수 없다. 우리가 맛과 향기를 즐기는 것은 사과라는 열매이지 그 나무나 가지가 아니다.

따라서 허소라 문학의 반세기 여정을 바라봄에 있어 그가 생산한 작품의 안과 밖에 미시적, 거시적 시선을 동시에 던짐으로서 나무도 숲도 함께 보아야 할 것임은 마땅하다.

2. '겨울토끼보다 시시하게'

1964년 1월 전방지역인 경기도 운천의 미군부대에 통조림을 훔치러 들어갔던 한 소년이 철조망가에서 사살되었다. 이 '시시한' 사건은 몇 언론에 1단 기사로 '시시하게' 잠간 게재되었다가 바로 사라지고 말았다. 그런데 이 '시시한' 기사는 당시 신흥고등학교 교사였던 허소라에게 '심각한' 사건으로 포착되었다. 분노한 그는 '사회적 관심의 첫 실천'[26]으로 이 사건을 '심각하게' 작품으로 형상화하였다. 그해 4월 시인은 그의 첫 시집 『목종木鐘』을 펴내는 데, 바로 이 시집의 표제시가 되는 「목종」은 바

26) 시인은 스스로 「목종」이 '한 소년이 철망 가에서 무참히 사살된 데 대한 분노에서 씌어진 작품'이고 자신의 '사회적 관심의 첫 실천'이었다고 말한다. 「시란, 자기 구원이며 사회 구원」, 『시문학』 411호, 1995. 10

로 그에게 '심각한' 사건이 된 이 '시시한' 이야기를 그린 것으로 그의 초창기 대표작으로 자리매김 된다.

Ⅰ눈이 하얗게 내린 그날/ 어느 運動場에선 눈사람을 만들고/ 눈싸움을 했지만//어느 비탈에선 한 少年이/ 겨울 토끼보다 시시하게 숨을 거두고 있었다.// 육중한 〈카타펠러〉소리를 자장가로/ 나면서 鐵條網을 보았고/ 죽으면서 鐵條網을 본 雲川里의 少年./ 나면서 깡통을 보았고/ 죽으면서 깡통을 본 雲川里의 少年.// – 미안하다.

(중략)

Ⅱ서울에서 議政府 – 그리고 雲川里 –/ 그리고 大光里 – 아니 新炭里까지/ 〈깨소린〉냄새가 있듯이, 板子집이 있듯이/ 〈레이숀〉箱子가 있듯이, 女人의 時勢가 있듯이/ 절룩이는 봄이 있겠지./ 이야기가 있겠지.// 그리고 紛失한 한 달라보다 아까울리 없는/ 少年의 죽음은/ 休紙가 되겠지/ 無效가 되겠지// – 미안하다.

(중략)

Ⅲ〈마호니〉君의 사랑을 따라간/ 宋仁子孃의 故鄕 – 雲川里에서,/ 〈責任轉嫁〉의 商標를 또 한번 確認한 채/ 少年은 갔다.// 그리고는 조용하였다/ 그것은 안으로만 안으로만 피를 새기는/ 木鐘이었기에…. 〈1964. 2〉

—「木鐘– 雲川里 少年에게의 掛念」, 『木鐘』, 부분

이 시의 도입부는 하얀 눈으로 덮인 시골 운동장을 배경으로 아이들이 '눈사람을 만들고 눈싸움을 하는' 아주 평화스런 서정으로 시작된다. 앞으로 전개될 어둡고 비극적인 사건에도 불구하고 시인은 순백의 눈과 그 위에 뛰노는 아이들의 순수한 동심을 냉정할 정도로 담담하게 그리고 있다.

그런데 눈 놀이하는 아이들과 '같은' 한 아이가, '같은' 날, '같은' 눈이 쌓인 어느 비탈에서 피를 흘리며 죽어가고 있다. '눈' 속에서 눈 놀이하는 '아이'는 지극한 평화다. 그러나 그 '눈' 속에서 사살되어 숨을 거두고 있는 '아이'는 지독한 비극이다. 시인은 운천리라는 같은 시공간에서 벌어진 이 엄청난 모순을 오직 흰 바탕에 검은 먹의 낙필로 강하게 콘트라스트 시키고 있다. 이는 설경雪景이 채색 없이 오직 흑백의 수묵으로 그 아름다움을 드러내는 것과도 같다. 시인은 서두에서부터 극명한 대비로 사건을 극대화시키는 미학적 전략을 취한다.

그런데 시인이 그 아이의 죽음을 '겨울 토끼보다 시시하게'라고 표현하고 있음은 특히 주목할 만하다.

당시 시골에서는 겨울철 토끼몰이가 성행했다. 쌓인 눈으로 다리가 푹푹 빠져 토끼가 질주할 수 없음을 이용하여 여러 사람들이 고함을 질러대어 토끼를 몰아 잡는 일종의 사냥법이다. 토끼를 잡아먹어야 사람이 산다는 필연성은 없었다. 그것은 단지 농한기의 무료함을 달래는 시골사람들의 훌륭한 겨울 스포츠에 불과했다. 사람들에게 짜릿한 즐거움을 주었던 토끼몰이의 결과는 '겨울 토끼'의 죽음이고 이 죽음은 –최소한 그를 즐긴 사람에게는– 시시한 죽음에 불과하다.

생물학적으로 탄생은 생명이 시작되는 것이고 죽음은 생명이 끝나는 것으로 어떤 특별한 수식어가 필요 없는 일반적 자연현상이다. 그러나 모든 개별적 개체에게 탄생과 죽음은 결코 일반현상이 아닌 특별한 의미현상이다. 즉 죽음은 단박에 '삶의 의미 있음'을 '삶의 의미 없음'으로 끝장내버리는 심각한 현상이란 말이다. 겨울 토끼에게나, 소년에게나 죽음은 결코 '시시하게'라는 수식어를 붙일 수 없는 매우 심각한 사건이다.

시인은 이 심각한 의미현상에 '시시하게'라는 수식어를 붙이는 역설을 구사한다. 더구나 '겨울 토끼보다 시시하게' 라고 말함으로 소년이란 인간의 죽음이, 토끼라는 동물의 죽음보다 더 시시했다고 역설의 수위를 높인다. '심각함'은 '시시함'으로 대체되었다. 최소한 토끼몰이를 즐기던 사람에게 토끼의 죽음은 시시할 수 있었다. 그러나 굶주림에 먹을 것을 훔치려다 사살된 소년의 죽음은 절대로 시시한 일이 아니다. 그러나 이를 보는 사회의 시선은 어떠했던가. '시시하다'는 말 그대로 어물어물 넘기다가 우물쭈물 잊어버리는 1단 짜리 뉴스에 불과하지 않았던가.

따라서 '시시하다'는 시인의 역설은 다른 어떤 수식[27]보다도 소년의 죽음에 그 절망감과 비애감을 더하는 기능을 하게 된다. '너, 참 잘났다!' 라는 소리는 '너는 못났다.'와 같은 의미의 역설이지만 감성 격발의 정도는 더 강하다. 소년의 가치 없는 죽음을 '겨울 토끼보다 시시하게'라고 수식한 것은 이 시의 심미적 가치를 극대화 시킬 뿐 아니라 도입부에서부터 독자의 시선을 강하게 흡인하는 견인장치로 작용하고 있다.

위에서도 언급했지만 허소라는 사물과 현상을 언어로 그리는 그림처럼 '냉정할 정도로 담담하게' 묘사할 뿐이다. 그의 내면은 소년의 죽음에 대해 절망과 분노와 슬픔이 가득하지만 그는 이러한 감정의 직접적 표출을 철저히 경계한다. 시 전문 어디에도 이러한 감정 격발을 나타내는 어휘는 없다. 그가 자신의 내면을 드러내는 유일한 말은 첫째와

27) '겨울 토끼보다 시시하게'에서 '소년'의 죽음을 '겨울토끼'의 죽음과 비유한 것은 겨울이라는 계절적 배경과 함께 그 죽음의 초라함을 강조하는 아주 적절한 비유다. 더구나 소년의 죽음을 수식하는 '시시하게'라는 의외의 부사어는 이 시에 있어 최고의 백미라고 할 수 있다. 일반적 발상으로 연민과 동정의 시각에서 '불쌍하게', '쓸쓸하게', '외롭게'라는 수식이 동원될 수 있을 것이다. 가치 없는 죽음을 말하고자 '가치 없게'라고 수식했다면 그야말로 시가 시로서는 '가치 없게' 되었을 것이다. 더 진전하여 '초라하게'나 '안타깝게'라는 수식어도 견인해볼만하다. 이들이 일반적인 발상이다. 위의 수식어들을 '겨울 토끼보다'의 뒤에 각각 대입시켜보자. '겨울 토끼보다 쓸쓸하게', '겨울 토끼보다 초라하게' 등. 그러나 어떤 수식어를 가지고도 '시시하게'라는 수식어에 대응할 수 없음을 알 수 있다. '시시하게'라는 수식어는 최상의 선택이다. 시의 심미적 가치는 꼭 필요한 언어가 반드시 있어야 할 자리에 자리 잡아야하는 것으로 파악된다면 이경우가 바로 그러하다.

둘째 단락 끝에서 '미안하다.'라고 하는 게 전부다. 감정을 제대로 제어하지 못하면 자칫 감상적이 되어 유행가 가사처럼 유치한 감상적 허위 sentimentalism에 빠질 수 있기 때문이다. 시인도 인간인지라 슬픔에 통곡한다. 그러나 통곡은 시가 아니다. 시는 경험과 동시에 발생하는 것이 아니다. 그 경험을 객관화하여 문자로 형상화될 때 까지는 거리를 지켜야하는 것이다. 따라서 '감상의 배설을 누구보다도 증오하는'[28] 허소라는 이 눈물겨운 이야기를 눈물 없이 쓰게 되는 것이다.

부가하여 '목종'이란 말은 깊은 철학적 함의[29]를 가지고 있다. 다른 소리를 내는 목탁이나 죽비 같은 게 있지만 '종소리'를 낼 수 있는 '나무로 만든 종'은 존재할 수 없다. 나무는 철이나 동과 같은 소리의 진동을 만들 수 없기 때문이다. '종'의 존재이유는 '종소리'를 내는 데 있다. 따라서 '목종'이란 말 자체가 또 하나의 역설이다. 시인은 소년의 피살사건을 '울리지 않는 종' 즉 '목종'으로 파악하고 있다. 소리 없는 종은 '있을 수' 없다. 그런데 바로 이 '있을 수' 없는 일이 운천리 눈밭에서 일어난 것이다. 따라서 소년의 죽음은 '소리 없는' '목종'으로 비유될 수 있고 '소리

---

28) 신석정이 쓴 허소라의『목종』서문 부분

29) 원인에는 사물내부에 존재하는 내적원인과, 사물들 간의 상호작용에 따른 외적원인이 있다. 전자는 사물의 운동, 변화, 발전을 일으키는 원동력이 되고, 후자는 그러한 발전에 영향을 끼치는 것이다. 현실의 인과관계에 있어 전자와 후자는 통일되어 나타난다. 이때 외적원인은 내적원인을 바탕으로 작용하고, 내적 원인은 외적원인을 통해 실현된다고 할 수 있다. 종과 종소리의 인과간계에 있어 종소리라는 결과가 나오려면 종 자체가 종소리를 나게 할 만한 원인을 가져야한다. 종소리가 나려면 소리의 진동이 쉽게 일어나는 동이나 철판으로 된 껍데기를 가져야 하고, 소리의 진동이 맑게 걸러져 울릴 수 있도록 안쪽이 텅 비어 있어야한다. 바로 이러한 종의 구조가 종소리를 내게 하는 '내적원인'이다. 하지만 종소리라는 결과가 나타나려면 당목이나 공이 따위로 '충격'을 가하여야 한다. 바로 이러한 충격이 '외적원인'이다. 이때 '충격'이라는 외적원인은 '종의구조'라는 내적원인을 바탕으로 작용하고 '종의 구조'라는 내적원인은 '충격'이라는 외적원인을 통해 실현되는 것이다. 이 시에서 나무로 만들어진 '목종'은 이미 종소리를 낼 수 있는 내적원인이 결핍되어있어 충격을 가하더라도 종소리라는 결과를 낼 수 없다. 소년은 갔지만 세상은 '조용'하다. 그것은 이미 구조적으로 '안으로만' 울리고 마는 '목종'과 같은 것이기 때문이다.

없는' 이 사건은 신문의 일단 기사로 처리되고 곧 '소리 없이' 잊히고 만 것이다.

시인은 '시는 역사적인 것이기 보다는 오히려 철학적'이라는 아리스토텔레스의 말을 인용하며 '시의 세계'가 '형이상학적인 정신세계의 고양'이라는 점을 강조한 바 있는 데[30] '목종'이라는 시제는 종과 종소리라는 철학적 인과관계의 사유 끝에 얻어진 결과임에 틀림없다.

3. '목종'과 '벙어리', '미안함'과 '원통함'

허소라와 신석정의 관계는 '운명적'이라는 수식어 외에는 더 적절한 표현이 없을 것 같다. 시인은 전 생애에 걸쳐 스승을 극진하게 모셨다. 그가 석 · 박사 과정을 거치며 쓴 학위논문은 두 번 다 '신석정 연구'였다. 그는 '석정 스승께'라는 부제를 단 「옆모습」(『풍장』)이라는 시에서 '만의 범선에서 잠자던 우리는/ 이마위로 뻗어온 거대한 산맥을 보게 되네.'라고 스승을 기리고 있다. 또한 '석정 스승 시비 앞에서'라는 부제를 달고 쓴 「달을 보며」(『겨울나무』)에서도 '눈감아도 산이 되고 나무가 되어/ 우리를 겹겹으로 다스리나니'라고 사모의 정을 표출하고 있다. 시인은 1984년 '석정문학회'를 만들어 매년 회지를 간행하고 문학제를 개최하고 있다. 특히 이 과정에서 그는 여러 자료를 종합하여 석정을 다면적으로 조명하여 재평가할 것을 줄기차게 요구하고 있다. 즉 석정 시를 '구름과 푸성귀로만 덮지 말고 역사 현실에 온몸으로 다가간' 그의 또 다른 면을 보고 제대로 평가하라는 것이다. 그는 평생을 관통하는 스승의 철학적 좌표를 '사랑'과 '지조'로 보고 있다. 또한 그는 기림이나 지용은 시어의 감각성에는 능했지만 역사를 응시하는 데는 석정보다 뒤진 것으로

30) 허소라. '시작 노트'. 『한국현대작가연구』. 유림사. 1983. 270쪽

보고 있다.[31] 그는 최근에도 수많은 강연과 집필활동을 통해 석정문학의 가치는 물론 스승의 올곧은 삶을 대변하고 옹호하고 있다. 이처럼 그의 스승에 대한 지극한 정은 석정 타계 전이나 타계 후에나 한결같다.

그러나 그는 지금까지 단 한 번도 사은謝恩의 책무로 글을 써 본 일이 없다고 주장한다.[32] 그가 스승에게 많은 빚을 진 것은 사실이다. 스승 석정은 그에게 문학세계로의 문을 열어주었을 뿐 아니라 이후에도 가장 중요한 길잡이 역할[33]을 해주었다. 바라는 것 없이 서로 주기만 했던 두 사람의 아름다운 이야기들은 문단 역사에서 두고두고 회자될 것이다. 그런데 두 사람은 다 시인이다. 작가끼리의 이러한 사숙관계, 선후배 관계는 역사주의자들의 눈을 비껴날 수 없다. 이쪽의 연구는 대개 유사성의 발견과 영향관계의 규명[34]이라는 작업이다. 그러나 이는 매우 애매

---

31) '신석정 문학을 재점검한다'. 월간문학 2009. 12월호 293-295쪽 참조

32) 같은 책. 291쪽

33) 1955년 대학에 입학한 허소라는 '시론' 강의시간을 통해 신석정과 처음 만나게 된다. 이 운명적인 만남은 이후 그의 문학에 커다란 이정표가 된다. 3학년 때 석정이 심사를 맡은 문예현상에 당선되었고 '소라'라는 필명도 그 무렵에 석정이 지어 주었다. 군복무 중이던 그를 자유문학에 추천하여 등단시킨 사람도 석정이었다. 석정은 시인의 첫 시집『목종』의 서문을 쓰며 '다양한 이미지로 분방하게 구사하는 그의 언어는 갖가지 뉘앙스를 머금고 늘 싱싱한 선인장의 건강과 성장을 동반한다.'고 격찬한다. 1968년에 발간된 그의 두 번째 시집『풍장(風葬)』의 서문에서도 '소라가 엮은 이 풍장사(風葬史)는 기필코 새것의 탄생을 약속할 수 있는 내일이 잉태되어 있음을 나는 확신한다.'고 격려하며 '소라로 하여금 이 처절한 풍장을 노래하지 않아도 좋을 날이 어서 오기를 나는 거듭 기다릴 뿐이다.'라고 제자에 대한 각별한 애정을 보이고 있다. 또한 우리는『풍장』의 면지(面紙)에서 석정이 직접 쓴 단아하고 유려한 제자(題字)를 볼 수 있다.

34) 유사성을 발견하려는 것은 한 작가가 다른 작가로부터 진 빚을 작품 내부에서 찾아내어 내적증거를 확보하려는 목적에 의해서이다. 이 경우 어휘, 리듬, 이미지, 상징, 정서, 사상까지 파악되어야 한 시인의 어느 면이 다른 시인의 어느 면에, 어떤 영향을, 얼마만큼 끼쳤는지 비교할 수 있다. 그런데 실상 외적증거도 판별하기 곤란하다. 진 빚을 시인하려하지도 않거니와 시인하더라도 창작에 직접 수용이 되었다는 것인지, 인생관에 도움이 되었다는 것인지, 일반 독자도 말할 수 있는 감명을 받았다고 하는 정도인지 그 영향관계가 모호하기 때문이다. 내적 증거도 한 작가의 리듬의 특징이 다른 작가의 이미지의 특징으로 둔갑하여 나타날 수도 있고 한 작가에 대한 그릇된 해석과 잘못된 이해로 다른 작가의 사숙의 근거가 되는 경우가 있어 문학적 영향관계의 규명을 복잡하게 한다.

하고 복잡한 작업으로 오직 작품 속에서 그 영향의 정도, 형태, 질 등의 내적증거가 확증되어야 한다. 선배작가의 특징이 후배작가의 특징으로 그대로 나타나는 것도 아니다. 문학적 친족관계를 판별할 수 없는 전혀 다른 형태로도 나타날 수 있기 때문이다. 이 관계가 너무 확실하면 오히려 작품의 가치는 위험해진다.[35)]

그럼에도 불구하고 허소라는 내적증거를 운운할 필요도 없이 스승으로부터 직접 영향을 받았다고 스스로 공언함으로 외적증거를 밝힌다. 그러나 그 영향의 범위에 대해서는 선명하게 금을 긋는다.

> 석정선생은 詩作에 있어 기법상의 문제보다 적어도 詩業에 평생을 바치려면 저만한 인격, 저만한 자세, 저만한 애정을 지녀야겠구나 하는 객관적인 표본이 되어 주셨다. … 나는 그분으로부터 시의 창작면보다 시인으로서의 양식과 높은 정신의 문제를 보다 우월되이 배우게 된 것을 몇 번이나 다행으로 여겨왔다. 현실을 볼 때 더욱 그러했다.[36)]

초창기, 시인이 '시적 재능의 범주를 벗어나 시인으로서의 모럴'[37)]을 고민할 때 석정은 그의 정신적 좌표가 되어 주었다. 그런데 주목할 점은 '시작에 있어 기법상의 문제'나 '시의 창작면'이라는 데 긋는 뚜렷한 경계선이다. 그는 '시적 재능의 범주를 벗어나'라고 영향의 범위를 한정한다. 즉 '시 창작의 면'이 아니라 '정신적인 면'에서 영향을 받았음을 확실히 하고 있는 것이다. 따라서 시대를 바라보는 두 사람의 눈은 공통분모가 있지만 그것을 형상화하는 스타일은 완연히 다르다.

아주 흥미 있는 한 예가 있다. 선후관계는 꼭 연령의 선후를 가리키는

35) 지나친 친족관계는 가장 무가치하고 부정적으로 여겨지는 표절이라는 것에 접근하기 때문일 것이다.

36) 허소라, 『한국현대작가연구』, 261-262쪽

37) 같은 책, 261쪽

건 아니다. 늙은 괴테가 젊은 바이론에게 감복했듯 스승은 제자의 「목종」을 읽고 크게 감동한다. 스승은 이 노래를 듣고 '뜨거워 오는 가슴을 몇 번이고 쥐어뜯어야 했다.'[38] 스승은 제자의 '괘념'을 '괘념'하게 된다. '운천리 소년'에 대한 제자의 '괘념'에 대해 스승은 '소라의 「목종」에 괘념하여'라는 부제를 달고 「슬픈 서정」이라는 시를 쓰게 되는 것이다.

앞에서 말한 것처럼 허소라는 격발된 감정의 직접적 표출을 경계한다. '현실적 긴장에 시인이 압도당할 때에 시는 죽고 만다.'[39] 따라서 소년의 죽음에 대한 시인의 분노와 슬픔은 단지 '미안하다.'고 말해질 뿐이다. 그런데 스승은 당시 자신의 안위문제에도 불구하고 한 옥타브 목소리를 높인다. '소라여! 미안한 게 아니라 원통하지 않은가.', '목종이 아니라 차라리 벙어리가 되고 싶고나.'고 고함을 친다. 석정의 이런 격앙된 감정은 '소년의 피'가 '한강으로 금강으로 낙동강으로' '세찬 물줄기를 타고', '철철 흘러갈 것'이라는 표현을 만들어낸다. 그 외에도 '총성에 쓰러진 역사', '무서운 철조망', '조준照準', '텍사스', '사냥' 등의 격한 어휘들을 쏟아낸다. 이때 스승 석정의 의식에는 '미안함'보다는 '원통함'이, '목종'보다는 '벙어리'가 선호되었을 것임은 당연하다.

『목종』은 4월에 발간되고 석정의 「슬픈 서정」은 같은 해 6월 『한양』에 발표된다. 어찌 보면 경험의 객관화에 시간적 거리가 부족하지 않았나하는 생각이 든다. 『한양』이 일본에서 간행된 것임을 감안하면 더욱 그러하다. 청년 허소라는 당시 현실을 직시하였지만 시는 어디까지나 언어예술이라는 점을 냉정히 인식하고 있었고, 말년의 석정은 소위 참여시로서 신변의 위험을 감수하고 포효했다. 감정이 제대로 제어되지 못하면 문학적 성취도는 떨어진다. 이후 제자의 '괘념'에 대한 스승의 '괘념'은 독자들의 '괘념'을 받지 못했고 결과적으로 「목종」

---

38) 신석정이 쓴 허소라의 『목종』 서문

39) 허소라, 『한국현대작가연구』, 283쪽

이 더 빛을 발하게 하는 역할을 하고 말았다. 이래저래 스승의 사랑은 깊었다.

4. '여인의 시세'

초창기부터 허소라는 '시 창작의 면'이 아니라 '정신적인 면'에서 석정의 영향을 받았다고 말하고 있고 말 그대로 세상현실을 보는 두 사람의 비판적 시각은 공통적 이었으나 문학적 성취를 위한 창작과정은 달랐다. 그렇다면 그의 창작과정은 어떠했는가.

문학작품은 평가의 대상으로 존재하는 것이며 평가는 바로 가치를 측정하는 것이다. 문학적 가치는 어떠한 다른 지적 또는 기술적 가치와도 구별되는 특수하고 고유한 가치를 가지게 되는데 이는 바로 예술적 · 심미적 가치다. 이러한 고유한 가치를 위한 허소라의 창작기법이나 형상화 스타일은 무엇인가.

결론적으로 허소라에게는 '문학과 시대의 파수꾼' 이란 명칭을 헌정하는 것이 합당할 것 같다. 이미 '시대의 파수꾼'[40]이라는 칭호는 갖고 있는 바 이에 '문학' 하나를 더하자는 것이다. 왜냐면 반세기에 걸친 작품활동에서 시대현실에 날카로운 시선을 거둔 일이 없었던 것과 마찬가지로 예술적 · 심미적 가치를 위한 그의 노력 또한 중단된 일이 없기 때문이다.

우리는 이미 「목종」에서 눈 놀이하는 아이의 평화와 눈 속에서 숨을 거두는 아이의 비극을 대비시킴으로서 그 모순의 미를 극대화시키는 미학적 전략을 보았고, 소년의 죽음에 대해 '겨울 토끼보다 시시하게'라는 의외의 역설적 수식어를 사용함으로서 그 비애감을 더하는 심미적 장치

---

40) 오하근, '시대의 파수꾼으로서의 시인', 『시문학』, 2005. 10

도 보았다. 또한 「목종」이라는 제목에서도 '소리 없는 종'이라는 철학적 함의를 담은 아이러니를 볼 수 있었다. 이처럼 시인은 시대를 살피는 파수꾼인 동시에 문학적 가치를 살피는 파수꾼이기도 하다.

그런데 지금까지 우리는 단지 「목종」의 도입부만을 보았을 뿐이다. 그의 이런 부단한 미학적 노력은 계속된다. 이 시는 순백의 눈으로 덮인 한 마을에서 일어난 비극을 서정적으로 묘사하는 것으로 시작된다. 사용된 어휘들도 눈, 운동장, 눈사람, 눈싸움, 소년, 겨울 토끼 등 유추적 이미저리analogic imagery 중 순수의 유추analogy of innocence에 해당된다. 그러나 도입부가 끝나자마자 갑자기 카타필러, 철조망, 깡통 등의 아주 이질적인 어휘들이 등장한다. 카타필러는 탱크나 장갑차 같은 것에 부착된 무한궤도로 파괴, 횡포, 황폐 등이 연상되고, 철조망은 가시철사를 둘러놓은 울타리로 우리의 자유를 구속하는 것이며, 깡통은 가난과 굶주림의 대명사다. 모두 기계가 만들어 낸 잔인하고 비인간적인 것이다. 소위 악마적 이미저리demonic imagery다. 누선을 자극하는 서정적 비극을 보던 관객 앞에 갑자기 지옥을 굴러가는 육중한 탱크바퀴소리가 들린다. 극적전환이다. 이는 관객에게 신기성과 의외성을 줌으로 호기심을 자극한다. 독자라는 관객이 얼마나 자발적으로 연극에 빠져들게 하느냐 하는 문제는 시의 효용문제와 직결된다. 편한 의자에 앉아있지만 우리는 시인이 만든 정황에 참여하고 공감하게 된다. 하나의 문학적 허구가 독자에게 이런 동참의식을 주지 못한다면 그것은 예술적 허구가 아니라 말 그대로 허위다. 허소라는 이점을 간파하고 있다. 극적dramatic이란 말은 어떤 '비상한 인상적 행위'이다. 허소라는 눈 내린 고요한 시골마을을 순식간에 가시울타리가 쳐지고 깡통이 굴러다니며 요란한 카타필러의 굉음이 고막을 찢는 악마의 무대로 만들어버린다. 독자는 변화된 무대에 놀라며 장애와 갈등과 충돌을 예기한다. 절망의 불길함도 느낀다. 운천리 소년의 죽음도 결국은 인간의 갈등, 그리고 그것에서 비롯된 절망이 아닌가.

서울에서 의정부를 지나 신탄리까지 경기도 북부지역은 많은 미군부대들이 주둔하고 있었고 그들의 동선에는 차량에서 풍기는 가솔린 냄새가 가득했다. 부대에서 유출된 레이숀은 근방의 가난한 판잣집들 사람들에게 먹을거리는 물론 삶의 중요한 도구가 되었다. 지금도 생생하게 기억되는 당시 기지촌의 모습이다. 「목종」의 둘째 단락은 이렇게 시대현실을 나열하여 묘사함으로 시작된다. 허소라는 '…이 있듯이', '…이 있듯이'를 반복하여 나열하다가 '…이 있겠지'라는 유추로 문장을 끝낸다. 모두 '없다'라는 부정의 말 대신 '있다'라는 긍정의 말에 어원을 둔 독특한 반복의 문장이다. 그러나 '있다'라는 현상들은 가솔린 냄새, 레이숀, 판잣집, 여인의 시세 등의 역설적 현상이다. 역설적 현상의 반복적 나열은 작품의 심미적 구조에 대한 의도적 지향을 보여준다.

'있다'라는 현상들 속에 '여인의 시세'가 있음은 주목할 만하다. 허소라는 기지촌의 현상을 단순히 나열만 하는 것은 아니다. 물론 기지촌에는 미군성욕의 배설구인 소위 양공주들이 있었다. 양공주는 기지촌 상징의 가장 큰 비중요소이다. 따라서 시인은 '…이 있겠지'라는 유추 직전에 이 중요한 요소를 삽입한다. 그러나 시인은 판잣집, 레이숀과 같은 단순나열을 배제한다. 대신 '양공주'가 있어야 할 자리에 '여인의 시세'를 대입한다.

'시세'라는 가격은 상품이라는 물건에게 매기는 것이다. 여자는 물건이 아니다. 따라서 문명사회에서 여성의 '시세'는 금지되어 있는 말이다. 그러나 실상 인류역사상 여성의 미추에 의한 가치 매김은 왕비에서 하녀에 이르기까지 언제나 존재했다. 단지 공식적으로 사용되어서는 절대로 안 되는 말일 뿐이었다. 그러나 이 '시세'가 공식적인 곳이 있다. 바로 기지촌의 여인 같은 경우이다. '여인의 시세'라는 말이 공공연히 사용되는 곳. 그곳에 화창한 봄은 올 수 없다. '절룩이는 봄'이 있을 것이라는 유추는 타당한 것으로 성립된다. 그리고 그곳에는 요행이 '시세'가 높아 미군을 따라간 송인자양 같은 여인의 이야기도 있고 1달라보다 아까울 리 없는 소년의 죽음 이야기도 있다. 미국에 간 송인자의 뒷얘기도 죽은 소년의 뒷얘기도 알 수 없다. 모두 조용할 뿐이다. 소리를 내지 않는 목종처럼.

허소라는 시대현실을 직시하는 예리한 시각을 견지하는 동시에 미학적 형상화도 작품 안에서 부단히 추구하고 있다. 이는 현실성과 예술성이라는 두 가지 양날이 동시에 번득이고 있는 위의 인용 시, 「목종」 한 편에서도 잘 나타나고 있다.

5. '끊어진 칡뿌리'와 '뿌리 잘린 질경이'

꽃과 열매는 같은 태양 빛에 익지만 빛깔, 모양, 맛은 그들을 길러낸 토양에서 얻는다고 한다. 이는 '꽃과 열매'같은 문학적 취급의 대상도 중요한 것이지만 '토양'이라는 작가의 특질 또한 중요시하는 발언이다. 허소라의 시세계는 호남이라는 토양이 뗄 수 없는 환경요인으로 작용하고 있다. 그는 『전라도 겨울밤』이라는 시집도 발간했지만 다른 다수의 시도 향토와 관련되어있다. 그리고 그가 표출하는 공분, 소외의식, 내적 갈등은 또 다른 환경요인이 되는 군부독재라는 시대상황과 맞물려있다. 그러나 그는 격앙된 감정의 직접 표출은 언제나 그랬던 것처럼 삼간다. 시가 예술이라는 사실을 다짐하며 숨을 고르고 현상과 객관적 거리를 둔다. 그 결과 격한 감정은 승화되고 오히려 그 감정은 미적 성취도를 획득한다.

> 봄이 오다 혼자 된 겨울이/ 비로소 전라도에 쭈구려 앉는다/ 아직도 등뼈 굽은 그대의 몸짓/ 그것은 차라리 알몸이다/ 그것은 어느 핸가 안쓰럽게 뽑

히다 끊어진 칡뿌리,/ 그 뿌리가 물고 있는 하얀 피다 하얀 이빨이다

—「봄날 전라도」. 『전라도 겨울밤』부분

우리는 뿌리짤린 질경이/ 아무리 노를 저으며 달려봐야/ 풀귀신이 춤을 추는/ 그 언덕을 넘지 못한다/ 덜그럭거리는 시골버스/ 안내양 없는 전라도길 더디더디 오는데/ 화물칸 짐짝들 이리 뛰고 저리 뛰며/ 저희끼리 뺨을 치누나/ (중략) /본적을 가리운 배 한 척, 뒤뚱거리며/ 하얀 평화를 만나러/ 동포를 만나러 사랑을 만나러/ 먼 길을 떠나고 있다

—「여름날 전라도」. 『전라도 겨울밤』부분

친구여, 참으로 우린 오랜 세월 버림받아 왔도다/ 꽃다발 주고받는 계절에도/ 우리는 손톱 자를 사이도 없이/ 밤새도록 개땅쇠 되어 홍경래 되어 달려보건만/ 날이 새는 그 지점은/ 언제나 전라도땅 한 모서리였다/ (중략) /무너진 성터 봄이 오는 길목/ 떠난 새가 되돌아와/ 갇힌 자를 울어줄 때/ 우리가 손잡아 줄 때/ 우리가 사랑일 때/ 춥고 어두운 겨울밤, 비틀비틀 밝아오겠지.

—「겨울날 전라도」. 『전라도 겨울밤』부분

허소라는 『전라도 겨울밤』의 자서에서 시는 '삶의 반영'이지만 '있는 그대로의 반영'이 아니라 '감춰진 진실, 감금된 정의, 나아가 숨겨진 아름다움을 재구성'하여 '새롭게 보여주는 것'이라고 주장한다. 이 말은 날 것 그대로가 아니라 새롭게 재구성해서 위에 언급한 것처럼 예술로 승화시켜야한다는 말과도 통한다. 위의 시편들은 '전라도'라는 직설적 제목을 달고는 있지만 각 시의 전문 어느 곳에도 미움, 원망, 증오, 분노 등 격앙된 감정의 직접적 표출은 없다. 오히려 자조와 반성 그리고 포용의 정신[41]이 함의되고 있음을 알 수 있다. 또한 사람의 직접적 행동을

41) 이런 정신은 시인의 기독교 배경과도 관계가 있다고 할 수 있다 .「여름날 전라도」에서 남들이 아닌 자신들, 즉 '저희끼리 뺨을 치'고 더 나아가 비록 '뒤뚱'거릴지라도 '평화를 만나러'

촉발하는 어떤 언사도 나타나지 않는다. 광고, 선전, 선동은 직접적 행동의 유발을 목적으로 하지만 진정한 문학은 본질적으로 그런 것이 아니다.

따라서 시인은 같은 자서에서 '과장된 희망'보다는 '참된 절망'을 노래하고자 힘써왔다고 말한다. '과장된 희망'은 사람을 허황되게 만들고 직접행동을 유발시키는 계기가 된다. '참된 절망'이야말로 자신을 성찰하는 계기가 되고 나아가 용서와 화해의 변증법적 희망을 도출할 수 있게 되는 것이다.

'혼자 된 겨울'은 바로 지역을 말함이다. 그 겨울은 '아직도 등뼈 굽은' 몸짓을 하고 있고 그것은 '뽑히다 끊어진 칡뿌리'거나 '뿌리 잘린 질경이'에 불과하다. 시인은 이렇게 뽑히고 잘려버린 식물뿌리의 '감춰진 진실'을 '참된 절망'으로 노래한다. 그의 지극한 절망은 '아무리 노를 저으며 달려봐야' 결국 '언덕을 넘지' 못하는 절망이다. '밤새도록' '달려보건만' 결국 '언제나 전라도 땅 한 모서리'에 존재하는 절망이다. 이런 절망은 지역에 대한 역사적, 사회적, 정치적인 단절과 배척, 소외와 편견에서 비롯된 부정적 결과다. 그럼에도 시인은 '본적(지역성)'을 가리고 '평화를', '동포를', '사랑을 만나러' 길을 떠날 것을 호소한다. 또한 '갇힌 자를 울어줄 때', '우리가 손잡아 줄 때', '우리가 사랑일 때' 비로소 겨울밤이 밝아올 것이라 주장하고 있다.

그는 인용 시들 외에도 많은 시편을 통해 '온몸으로 부딪쳐' 철저히 절

'동포를 만나러 사랑을 만나러' 떠나야한다는 말에는 종교적 박애정신이 함의되어 있다. 본고에서는 허소라의 종교적 배경과 그의 문학관계는 다루지 않는다. 종교경험의 세계는 한 인간의 의식 심층에서 발생하는 비가시적 경험의 총체라 할 수 있고 믿는 사람에게는 실재하지만 그렇지 않은 사람에게는 닫혀있는 세계이기 때문이다. 그럼에도 안구를 기증하며 쓴 「지금의 내 눈으로는」과 같은 시는 절창이다. 다음 시구를 보라. "설레는 마음으로/ 볼록렌즈 닦듯이/ 서늘한 눈을 닦아내며/ 이 눈을 바칩니다./ … /내 작은 눈동자/ 당신의 창에 박힐 때/ 당신의 창에서 작은 별이 될 때/ 나는 비로소 눈을 뜰 것입니다./ 비로소 그분을 만날 것입니다." 고개가 숙여진다.

망을 점검하고, 질문하고, 분석하고, 고발하지만 동시에 평화와 사랑을 통한 강한 희망의 끈을 단단히 붙잡고 있다.

그런데 위의 시에서 부사수식어 '뒤뚱거리며'와 '비틀비틀'을 주목할 필요가 있다. 둘 다 몸동작의 의태어로 '반듯하게', '똑바로' 걷는 것과는 반대되는 수식어이다. 화해와 상생을 위한 길을 향해 '뒤뚱'거리면서도 가야한다. 이는 이미 훼손된 몸의 이미지다. 사랑으로 손을 잡을 때 '비틀'거리며 날이 밝는다는 것도 이미 상처가 깊은 몸의 이미지다. 순박함과 인정으로 손을 내밀고 있는 육신은 이미 상처로 훼손된 육신이다. '활기차게, 반듯하게, 똑바로' 손을 내밀지 못하는 '뿌리 잘린 질경이' 같은 상한 육신의 이미지는 눈물과 한숨을 함축한 더 큰 비애로 우리에게 다가온다. 시인은 내면의 커다란 분노와 슬픔을 이처럼 한마디 부사수식어로 갈무리하여 제어시키고 있는 것이다.

그가 역사의 파수꾼으로 '감춰진 진실과 감금된 정의'를 증언하고 있는 대표적인 초기작품은 「풍장風葬」이다. 같은 제호의 시집 후기에서도 시인은 '육이오에서 오늘까지를 한 곳에 묶어보려 한 것이 장시長詩, 「풍장」'이라고 말하고 있고, 그의 스승 석정도 서문에서 '동족상잔의 비극' 이후 '12년의 독재 속에서 허덕이다가 사일구, 오일육의 거듭되는 혁명'을 부대낀 시인이 '이 처절한 풍장을 노래하지 않아도 좋은 날이 어서 오기를' 기다린다고 말하고 있다. 지금은 '풍장'하면 어느 시인을 지칭하는 대명사처럼 되어버렸지만 이 시인 훨씬 이전에 허소라는 같은 이름의 시집을 발간하여 '어느 여름(육이오)과/ 화요일(사일구)과/ 철조망(오일륙)과/ 보이지 않는 잿더미(군사정권)'에 대해 증언하였다.(「풍장」 107연, 괄호 안 필자)[42]

---

42) 허소라의 『풍장』은 1968년 1월에 발간되었고 한편의 시가 10단락, 109연, 823행으로 구성된 대단한 장시다.(시 중간에 삽입된 산문시, 성서구절, 가사구절 등을 한 행으로만 계산해도 이러하다.) 그로부터 16년 후인 1984년, 황동규의 『풍장』이 발간된다. 그가 14년에

시인은 이 장시에서도 아래의 인용구처럼 빼어난 미학적 성취도를 추구한다.

> 녹슨 종 다시 걸리고/ 깡마른 교장선생은/ 아무 일도 없었다는 듯/ 수업료를 독촉해왔다.
>
> —「풍장」 15연

> 이념의 문갑엔 박쥐똥—/ 형과 아우는 흥분하는데/ 아버지의 공무원 뺏지만이/ 서양을 받으며 조용하였다.
>
> —「풍장」 33연

인용 시에 대한 구구한 설명이 필요 없다. 우리의 입은 웃고 있지만 누선은 젖어있다.

시인은 이후에도 계속하여 참담한 시대상을 고발한다. 그러나 앞에서 보는 것처럼 내면은 분노와 슬픔이 응어리져있지만 시인은 솟구치는 감정을 진정하고 이를 철저히 예술로 승화시킨다. 그의 이러한 태도는 다음의 글에서 선명하게 부각된다.

> 역사와 현실이 눈에 보이는 사정거리 안에 있다 해서 즉각 총을 쏠 수 없는 시 예술 특유의 현상의 공간을 이해하지 않으면 안 된다.[43]

참담한 현실이 조준점에 포착된다하여도 시인이 '시'라는 방아쇠를

걸쳐 이 연작시를 썼다고 하는데 이를 그대로 인정하더라도 허소라의 것이 세상에 앞서 나온 것이 사실이다. 80년대 중반, 당시 '풍장'이란 어휘 자체가 생경하면서도 시적 상상력을 크게 증폭시키는 언어로 인식되어 세상에 널리 풍미되었다. 그러나 위에서 보듯 황동규는 '풍장'이란 시제 자체를 허소라에게 빚지고 있다. '풍장'이란 어휘를 황동규가 최초로 시적 형상화 하였다는 인식은 재고되어야 할 것이다.

43) 허소라, 『한국현대작가연구』, 283쪽

당겨봤자 사회문제의 실질적 해결은 이루어지지 않는다. 차라리 신문사설 하나로 까는 것이 몇 백배 효과가 있다. 문학은 사회현실을 사진처럼 찍어내 제시하는 것이 아니라 언어라는 매개수단으로 '번역'하여 예술적으로 제시하는 것이다. 이것이 독자의 의식에 침윤되어 정당한 인식을 갖게 하고 근본적인 변화를 추구하게 만드는 것이다. 이것이 문학의 사회참여다. 즉각적인 사회개혁을 목적으로 글을 쓰다가는 개혁은커녕 문학도 아니고 선전도 아닌, 그야말로 아무것도 아닌 글이 되기 십상이다.

> 한 시대의 벌판/ 차라리 물방울이나 되어/ 바람이 불 때마다/ 나뭇가지나 풀잎에서/ 뚝뚝 떨어지라 한다/ … /떨어지다 운 좋으면/ 아이들의 잠 속에서나 비누방울 되어/ 무지개로 온 세상 떠다니라 한다/ … /다만 물방울이 물방울로/ 시내 되고/ 강물 되어/ 바다 되어/ 한물질 날 아무도 모르겠거니─.
>
> ―「물방울이나 되어」, 『겨울나무』, 부분

'한 시대의 벌판'은 바로 역경의 사회현실이다. 현실은 '떨어지라'하고 '떠다니라' 한다. 여기에는 지시가 있을 뿐 시인의 독자적인 목소리는 들리지 않는다. 그런데 아주 달콤한 유혹이 있다. 지시대로 '떨어지다' '아이들의 잠 속에서' '무지개로 온 세상 떠다니라'는 동화 같은 세계로의 유혹이다. 시인은 이 달콤한 지시를 감수할 것처럼 귀 기울이고 있다. 시에서는 생략되어있으나 시인은 지시의 근저에 놓인 의미를 찾는다. 그는 스스로 결정을 내리고 스스로 답한다. '물방울이 시내 되고 강물 되고 바다 되어 한물질 날 아무도 모르겠거니.' 민중 하나하나는 이슬처럼 스러지는 물방울에 불과하지만 물의 자연현상처럼 이들은 모여 시내가 되고 강이 되고 결국은 바다가 되어 세상을 바꿀 수 있다는 적극적 의지로 물방울의 존재이유를 설명하고 있는 것이다. 미약한 물방울이 되라고 하지만 그 물방울은 필연적으로 거대한 바다가 된다는 역설이다.

『풍장』, 『겨울나무』, 『전라도 겨울밤』 같은 시집에서 시인은 주로 군부독재와 같은 전체적 시대상황, 혹은 이미지화 시킨 지역인 전체를 그 대상으로 하는, 즉 추상적 대상을 그리고 있는 것처럼 보이지만 그의 시선은 '농부'와 같은 구체적 대상이나 '분단'의 아픔 같은 특수현상을 간과하지 않는다.

> 한때 그가 중얼거릴 때마다/ 쟁기날에 묻어나던 싱싱한 햇살/ … /집에 오면 빈 벌판/ 무슨 씨앗을 뿌릴까/ 농부는 컴컴한 제 방구석에서/ 밤새도록 씨 뿌리는 흉내/ 제 가슴에 불 지르는 흉내
>
> —「농부」, 『겨울밤 전라도』 부분

> 부러진 시간들이 비늘로 떨어지면/ 천만 번의 조리질/ 오늘도 시늪으로 건져본다./ … /서로가 망을 보는 강심엔 /제 무게를 못이기는 모국어들이/ 흰 뼈로 갈앉고/ 저문 산 그림자 속/ 짐승이 울면/ 아 돌아가련도다.
>
> —「임진강가에서」, 『겨울나무』 부분

각박한 시대현실 속에 시골의 농부라고 예외가 아니다. 논을 갈아엎을 때 '쟁기날에 묻어나던 싱싱한 햇살'은 이제 없다. 갈아엎을 땅이 없기 때문이다. 경작할 땅이 없는 농부는 그 존재가치도 없다. 당시 수많은 농민들이 잘 못된 영농정책으로 생명 같은 땅을 내놔야 했다. 이들의 슬픔을 시인은 지극한 절망의 눈으로 바라보고 있다.

또한 꿈쩍도 하지 않는 분단의 장벽은 임진강에서 잃어버린 시간을 아무리 건지려 해도 소용없게 만든다. 같은 족속이 같은 땅에서 어울려 사는 대신 서로 경계하며 망을 봐야한다. 오랜 세월 대화 없이 사용되지

않는 모국어는 백골이 되어 임진강에 갈아 앉는다. 역시 분단의 아픔을 처절한 슬픔으로 노래하고 있다.

그러나 위에 인용된 시편들은 슬퍼서 아름답고 아름다워 더 슬프다. 은빛처럼 반짝이는 심상들이 슬픔과 아픔을 더하게 하고 있다.

6. '아스피린만한 항구'

앞에서 인용한 「농부」와 「임진강가에서」는 심상이 뛰어난 작품들이다. 살찐 흙을 갈아엎는 쟁깃날은 흙과의 계속적인 마찰로 인해 은빛처럼 희다. 여기에 햇빛이 비치면 햇살은 튕기듯 빛날 것이다. 이를 시인은 '쟁기날에 묻어나던 싱싱한 햇살'이라고 표현한다. 시각적 심상이 선명하다.

분단으로 인해 잃어버린 세월들이 낡아 바스러져 떨어지는 비늘가루처럼 속절없다. 시인은 이를 '부러진 시간들이 비늘로 떨어'진다고 표현하는데, 그는 눈으로는 결코 볼 수 없는 '시간'이라는 추상을 우리가 현상에서 '비늘'이라는 구상으로 볼 수 있게 만든다.

특히 위 시편들에서 우리는 '흉내'와 '시늉'이라는 시어에 주목할 필요가 있다. 시늉은 어떤 모양이나 동작을 '흉내 내는 짓'이다. 흉내는 남이 하는 언행을 '옮겨하는 짓'이다. 이 두 '짓'은 모두 어떤 뚜렷한 목적과 의지를 가지고 행하는 능동적 행위가 아니다. 따라서 이 '짓'을 아무리 하여도 흉내와 시늉의 대상이 되는 그 자체가 될 수는 없다. 거지 시늉을 한다고 해서 거지가 되는 것이 아니고 대통령 흉내를 낸다고 해서 대통령이 되는 게 아니다. 이루어지지 않는 일을 한다는 일은 의미 없는 일이다. 따라서 의미 없는 일을 한다는 일은 슬픈 일이다. 이 '짓'은 비극적이다. 농부가 아무리 밤새도록 씨 뿌리는 흉내를 내보았자 씨 뿌리는 행위를 옮겨하는 '짓'이지 실제로 씨를 뿌리는 행위는 아니다. 물론 수확은 있을 수 없다. 화자가 조리질 시늉을 천만 번해 보았자 그것은 조리질을 흉내 내는 '짓'이지 진짜 조리질이 아니다. 따라서 잃어버린 시간은 결코 건질 수 없다. 여기에서 처절한 비극적 아이러니가 발생하고 그것은 미학적 아름다움으로 승화한다. 슬픔과 분노를 예술적으로 승화시킨다는 것은 바로 이를 말함이다. 허소라의 시는 반세기의 연륜에도 예리하면 더 예리해졌지 결코 무뎌지는 일이 없다. 90년대 중반에 발표된 위의 시편들이 이를 웅변한다.

사실 시적 예술성에 대한 허소라의 집념은 초창기부터 각별하다. 우리는 이미 초창기에 발표된 「목종」의 아름다움을 보았다. 시가 예술인 이상 이것은 당연한 일이고 그래서 그는 시인이 되었다. 여기서 각별하다는 뜻은 그가 행과 연의 구분은 물론 운율, 토씨, 구두점 하나하나에도 전력투구한다는 뜻이다. 다음 시에서 그 각별함을 보자.

> 호랑가시나무의 빨간 열매가/ 지난겨울의 유언처럼/ 아직도 수군수군 매달려 있고/ 램프처럼 환한 너의 가슴에/ 아직도 새한마리 기다리고 있느냐?/ 용케도 견뎌온 한 자루의 정신/ 오천년의 겨울이 지나도록/ 시들 줄 모르고, 꺾일 줄 모르는 너의 푸르름이/ 아픔을 아픔이라 하지 않고/ 어둠을 어둠이라 하지 않고/ 싸움을 싸움이라 하지 않고/ 겨울을 지난다./ 얼었던 이파리는 이제 떠나야 하고/ 그 위에 새 잎 나기./ 그 위에 햇살로 칼 갈기./ 그 위에 새 한 마리 날아오기.
>
> —「겨울을 지나」, 『겨울나무』 전문

허소라는 대개 자유시를 쓰고 더러는 산문시도 쓴다. 현대시, 특히 자유시나 산문시의 경우에는 의외로 많은 시인들이 운율에 개의치 않는 경향이 있다. 현재 모든 문학작품이 글로 인쇄된 형태로 전달됨으로 음성적 요소는 간과된다. 그러나 글은 음성을 시각적 기호로 바꿔 놓은 것이다. 만약 시라고 썼지만 리듬의 요소가 전혀 없다면 행과 연을 나누어도 그것은 시가 아니다. 시처럼 보일 뿐이다.[44] 허소라는 자유시와 산문시를 쓰지만 운율에 각별한 신경을 기울인다.

위의 시에서 시인은 도입부에서부터 '유언처럼', '램프처럼'과 같이 '처럼'을 반복하고 그 중간에 '아직도'를 반복함으로 리듬을 살리고 있다. 중반부에서도 '…을 …라 하지 않고'를 세 번 연속 반복함으로 리듬의 조화를 이루고 있고 종반부에서는 '그 위에 …하기'를 세 번 반복하며 명쾌하게 시를 마무리함으로 리듬의 효과를 극대화하고 있다. 또한 첫 행, 3행, 5행은 전형적인 7 · 5조의 리듬이 반복되고 있으며 뒤의 많은 행도 7 · 5조 내지 그의 변형이다. 7 · 5조는 실상 3+4(2+2), 3+2로 나뉠 수 있다. 자유시의 소위 내재율이라는 것도 외재율과의 관계에서 성립되는 것으로 이는 반복적 요소와 관계가 깊다. 바로 이러한 내재율로 인해 자유시인 이 시도 얼마든지 운문처럼 끊어 읽을 수 있게 된다. 또한 호랑가시나무의 빨간 열매를 의인화하여 '수군수군'이란 의성어를 사용케 함으로 시에 음성적 요소의 효과를 더하고 있다.

시인은 위의 시 6행 '한 자루의 정신' 다음에 마침표를 찍었으나 5행 끝의 의문부호와 중복되어 '속도나 긴장감이 이완될 우려가 있어 삭제했다'고 말한다. 끝 부분 3행을 명사형으로 처리하며 행마다 마침표를 준 것은 '각 행의 독립성'과 '주제의 단호함'을 보여주기 위한 것이라고 말한다. 심지어 '독자로 하여금 한 눈 팔 겨를을 주지 않기 위해' 근년 작품에는 '의도적으로 연의 구분 없이 한 편의 시를 한 연으로 마무리 짓

44) 이런 시도 버젓이 "한국시선집"에 수록되어있다. 그러나 이 경우는 산문이지 운문이 아니다. 산문을 시인들의 작품집에 수록한 것은 응당 잘못된 일이다. 산문시와 산문은 리듬의 패턴 유무로 구분된다. 산문시는 외형상 그냥 산문이다. 그러나 반드시 리듬이 있다. 외형상 행의 배열이 있는 자유시라도 리듬과 의미의 단위가 행과는 전혀 관계가 없을 때는 자유시가 아니라 산문시다. 자유시에서 한 행은 리듬과 의미의 엄연한 한 단위인 것이고 산문시는 리듬이 있되 이 같은 행의 진행이 없다. 따라서 시인이 운율을 무시하고 시를 쓴다면 자유시도 산문시도 아닌 그야말로 산문을 쓰고 있는 것이다. 산문은 시 장르가 아니다.

고 있다'고 말한다.[45]

이처럼 그는 시의 미적성취를 위한 모든 구성요소에 하나라도 소홀함이 없다. 보는 것처럼 위의 시에 나타나는 심상이나 비유 상징 등은 여기에서 언급하지 않았다. 그래도 하나만 언급하자. '호랑가시나무의 빨간 열매'를 '지난겨울의 유언'으로 비유한 것은 얼마나 멋진 유추인가.

세월이 갈수록 그의 시에 대한 열정은 더 뜨거워지는 것 같다. 그는 시인들의 가장 중요한 작업의 하나는 '도구로서의 일상어'를 '새로운 생명의 의미차원'으로 이끌어 올리는 것이라고 믿고 있다. 예술의 원천인 상상력에 대해서도 그는 '독창성'에 그 생명이 있다고 단언한다. 그는 우리가 같은 시간 속에서 같은 세계를 호흡한다 해도 상상력의 세계는 정신적 체험에 따라 얼마든지 다를 수 있고 말한다.[46] 맞는 말이다. 천 사람이 '국화'를 보고 천 마디를 했지만 역시 '누님 같은 꽃'은 서정주만의 발견이요 독창이다. 수많은 사람이 '비'를 바라보며 감상에 빠졌지만 정지용에게 그것은 '다리 깟칠한 산새 걸음거리'였다. 허소라에게 겨울바다의 거친 파도는 '수만 개로 늘어난 독수리 발톱'(「겨울바다」)이었다. 그의 뜨거운 열정과 상상력은 마침내 '항구'와 '아스피린'을 연결하기에 이른다. 전연 관계가 없는 것들을 관계가 있는 것으로 연결할 때 그 곳엔 새로운 생명이 창조된다.

> 밝은 눈이 내리고/ 하얀 돛단배에 실린 채/ 나는 어느 열사熱砂의 나라/ 아스피린만한 항구로/ 끌려가고 있다.
>
> —「독감」, 『겨울밤 전라도』 부분

일반적으로 '항구'하면 바다, 배, 방파제, 등대, 갈매기 등을 연상하게

45) 허소라. 『한국현대작가연구』. 272-273쪽

46) 같은 책. 269쪽

된다. 나아가 비린내, 선창가, 뱃사람, 술집, 여인 등으로 연상은 뻗어 나갈 것이다. 그러나 세상 어느 누가 '항구'와 '아스피린'을 연상을 할 것인가. 설령 항구가 작다는 사실을 묘사하기 위한 것이라 해도 하필이면 아스피린인가. 아스피린은 물론 작다. 희다. 그래서 깨끗하다. 이를 항구와 대입하면 하얀 건물들이 햇빛에 눈부시게 밝은 작고 깨끗한 항구가 그려진다. 마치 사진에서처럼 청정한 지중해의 어느 작은 포구가 연상된다. 이는 우리의 일반적 연상인 '비린내 나는 선창가'에 '화장 짙은 술집 여인'과는 정반대의 이미지다. 보통의 사고를 뛰어 넘는 창조다. 그의 상상력은 전혀 관계없어 보이는 것을 관계있는 것으로 연결함으로 새로운 미적가치를 창조해낸 것이다. 항구를 아스피린으로 보려면 보통의 일반적인 눈이 아닌 섬세하고 투명한 눈을 가져야 한다. 지극히 순수한 눈을 가져야 한다. 최근의 그의 발언은 이런 점을 잘 시사하고 있다.

> 소년시절 오월 훈풍에 흔들리고 있는 풀잎만 보아도 글썽이던, 다시 말해서 막연한 '그리움'만이 문학의 전 재산이었던 그 시절의 순수 앞에 나는 다시금 무릎을 꿇기로 했다. 그리움 하나 죽인다는 게 그 누구를 죽이는 일보다 더 어렵게 여기던 그 시절을 생각하며 문학과 인생을 재정비키로 했다.[47)]

그가 추구하는 순수는 신의 뜻과의 합일은 물론 더욱 예술적 성취도가 높은 시작에 몰두하겠다는 뜻이기도 하다. 아스피린의 주 기능은 역시 해열이다. 골치 아픈 인간의 머리를 깨끗하게 씻어내는 아스피린 같은 시의 창조는 신의 사랑과 부합하는 일이기도 하다.

「독감」의 명징한 정경을 다시 보자. 창밖에는 하얀 눈이 내리고 있다. 감기 들린 화자는 눈처럼 하얀 돛단배에 실려 어느 열사의 나라의 작

---

47) 허소라. 「시란 자기 구원이며 사회 구원」, 『시문학』. 2005, 10. 70쪽

고 하얀 아스피린만한 항구로 향해하고 있다. 물론 이곳은 눈 내리는 겨울이지만 열사의 나라는 따뜻할 것이다. 아스피린만한 항구도 조용하고 따뜻할 것이다. 화자는 지금 코발트빛의 잔잔한 지중해를 항해하고 있다. 감기는 어느덧 사라진다. 허소라는 언어의 촉수를 뻗을 때까지 뻗어 몇 행의 짧은 글로 이런 아름다운 정경을 포착해 내고 있다.

7. 나가며

허소라 시에는 『겨울나무』, 『겨울밤 전라도』처럼 시집 제목뿐 아니라 「겨울 강」, 「겨울이야기」, 「겨울바다」, 「겨울을 지나」 등과 같이 시제에도 겨울이 들어간 것이 다수이다. 물론 내용이 겨울과 관계되는 것도 허다하다. 이번 글에서는 이처럼 시인이 집중한 겨울 이미지를 다루지 못했다. 이에 관해서는 허소라 시에 대한 사계절 순환 이미지를 쓴 오하근의 글을 참조하면 좋을 것이다.[48]

허소라는 반세기에 걸친 작품 활동에서 시대현실에 날카로운 시선을 거둔 일이 없었던 것처럼 문학의 예술적 가치를 위한 그의 노력 또한 중단된 일이 없었다. 그는 문학과 시대를 동시에 살피는 파수꾼이었다. 따라서 그에게 '문학과 시대의 파수꾼' 이란 명칭을 헌정하는 것이 합당한 것으로 확신하고 이를 본고의 제목으로 삼기로 했다.

시인의 시에는 가끔 '…하였느니', '…하였노라', '…도다'와 같은 전통적 관습의 연결형과 종지형이 나타나며 '아'와 같은 영탄조도 보인다. 이런 문학적 관습을 고루한 것으로 파악하는 어이없는 일도 있을 수 있겠지만 이런 언어가 꼭 있어야 할 자리에 정확히 위치하는 것은 미학적 효과를 위해서도 마땅한 일이다. 시인은 언제나 이점을 확실히 하고 있고

48) 오하근. '시대의 파수꾼으로서의 시인 -허소라 시의 사계의 순환 이미지'. 시문학 2005. 10

이는 그의 글에서 확인된다.

허소라는 시에서도 정확한 문법을 고수하고 사투리도 사용하지 않는다. 이것은 그의 단아한 문체의 결과로 나타난다. 그는 언어를 농단하고 희롱하기를 극도로 삼간다. 이런 문체는 그의 단아한 실제 모습과 중첩되고 있다.

미진한 감이 많은데도 제법 긴 글이 된 것 같다. 그러나 이글은 허소라 시에 대한 연구의 시작에 불과하다.

제 2 부

는개 속을 날고 있는 하이얀 나비 한 마리
고추 꽃술에 앉았다 날자
꽃잎 떨어지자
갓 달린 아기 고추 쉬— 하자 나비,
옥수수 꽃술에 붙어 떨자
꽃술 붉어지자
가지와 호박과 강아지풀 사이를 날자
모든 여정이 정적으로 되돌아가자 나비,
날개 는개에 젖어
之之 之字로 는개 속으로 사라지자

— 김영탁 시 「몽유」 전문

놋요강에 소리 없이 소피보는 여인

— '신화'에서 걸어 나온 조기호의 '여인'

1. 들어가며

남의 글에 개칠이나 하는 것이 내가 쓰는 평론이 아닌가하는 회의가 들 때가 있다.

조기호 시인의 글을 받고 쉽고 편하지만 감동을 주며 반짝이는 시편들에, 술 잘 마시며 문단의 선배로 잘 모시고 있는 큰 성님의 글에, 하필이면 왜 내가 개칠해야 하는가 하는 생각에 불행한 평론가는 바로 이런 나를 가리키는 것 같아 또 회의가 들었다.

그러나 그가 아직 정정한 가슴으로 노래하고 청청한 정신세계를 펼쳐낼 때, 그 노래를 꼼꼼하게 살펴보고 그 정신 한 자락을 들춰내어 햇빛 좋은 빨랫줄에 걸 일이 생겼고 그 일을 바로 내가 맡았다는 사실 때문에 한편으로는 행복한 평론가라는 생각도 들었다.

나는 열매의 맛과 향에 관심이 있지 그 나뭇가지와 뿌리에는 별 신경을 쓰지 않는다. 사과나무를 걱정하다가 사과를 먹지 못한다면 그 나무의 존재가치는 도대체 무엇이란 말인가. 작품은 작가가 빗어낸 열매다.

시인과는 남해 바닷가에서, 구천동 산골짜기에서, 함께 별도 보고 술도 마셨다. 시장바닥 선술집에서, 가맥집에서, 호프집에서, 시도 배우고 욕도 배우고 공맹도 듣고 외설도 들었으며 혼구멍도 나고 칭찬도 받고 이리저리 이것저것 많은 가르침을 받았다. 이는 나무 밑동부터 시인을 안다는 말이다. 그럼에도 그가 빚은 열매의 맛이 어디로 가랴. 홍옥은 홍옥이다. 그러나 이런 특별난 관계는 과일의 -최소한 개 코나 맡을- 미묘하고 특수한 향내를 간취看取함에 있어 큰 도움이 될 것으로 믿는다.

시인의 글에 개칠, 덧칠할 물감을 붓에 듬뿍 묻혀 놨다. 이제 사과를 씹어보자.

2. 쉬운 시

조기호의 여러 시편 중 그의 시 세계를 쉽게 파악할 수 있고 개인적으로도 아주 좋아하는 시 한 구절을 먼저 소개한다.

> 성님/ 우리도 고동이 잡아다가 팔아서 돈 벌고/ 개평으로 뒷물까지 시원하게 함시롱/ 내일부터 시작혀 볼까 히히히 성님.// 얼씨구 절씨구/ 지화자 좋네.
>
> —「구천동찬가. 5」에서)

민초들의 낙천적인 일상과, 감출 것 없는 해학과, 건강한 관능이 이 짧은 글에 생물처럼 꿈틀대고 있다. 이 글을 대하면 구천동의 맑은 물소리 사이에 터지는 여인들의 낭자한 웃음소리가 들려오고 빵빵한 그녀들의 허연 엉덩이가 보인다. 보이고 들리는 대로 시인은 서경하고 있으나 행간에는 다슬기를 잡아 살림에 보태려하는 서민의 신산한 삶에 던지는 따뜻한 연민의 눈길이 있다.

지금까지 발표된 그의 많은 시편들은 다양한 대상을 여러 시선으로 그려내고 있으나 거침없는 표현기법에서나 그가 추구하는 정신세계에서나 위의 시에 비해 큰 기복은 없다. 각 시편의 수준도 아주 고른 편 – 한 시집에서 의외로 찾기 힘든– 이다. 그의 시편들을 대하면 시원한 큰 물줄기 하나가 시 전체를 관통하며 흐르고 있음을 알 수 있는데 그것은 그가 의도적으로 쉽게 읽히는 시를 쓴다는 점이다. 우선 표제작 「신화」를 보자.

> 붓다는 보리수 아래서/ 득도를 하였고// 나는 미치고 환장하게 화사한/ 안심사 홍매실나무 꽃 아래서/ 이봄을 모두 깨달았네./ 임 가듯/ 그리움 밀려오고// 시디신 봄날/ 한나절 앉아 눈 감으면/ 신화가 되네.// 인생은 앞으로 남고/ 뒤로도 남는 것/ 황진이 버선코만큼/ 남는 것을.
>
> —「신화」 전문

인용 시는 전혀 어려움 없이 이해되는 시다. 따라서 그의 시 앞에서 주눅이 들 독자는 아무도 없다. 첫 연에서 '붓다'와 '보리수'와 '득도'라는 불교용어가 견인되었지만 이 정도 말은 하도 일상적이라 교회 다니는 사람도 다 안다.

시인은 그전부터, 특히 근래에는 더욱 더 '쉬운 시'를 쓰겠다고 작정을 하고 또 그렇게 하고 있다. 얼마 전에도 그는 '시를 쉽게 쓰면서도 천박하지 않은 글을 쓰겠노라'고 스스로 다짐하고 있다(시집, 『아리운 이야기』 머리글, 2008). 그는 스스로 '어떻게 하면 어린 초등학생과 늙은 시인이 같이 읽을 수 있는 시를 쓸 수 있을까' 궁리한다. 그리고 그것은 '참으로 어렵고도 힘든 작업'이라고 진술한다(시집, 『백제의 미소』 머리글, 2005). 시인은 또한 어느 후배의 시집을 받아들고 어찌나 쉽고 편하게 썼는지 '단숨에 읽어버리고 나서 며칠을 보대끼는 가슴앓이'했다며 앞으로 더

쉽게 쓰도록 노력하겠다고 토로하고 있다.(시집, 『사람을 만나서 사랑을 꿈꾸었네』 머리글. 2007)

그 '어느 후배의 시집'이 바로 필자의 『칠산주막』이었음을 나중에야 알고 한참 황송스러웠지만, 여하튼 '쉬운 시 쓰기'는 조기호 시인의 최우선적이며 한결같은 시론인 것 같다. 그의 시편 어디를 봐도 우리가 머리를 싸매고 끙끙거리게 하는 곳은 없다. 이것은 시인의 미덕이다. 행간의 깊은 뜻은 차치且置하고라도 우선 문장의 의미가 이해되어야 최소한 좋다 나쁘다 정도라도 평가 할 수 있을 것이 아닌가. 시가 좋다 나쁘다는 평가는 평론가만 하는 일이 아니다. 어느 독자라도 글을 읽고 난 후에는 자신의 판단기준에 따라 나름대로의 평가를 하게 마련이다. 이는 배우는 학생에게도 가르치는 선생에게도 마찬가지로 해당된다. 글을 읽고 난 후 그에 상응하는 정서적 반응은 같지는 않을지라도 평가는 반드시 일어나게 된다. 즉 독서의 끝은 평가다. 그런데 글의 뜻 자체가 이해가 되지 않는다면 그 글에 대한 평가는 있을 수 없고 그 글의 존재가치도 없다.

3. 환장하게 화사한 봄꽃

표제 시 「신화」의 첫 연은 '붓다가 보리수 아래서 득도를 하였다'는 엄숙한 종교적 진술로 시작된다. 다음 연은 첫 연의 대구로 '시인도 매실나무 꽃 아래에서 봄을 깨달았다'는 다소 철학적인 진술이다. 그런데 매실나무 꽃이 특별한 한 행으로 수식됨으로서 종교적 · 철학적 진술은 전복된다. '화사한 안심사 매실나무 꽃'은 우리가 사찰에서 대할 수 있는 일반적인 객관적 대상에 불과하다. 그러나 '미치고 환장하게'는 아주 개인적이고 주관적 진술로 화사한 꽃의 형용으로는 의외성을 가진다. 미친다는 것은 정상이 아닌 상태고 환장한다는 것도 마음이 막되게 크게 달라진 상태로 정상이 아니다. 시인의 깨달음은 매실 꽃에서 '봄'이라는 계절의 도래를 안 것에 불과하지만 부처의 우주적인 득도와 다를 것이 없다. 보리수 아래의 득도나 매실나무 아래의 깨달음은 그게 그거다. 한 나절 눈감으면 다 신화에 불과하다. 여기에 조기호 특유의 통렬한 아이러니와 해학이 발생한다.

독자들은 바로 '미치고 환장하게'라는 의외의 비속적 부사구에 갑자기 흥미를 느끼게 된다. 엄숙하고 점잖은 자리에서는 절대 사용하지 않지만 어떤 형용을 강하게 강조하기위해 우리는 일상에서 이 말을 쓴다. 바로 이 말이 '신화'에 견인되었기 때문이다. 동년배의 친한 사이에서만 쓰던 이 말이 시에 안착함으로서 시는 생기를 띠고 친숙하게 다가온다. 흥미를 갖은, 즉 재미를 느끼는 독자의 눈은 거부감 없이 자연스럽게 다음 연으로 향하게 되는 것이다.

다른 예술도 마찬가지겠지만 문학은 무슨 소용이 있는 것인가에 대한 답을 구하기 위해 기원 전 부터 사람들은 고민하였고 그것은 결국 '즐거움과 유익함'을 주는 것이란 해답에서 아직까지 벗어나지 못하고 있다. 예술은 심미적 아름다움을 추구하고 아름다움은 우리에게 쾌감을 준다. 물론 감동도 불쾌한 심리가 아님으로 쾌감의 한 형태이다. 그렇다면 문학의 효용은 우선 우리에게 '즐거움'(혹은 재미, 쾌감, 감동, 심미적 만족)을 주는 것이다. 평론가들이 문학작품에 내재하는 미적 장치를 찾아내려 혈안이 되는 것도 바로 이런 이유에서 이다. 조기호는 바로 친숙하지만 비속한 의외의 언어를 사용함으로 이에 부응한다. '미치고 환장하게'가 그 한 예다. 그의 시편에서 이러한 표현은 얼마든지 나타난다.

> 우리 어머니 허기진 가슴애피같이 피울음으로 울어쌓던 소쩍새도 저녀러 환장하고 복장 터지는 농심들의 속사정을 눈치챘는지 올봄에는 찾아와 울지 않고
>
> —「이팝꽃 필 때」 부분

여기서는 '미치고 환장하게'가 '환장하고 복장 터지는'으로 그 수위를 한층 높인다. 더구나 그 앞에 '저' 대신 '저녀러'라는 토속어가 대입됨으로서 원래 '저 안타까운 농심' 정도의 평범했던 '회색'의 언어가 갑자기 '유채색'의 언어로 바뀌어 반짝인다. 시인은 이런 언어의 부림에 거침없고 능숙하다. 몇 가지 예를 들어만 보아도,

> 생지랄(「춘우」), 폭삭 산은 삭신(「첫눈이 오시는데」), 피처지게(「노을」) 허천나게 아파서, 퍼질러 앉아,(「목포의 봄」), 퍼질러 놓고(「사랑은 누워서 살고」), 개뿔(「인정머리」), 요상 맹랑한 날씨(「로키에서」), 개침을 질질 흘린다., 속창아리, 주접(「노망」), 수악한(「경로 우대석」), 개똥, 풍신(「돌이켜 보면」)

위와 같은 시어들이 동원된 시편에서 독자들이 '곰삭은 갈치 속 젓'과 같은 맛깔스러운 재미를 느낄 수 있음은 자명하다. 그에게 넝쿨장미는 '넌출장미'(「단발머리 기약은 없고」)고, 살구는 '떡살구'(「나도 풍란」)요, 떡은 '쑥개떡'(「송림동 앞바다에는」)이다. 인간의 몸도 마찬가지다. 가슴은 '가슴팍'(「삼나무 숲」)이고, 배는 '뱃대기'(「백수풍진」)요, 입은 '아가리'(「카나다 기행 1」)다. 궁둥이는 '볼기짝'(「보릿고개」)이고 남자 것은 '가랑이'(「섬진강 복사꽃 필 때」)에 달린 '먹 잠지'(「목포의 봄」)요, 여자 것은 '사추리'(「그 한봄 다기산」)에 뚫린 '밑구멍'(「가문비나무」)이다.

이런 질박한 언어들은 놀랍게도 우리의 존재의식을 강하게 제고시킨다. 또한 문자 그대로의 뜻 뿐 아니라 새로운 시적 심상이 우리의 감각을 쑤셔댄다. 이런 언어의 구사는 아무나 하는 게 아니다. 지남철도 철이지만 특별한 자장이 있어 쇠붙이 쪼가리가 달라붙듯 조기호의 촉수에 걸린 비속어, 사투리 쪼가리들은 고개를 발딱 들고 일어서서 새로운 존재의미를 획득하고 있는 것이다.

4. 놋요강에 올라앉은 여인

다시 「신화」로 돌아가자. 시인은 '임 가듯 그리움 밀려오고'라는 시행으로 매화 아래에서 깨달은 봄을 서정성 짙은 언어로 노래한다. 그리고 모든 것들이 '봄날 한나절 눈 감으면 다 신화가 된'다고 무상함을 토로한다. 그런데 빈손으로 왔다 빈손으로 가는 삶의 무상을 갑자기 '인생은 앞으로 남고 뒤로도 남는 것'이라고 진술함으로서 우리의 기대를 무너뜨리는 역설을 만들어 낸다. 그리고 다음 행에서 다시 한 번 그 '남는 것'이라는 게 '황진이 버선코만큼'이라고 눙쳐버린다. 「신화」에 대한 시인의 심오한 사유는 다음에 거론하기로 하고 작은 양을 나타내는 수사를 하필이면 '황진이 버선코'만큼이라고 했는가를 주목해보자.

앞에서 말한 것처럼 조기호의 많은 시편에서는 건강한 관능이 넘실댄다. 건강한 관능이라 함은 칙칙하지도 침침하지도 않은 관능이다. 황진이 버선코는 날렵하게 뾰족 솟아있을 것이다. 버선은 신을 때 생땀이 날 정도로 작아야 한다. 넉넉하니 여유가 있으면 솥뚜껑 발이 되어서 못 쓴다. 여자에게 발이 솥뚜껑만하다고하면 그것같이 험한 욕은 없다. 신을 때 땀이 날 정도로 황진이의 희고 갸름한 맨발을 감싸않은 작은 버선, 하물며 그 버선의 코는 풀잎 끝의 이슬방울 같을 것이다. 치맛자락 사이로 흘깃 보이는 하한 버선코는 작은 것의 형용으로도 그만이지만 이는 강한 관능을 야기한다.

이번 시집에 발표된 시편들 중 절창 중의 하나로 꼽히는 시 「여인」을 보자.

> 여인하나 갖고 싶다// 서양 동냥아치 같은 겉멋에/ 이발난초로 홀랑 까진 여자 아니고// 온 마을 봄 익을 때// 놋요강에도 소리 없이/ 소피 볼 줄 아는 여인// 청치마 단속곳마냥/ 이파리 깊은 곳에// 다소곳이 숨어 피는/ 감

꽃 같은 사람// 그런 꽃 하나 깨물어보고 싶다

—「여인」 전문

위의 시는 첫 연에서 한 여인을 갖고 싶다는 시인의 일반적 소망이 피력된다. 그러나 끝 연에서는 아예 그 여인을 '깨물어보고' 싶다고 감각적이고 현실적인 소유욕망으로 발전시키고 있다. 그리고 가운데 연은 그 여인이 어떤 여인인가를 설명하는 것으로 이 시는 구성되어있다. 첫 연과 끝 연은 대구를 이루지만 반복이 아니다. 시인의 사랑은 '꿈속의 사랑'이 아니라 더 감각적이고 농밀한 현세적 사랑으로 추구된다. 위에서도 언급한대로 그의 이러한 언어 구사는 '지금, 여기'라는 우리의 실존적 통찰을 야기한다. 이런 존재의식은 시인이 추구하는 여인상에서 잘 나타난다. 그녀는 '겉멋에 까진 여자'가 아니라 '놋요강에 소리 없이 오줌 싸는 여자'다.

놋요강에도 소리 없이
소피 볼 줄 아는 여인

짧은 2행으로 묘사된 시인이 '갖고' 싶고 '깨물고' 싶은 이 이상적인 여인상은 두고두고 시인들에게 회자될 '명문'이다. 사랑을 노래할 때는 순수문학을 자처하는 글들도 의외로 감상에 경도 되는 경우가 많다. 시인들의 사랑하는 '임'의 묘사는 자주 감상적이고 때로는 상식적으로 그려져 자칫 누선을 자극하려는 '감상적 허위'에 빠지는 경우를 보게 된다.

위의 여인의 묘사는 감상적인가? 상식적인가? 조기호는 아무리 애절한 사랑을 그려도 센티멘털리즘과는 거리가 멀어도 한참 멀다. 물론 요즘 요강에 걸터앉는 여자는 없다. 있다 해도 혹 사기요강이라면 모를까 결코 놋요강에 앉아서 소리를 내지 않을 수는 없다. 여성 시인들이어,

한 번 직접 시험해보시라. 소리가 나는지 안 나는지.

조기호의 아이러니는 신기新奇성과 친숙성을 동시에 가지는 특별함이 있다. 세상천지에 어느 시인이 요강단지에 걸터앉은 여자를 이상형으로 묘사할 것인가. 더구나 어느 누가 '놋요강에 소리 내지 않고 소피보는 여자'라는 '말이 안 되는 말'을 발상해 낼 것인가. 그러나 요강과 소피는 전통적으로 우리에게 친근한 말들이다. 그의 언어들은 끊임없이 사라져 가는 우리의 정서를 자극하고 전통적 서정을 일깨운다. 이 여인은 신기하고 동시에 친숙하다.

그런데 여기에서 우리가 간과해서는 안 될 점은 사실상 이런 여인은 존재하지 않는다는 점이다. 요새 요강에 앉은 여자도 없을뿐더러 소리를 안 내는 여자는 더구나 없다. 시인은 논리상 일부러 모순을 범하면서 뚜렷한 한 의미를 도출시키려한다. 그는 이런 여자를 '가질' 수도 '깨물어 볼' 수도 없다. 그것은 어디까지나 '싶다'에서 끝나는 슬픈 희망사항에 불과하기 때문이다. 이룰 수 없는 바람은 절망이 된다. 희망과 절망, 슬픔과 기쁨, 선악, 미추는 상극이며 통한다. 시인은 궤변적 진리, 소위 낭만적 아이러니를 이 시에서 만들어내고 있는 것이다.

그런데 여인이 요강에 올라탔을 때는 '온 마을 봄 익을 때'다. 소위 여자 바람나기 딱 좋은 때다. 요강 탄 이 여인은 '이파리 깊은 곳에 다소곳이 숨어 피는 감꽃' 같은 사람이다. 사실 감꽃은 푸른 잎 속에 숨어 잘 보이지 않는다. 문제는 그 감꽃이 '청치마 단속곳' 속에 핀 것 같다는 비유다. 이 비유는 갑자기 우리의 연상 작용을 빠르게 하며 가슴을 뛰게 만든다. 다시 건강한 관능이 우리 앞에 전개된다.

요강 탄 여인의 모습은 이미 관능적이다. 요강도 그 위의 궁둥이도 모두 곡선이다. 황진이의 버선코처럼 날렵한 곡선은 아니지만 쏟아질 듯 내려가다가 부드럽게 돌아가는 곡선이다. 위로 치솟는듯하다가 구름 속으로 여운을 남기며 스러지는 곡선이다. 그 곡선들이 어우러지고 교차하는 곳, 그곳 청치마 단속곳 속에 다소곳 피어있는 감꽃의 심미적 관능은 조기호의 예리한 시력만이 찾아낼 수 있는 특별한 능력이 아니라 할 수 없다.

5. 동정 깃 냄새

시인의 이러한 감각적 언어는 시편들의 곳곳에 나타난다.

시라는 글은 의미화 된 음성을 시각적 기호로 바꿔 놓은 것에 불과하다. 따라서 우리가 시를 읽을 때 부지불식간에 처음 느낌으로 다가오는 것이 시의 음성적 요소다. 시인은 여러 제약에도 불구하고 소리가 가지고 있는 요소들을 최대한 이용하여 감각적 언어로 만들려한다. 그 첫 번째가 우리의 감각을 자극하는 중요한 기능을 하는 의성어 · 의태어이다. 조기호는 타박타박(「망해사」), 도란도란, 나풀나풀(「단발머리 가약은 지고」), 신통방통(「원고료」), 능청능청(「그 한봄 다가산」)과 같은 일상적 의성 · 의태어뿐 아니라 헤실헤실(「구담마을」), 요몰조몰, 해드득해드득(「그리움 천년을 풀어」), 아슴아슴(「나도 풍란」), 비치적비치적(「경로 우대석」) 같이 새롭게 느껴지는, 혹은 조어造語에 다름 아닌 부사의 사용에도 능하다. 그러나 소리의 상호관계에서 얻어지는 효과를 최대한 미학적으로 응용하여 눈길을 끄는 다음과 같은 구절도 있다.

> 더덕향보다 더 상큼한 향 더덕더덕 묻어나는데(며느리 향기)

소리의 반복으로 나타나는 효과를 노릴 때 '가다 보니 가닥나무 오다 보니 오동나무'처럼 그 의미 자체가 상당히 위축되는 경우가 많다. 그러나 조기호의 '더덕'의 반복은 다르다. 첫 번째 '더덕'은 명사로 먹는 '더덕'이지만 뒤의 '더덕더덕'은 '묻어나는'이라는 동사를 수식하는 의태어로 두 '더덕'은 소리는 같지만 두 '더덕'의 의미는 서로 다르게 그대로 존속된다. 더구나 '더덕'과 '더덕더덕'사이에 위치한 '더욱'의 약어인 '더'라는 부사어는 '더덕'이란 소리의 효과를 '더' 생생하게, '더' 극대화시키는 금상첨화의 역할을 하고 있다.

쉽게 읽혀지는 조기호의 시는 사실 이렇게 계산되어진 정교한 미학적 장치가 배치되어 있다. 바로 이것이 독자들에게 심미적 효과를 제고시켜 재미를 느끼게 해주고 있는 것이다.

'황진이 버선코'에서 시작되어 '요강 탄 여인'과 '더덕더덕 묻어나는 더덕 향'으로 파생된 조기호의 감각적 언어들에 대한 고찰은 이제 졸가리를 타야겠다. 시인은 '버선코'나 '청치마 단속곳' 외에도 한국여인네의 전통적인 다른 옷과 그 부분에도 시선을 주목한다. 예로 '스란치마 예쁜 보조개(「봄날은 간다.1」), 연분홍치마(「봄날은 간다.3」), 굽이진 치마폭(「아내 8」), 누님의 하얀 속곳(「장구목」), 안섶(「내 안의 꽃 봉우리」) 같은 경우이다. 스란치마든 속곳이든 안섶이든 선의 흐름은 옷의 핵심이다. 옷에 흐르는 선은 그 용도의 격에 맞게 소리 없이 흐르고 돌아간다. 시인은 마침내 그 선의 끝에서 '동정 깃'을 발견한다. 그리고 그 '깃'에 배여 있는 냄새를 맡게 된다.

동정은 옷깃위에 조붓하게 덧꾸미는 흰 헝겊 오리로 여인네 옷의 마지막 맵시를 더하기 위해 다는 것이다. 어린 시절, 어쩌다 과년한 처녀나 이웃 아줌마의 등에 업혔을 때 바로 우리 코의 위치가 동정 깃 냄새를 맡기 좋은 곳에 위치한다. 여인의 살 냄새와 머리냄새가 함께 스며있는 곳이다.

> 당신 기별보담 더/ 가늘디가는 뿌리로// 하지를 길어 올려/ 초여름 피웠구나.// 어느새 다녀갔기에 당신의/ 동정 깃 내음새 사뿐히 걸어오느냐
>
> —「나도 풍란」 부분

초여름에 핀 난초의 향을 '임'의 '동정 깃 냄새'로 비유하여 형상화시킨 사랑의 노래이다. 확실히 세월에 비례하여 시인의 사랑도 더 그윽하고 깊어가는 것을 느끼게 한다. 동정 냄새는 같은 초여름의 장미향기와는 같은 수 없다. 동정은 파고드는 그리움과 저미는 슬픔이 함께 여며져 있는 곳이고 그것을 지그시 눌러 참고 견뎌낸 여인의 머리와 몸의 향내가 스며있는 곳이다. 밋밋하게 휘돌아 나가는 산줄기나 강줄기가 가르친 곡선의 미학, 그 선의 예술이 바느질한 여인네의 옷, 그 선의 마지막 끝에서 시인은 동정 깃을 만났다. 냄새를 맡았다. 그리고 시를 썼다.

동정 깃 냄새를 맡고 그를 끌어대어 시로 형상화시켰다는 그 한 가지 사실만으로도 이번 조기호의 시집은 상찬을 받을 만하다.

6. 눈감으면 신화

문학의 기능에 대해 인간이 지금까지 도달한 해답은 '즐거움과 유익함'을 주는 것이란 외에는 아직까지 얻은 것이 없다. '신비평'을 추구하는 평론가들이 시를 대하고 '음성적 요소'니 '어휘나 문체'니, '아이러니'니, '심상과 비유' 같은 것에 신경을 세우고 정독하는 것은 바로 '예술적인 아름다움'을 찾고자 하는 것이며 이는 바로 문학이 주는 '즐거움'을 찾고자 하는 것에 다름이 아니다. 지금까지 우리는 심미적 아름다움을 추구하기 위해 조기호가 깔아놓은 미학적 전략을 찾고자 힘을 썼다. 한 시집을 붙들고 한 나절 재미나 볼 수 있다면 그것도 나쁜 일이 아니다. 수천 권의 시집이 쏟아져 나오는 요즘 그것은 오히려 다행스런 일이다. 그러나 인간의 욕심은 문학의 또 하나의 기능 '유익함'을 추구한다.

아직 표제 시 「신화」 읽기는 계속된다. 「신화」의 첫 연은 '붓다의 득도'에 대한 종교적 진술이고 다음 연은 '시인의 깨달음'이라는 철학적인 진술로 서로 대구를 이룬다. 그런데 보리수 아래의 득도나 매실나무 아래의 깨달음이라는 것은 한 나절 눈감으면 다 '신화'에 불과하다고 시인은 주장한다.

신화에 해당하는 미토스mythos는 역사의 히스토리아historia와 대립되며 질서의 로고스logos와도 반대되는 말이다. 그렇다면 신화는 '있을 수 없는 사실을 다루는 황당한 이야기'라는 뜻이 된다. 기독교가 서구를 지배하며 '구약'과 '신약'외의 이야기 외에는 모두 이교도의 이야기라는 이유로 신화는 배척되었다. 동양에서도 성인은 괴력난신怪力亂神을 말하는 법이 아니라며 신화는 무시되었다.

그러나 시인은 신화가 우주와 세계에 대한 인간의 첫 번째 사유였음을 인지한다. 신화는 다른 것에 의존하지 않고 직접 꿰뚫어 보는 '직관'으로 우주를 해석한다. 직관은 경험을 요구한다. 과학도 경험에 바탕을 이룬다. 둘 모두 부단한 실천적 경험을 요구한다. 오늘날 과학은 수식으로 우주질서를 논하고 신화의 창작자들은 경험을 통한 직관으로 이를 논했다. 즉 우리는 추상적 과학을, 그들은 구체적 과학을 가졌을 뿐이다. 그래서 지금의 우리 원형은 인간의 원초적 사유인 신화적 전통에서 비롯된 것이다.

시인은 후대의 종교와 철학이 인간의 첫 번째 사유를 배척한 것에 심사가 틀려있다. 모든 것은 무無라고? 인생은 공수래공수거? 웃기지마라. 나처럼 화사한 봄, 산사의 매실나무 아래에서 한 나절 앉아 즐겨봐라. 인생은 앞으로도 뒤로도 남는 법, 황진이 버선코만큼이라도 남는 법. 황진이 버선코? 좋오치! 얼씨구절씨구, 지화자 좋네.

위의 두 단락에 걸친 제법 긴 시인의 이런 혼자 생각들은 구체적으로 시에 열거되지 않는다. 모든 것은 '한나절 앉아 눈 감으면 신화가 되네. 인생은 앞으로 남고 뒤로도 남는 것. 황진이 버선코만큼 남는 것을' 속에 다 녹아들어가 버린다. 문학이 인간에게 유익한 교훈을 주는 것이라고 해서 시로 가르치려 들면 그것은 이미 문학이 아니다. 지식을 얻으려면 학술서적을 읽어야하고 삶과 죽음을 알려면 목사님이나 스님을 찾아갈 일이지 시인을 찾아보았자 술이나 마시자고 할 것이다.(그러나 여기에 또한 가르침이 있다.)

7. 나가며

조기호는 도저히 시어로 쓸 수 없을 것 같은 비속어나 일반 글에서는 잘 쓰지 않는 구어, 토속어, 사투리, 옛말들을 거침없이 그의 시에 사용한다. 그런데 이들은 천하거나 상스럽게 느껴지기는커녕 우리의 감각을 자극하는 강한 심상으로 작용하여 지남철 같은 특별한 자장을 만들어낸다. 이런 자장은 놀랍게도 심오한 존재론적 의미로 작동하여 우리의 성찰을 요구하고 압박한다. 이는 시인의 별나지만 뛰어난 예술적 장치로 –사실은 정교하게 계산된 것– 독자를 몰입하게 하는 역할을 수행하고 있다.

쉬운 시를 추구하는 그의 시에서 어렵고 관념적인 시어나 외래어를 찾아내기는 쉽지 않다. 그렇다고 쉬운 시라고해서 정신세계를 경시한다거나 배제하는 것은 절대로 아니다. 대부분의 시가 그렇듯이 시인은 예의 감각적인 언어로 사물이나 자연의 형상을 선명하게 서경한다. 그리고 행간에 그의 인식을 작용시킨다. 즉 시인은 자신의 정신세계를 물속에 찍힌 달(水中之月)로 보여주려는 것이다. 지면관계로 이글에서는 이런 예의 시를 많이 다루지 못했다. 하지만 그게 무슨 대수일 것인가. 짧은 시 「신화」만 정독해도 시인이 자신의 정신세계를 수면 위에 –달[月]의 실체는 하늘에 있지만– 드리우고 있을 뿐임을 알 수 있다. 그리하여 그의 시는 울림을 내게 된다.

실상 이글은 내내 「신화」라는 시 한 편만을 다룬 꼴 –이것 또한 계산된 것이라 핑계 댈 수 있지만- 이 되고 말았다. 그만큼 이 짧은 시는 할 말이 많다는 의미가 된다. 반짝이는 많은 다른 시편들도 할 말이 많을 것이다.

시인의 이번 시편을 읽고 나에게 큰 그리움이 생겼다. 놋요강에 걸터앉은 여인이다. 오줌 누는 소리가 요란해도 좋다.

비워 가벼워진 몸으로의 비상

1.

숲속에서 나무가 쓰러졌는데 아무도 넘어지는 소리를 듣지 못했다면 그 나무는 쓰러지는 소리를 낸 것인가, 아닌가. 아무도 듣지 못한 소리라는 것은 이미 소리로서의 존재이유를 상실한다. 이는 텍스트가 독자에 의해 읽혀지기까지 존재의미가 있는 것인가 하는 의문에 함께 제기될 수 있는 적절한 철학적 질문이다. 텍스트에 경험을 결부시키고 의미를 부여하는 것은 독자인데 텍스트에 독자가 없다면 텍스트는 존재하지 않거나 최소한 의미가 없는 것이라는 말이다.

그럼에도 엘리트주의적인 비평가들은 문학텍스트를 과학이 들어낼 수 없는 인간과 관련한 심오한 진리를 제시하는 특별한 지식으로 간주하고 체계적인 방법론, 즉 역설적으로 과학적 기법을 채택하여 이를 분석하고 이해하려한다. 텍스트해석의 과정에서 독자를 근본적으로 배제하는 이러한 태도는 다소 편협하고 교의적인 것이라고 할 수 있다. 현대의 일반 독자들은 대개가 고등교육을 받았고 민주적이고 문명화된 사회에 살고 있는 사람들이다. 학문의 독단주의에 의한 문학적 편견에서 벗어나 텍스트는 이런 일반 독자들의 자유롭고 풍요로운 통찰과 거리를 두어서는 안 될 일이다.

이런 관점에서 강상기의 신작 시집 『와와 쏴쏴』를 펼친다. 그렇지 않는 경우도 있지만 대개 표제작이 시집에 포함되어있고 그것이 시집전체를 대표한다는 일반 독자의 상식대로 우선 표제작을 찾는다. 예상대로 「와와 쏴쏴」라는 시편이 있다. 드디어 나무 자빠지는 소리를 듣기 시작한다.

2.

시인의 특별한 이력을 아는 독자는 '와와'는 시위대의 함성소리고 '쏴쏴'는 발포명령이 아닐까 지레 짐작을 하게 된다. 작가는 작품이라는 현상의 인과율적 원인이 된다는 과학적 사고에서 작가의 이력을 중요시하게 된다. 그러나 작가 연구는 작품의 해석에 빛을 주는가 여부에 따라 그 가치가 결정되어야 한다. 따라서 주로 특별한 삶을 가진 사람이 그 대상이 되지만 작가라는 사람들은 대개가 독서와 사색과 집필이라는 별 볼일 없는 생애를 갖고 있다. 작품에서 출발하여 이런 별 볼일 없는 작가의 배경을 탐색하다가 다시 작품으로 돌아오는 길을 잊고 마는 어처구니없는 일도 세상에는 많다. 그러나 강상기의 경우는 다르다.

그의 특별한 이력은 작품의 곳곳과 직결된다. '도로에 누워 시위하는/ 절박한 생계들' 저쪽에는 '헬멧을 쓴 왜가리'(「춘투」), '엉뚱한 여자의 유방절개수술'을 하고도 의사는 '코드대로 했으니 잘못이 없다'(「코드」), '발가벗은 통닭이 뜨거운 열에 구워지면서 쇠막대기에 나신을 걸치고 뱅뱅 회전하고 있는 모습'(「통닭구이」) 등은 시위와 심문과 투옥이라는 시인의 특별한 경험에서 비롯된다. 그는 80년대 초, 소위 '오송회'사건으로 군부독재에 의해 영어(囹圄)의 몸이 된 이력을 가지고 있다. 이를 아는 독자들이 '와와'는 시위대의 함성소리고 '쏴쏴'는 발포명령일 것으로 짐작하는 것도 무리가 아니다. 그러나 시를 읽다보면 '와와'는 집회장의 함성소리지만 '쏴쏴'는 바다의 파도소리다. 살벌한 이미지의 '쏴쏴'는 철썩이는 푸른 파도의 서정적 이미지로 변화된다. 그의 시편들은 내면화되고 간결화하고 나아가 선禪적 사유의 방향으로 물꼬를 튼다. 그가 지금도 분노의 응어리만 부걱부걱 토하고 있다면 그는 정말 별 볼일 없는 시인에 불과할 것이다. 그러나 시인은 '버리고 날아오르는 백조'가 되어 자유롭게 높은 하늘로 비상한다.

3.

어느 날 시인이 강가에 섰을 때 자신의 '삼십대 초반 격정의 삶이 물거품'으로 부서졌고 이제 '구겨진 몰골'로 강물위에 '거꾸로' 서있음을 본다(「어떤 날」). '이순 넘어 내 청춘의 옷은 누더기가 되었음을 거울 보며 탄식'한다(「주름」). '파득이는 패기와 약동'은 '소금에 절여'져 '오가는 이의 선택'을 기다리는 데 '한갓 푸른 바다의 유영의 끝이 이것이란 말'이냐고 무상감을 드러낸다(「어물전에서」). 시인의 이러한 허무는 마침내 '만지노화일천명월滿地蘆花 一天明月(땅엔 가득한 갈대꽃, 하늘에는 한결같은 밝은 달)'의 지경에 이른다. 자연은 억만년의 세월이 흘러도 변함없는 본연의 모습 그대로이다. 과연 시인은 무엇을 추구하며 어지러운 삶을 영위했던 것인가. 그는 이제 비우고 버리려한다. 그는 대나무처럼 '비어있는 삶'을 추구한다.

> 허공을 가두어// 속이 비어있는 삶을// 구태여 채우려 하지 않는다// 비워서 더욱 꿋꿋한 허공을 않고// 시퍼렇게 뜻을 세우며 산다
>
> —「대나무」 전문

시집의 첫 번째 작품이다. 허공처럼 텅 비어있기 때문에 오히려 더 꿋꿋하게, 시퍼렇게 뜻을 세우며 살 수 있다고 시인은 다짐하고 있다. '격죽擊竹'은 '대나무를 치는 소리'로 많은 선승이 화두로 삼아 사유한 명 공안公案이다. 시인은 대나무에서 바로 향엄香嚴선사가 깨친 것처럼 돈오했다. 향엄은 어느 날 절 마당을 쓸다가 빗자루에 쓸려간 기와조각이 대나무에 부딪치는 소리를 듣고 홀연 깨쳤다. 이 깨침의 문을 연 열쇠는 '집착을 버린 무심'이다.

무심이 없었더라면 향엄은 기와조각이 대나무에 부딪쳐 나는 '천뢰天籟'의 맑은 소리를 듣지 못했을 것이다. 시인도 '허공을 가둔' 대나무에서 죽성竹聲의 청음을 듣고 무심을 체험한 것이다. 천뢰는 대나무를 스쳐가는 바람소리 같은 자연의 소리, 즉 자연의 도에 다름이 아니다.

시인의 이런 선적 사유는 여러 시편에서 여실히 드러나고 있다.

> 산은 강물에 제 몸을 맡기고/ 무심히 강물의 마음 끝을 흔들어 본다/ 강물은 뒤척이며/ 산을 온몸으로 품는다/ 강물은 산이 되고 산은 강물이 되는 것을/ 하늘에 노는 마음이 무심코 바라본다
>
> —「하늘에 노는 마음」 부분

산이 '무심히' 강물에 제 몸을 맡기고, 강물이 '무심히' 산을 품는 것을 시인이 '무심히' 바라보고 있다. 강이 산이 되고 산이 강이 된다. 시인은 세상의 상대적 개념에 따라 이원으로 분리되기 전의 '무심'으로 회귀하여 주관과 객관을 초월한 물아일체의 상태가 된다. 향엄이 깨치고자 했던 것은 '태어나기 전의 생사근본本來面目'이었다. 끝내 답을 얻지 못한 그는 자신의 수행경지를 한탄하고 바랑을 꾸며 세상을 전전했다. 그가 어느 날 마당을 쓰는 순간, 그때만큼은 경전과 설법 모두를 잊은 무심의 순간이었고 이 무심의 순간에서 천뢰의 격죽소리를 들을 수 있었다.

그때 그에게는 소리를 듣는 자신도 소리를 낸 기와조각도 없고 오직 죽성 하나뿐이었다. 그리고 그 격죽 소리는 '본래면목'이라는 구경究竟의 진리 위에 덮여 있던 안개를 거두어냈다. 자신이 생겨난 이치와 죽성이 생겨난 이치는 똑같은 우주생명의 신비였던 것이다. 여기서 인人과 물物은 동일하여 향엄의 몸은 대나무가 되고 대나무는 향엄의 몸이 되기도 한다. 장자가 꿈속에서 나비가 된 건지 나비가 꿈속에서 장자가 된 건지 모른다는 물아일체, 만법귀일의 경지이다. 비어 무심해진 시인의 눈에도 강이 산이 되고 산이 강이 된다. 이러한 시인의 사유는 다음 시에서 절정에 이른다.

> 껍질이 속도 되고/ 속이 껍질도 되는 것을// 겉과 속을 구별하지 말라// 꽉 찼지만 기실 비어있는 거다// 비어있지만 매운 하루 꽉 찬 삶이기에/ 모든 것을 받아 들여라/ 눈물을 부른다
>
> —「양파」 전문

겉과 속, 안과 밖은 구별할 수 없다. 찼지만 비었고 비었지만 차있다. 대단한 역설이다. 강상기는 과학적 논리적 지식에 의존하는 구경에의 집착을 단 칼에 쳐버리고 그 범위를 초월한 무심의 상태에서 또 다른 양상의 본래면목을 제시한다. 양파의 겉과 속은 하나이면서 둘이고, 둘이면서 하나이다. 본체의 보편과 작용의 개체는 동전의 양면처럼 공존한다.

물론 위의 시편들에서 작가의 선적 사유를 논하고 있지만 일반 독자의 심미안적 감각은 「하늘에서 노는 마음」에서 의인화된 산이 강의 마음 끝을 흔들어보고, 마찬가지로 강이 뒤척이며 산을 품는 역동적 표현들과, 「양파」에서 나타나는 역설, 양파의 매운 맛과 눈물의 메타포, 그리고 두 시에 공히 나타나는 대구對句와 반복의 미학적 장치를 그대로 지나쳐 보지 않을 것이다. 시가 시이기 위해서는 일단 문학이 되어야 한다는 사

실은 작가도 우리 일반 독자도 절대 깨질 수 없는 약속으로 새끼손가락을 걸고 있기 때문이다.

4.

강상기의 이런 선의 철학적 사유는 「참나무」나 「술병」과 같은 작품에서 한결 문학적으로 형상화된다.

> 너는 이제 다/ 비워버렸다 //아, 버려서/ 오히려 있는/ 참/ 나는/ 무엇인가?// 참,/ 나,/ 무네 그려!
>
> —「참나무」 부분

> 이제 비워드리겠습니다/ 당신 몸을 내 몸과 바꿉니다// 당신은 비워서 편안하고/ 나는 채워서 고단합니다
>
> —「술병」 부분

선禪은 그 본질에 있어 자기존재의 본성, 즉 '참나[眞我]는 무엇인가'를 꿰뚫어 보는 것이며 속박으로부터 자유에로 향하는 길을 가리킨다. 「참나무」에서의 참나무는 버릴 것 다 버려 '지금, 여기'의 상태로 존재한다. 그런데 이 시에서 주목할 점은 '참/ 나는/ 무엇인가?'와 '참, 나, 무네 그려!'에서 첫 글자를 읽으면 모두 '참나무'가 된다는 사실이다. 마지막 연의 무는 물론 '없음'의 '無'를 말할 것이다.

시의 소리는 말소리를 벗어날 수 없으며 의미의 요소와 떨어질 수 없는 제약이 있다. 따라서 말소리가 본래부터 가지고 있는 요소들을 최대한 이용하여 그 소리들의 상호관계에서 얻어지는 효과를 한껏 취해야 한다. 위의 경우 동일한 소리의 요소가 반복됨으로 뚜렷한 의미를 가진 낱말들과 서로 필연성을 갖게 하는 듯 느껴지게 된다. 이는 또한 첫 연

에서는 참나무가 '비워버렸다'는 메시지를 단순하게 전달하고 있을 뿐이지만, 뒤 연에서는 참[眞]과 나[我]와 무無가 동음이의에 의한 펀pun으로 작용하여 미학적 효과를 제고시키고 있다.

「술병」에서는 술 마시는 행위를 '당신 몸을 내 몸과 바꾼다'고 하는 비유와 뒤의 연에서 '비워서 편안하고 채워서 고단하다'라는 대구의 미학적 장치를 놓칠 수 없다.

채워서 고단하다는 현실적 비유는 결국 비워서 편안해지는 철학적 명제에 귀결된다. 시인의 비움의 철학은 마침내 「황금만능주의」와 「구더기」 같은 작품에서 강한 역설을 만들어 낸다. 시인은 '똥밭을 황금 밭으로 알고 사는 구더기들아'라고 질타하는 데 '구더기'들은 바로 황금만능주의에 빠진 우리 '인간들'이다. 똥밭을 똥밭으로 알고 살아야 제대로 된 인간이란 말이다. 현세의 가치체계에서 최종점을 이루는 '황금'은 지독한 냄새에 고개를 돌리게 되는 '똥밭'에 비유된다. 「황금만능주의」에 좀 더 깊이 빠져보자.

> 저 노을을 보라
> 죽음 이쪽 바다에
> 가진 거 모두 아낌없이 뿌린다
>
> 바다는 황금가루 넘쳐흐르고
> 황금구름 속을 황금갈매기 날고
> 가난한 어부조차 황금 노를 젓는다
>
> 이 황홀한 황금만능주의 앞에
> 풍요로운 몰락의 선물이 되어
> 나는 황금 상으로 고요히 서 있다

—「황금만능주의」 전문

한마디로 이 시는 점묘화법으로 그려진 한 폭의 아름다운 풍경화이다. 대낮의 열기를 품던 태양은 이제 황금가루를 물결 위에 뿌리며 조용히 수평선 너머로 하루를 접고 있다. 구름도 갈매기도 금빛으로 물들었다. 포구로 돌아오는 고깃배의 어부가 젓는 노도 금빛으로 반짝인다. 대자연이 아낌없이 선사하는 이 황홀한 풍경을 바닷가의 한 나그네도 황금의 정물처럼 서서 바라보고 있다. 이 시는 그림이다. 서정이 가득한 그림이다.

황혼의 바다풍경을 언어로 묘사한 이 그림은 이미 충분한 심미적 효과를 성취했다. 그러나 문학에는 그림이 미치지 못하는 영역, 즉 석양의 바다라는 외적 풍경의 재현뿐 아니라 그것을 보고 느끼는 인간의식의 내면을 재현하는 영역 또한 존재한다.

'법화경'에서는 금, 은, 마노, 유리, 거거, 진주, 매괴를 들어 칠보라 하고 그중의 으뜸이 황금이다. 강상기는 이 짧은 시에서 황금을 여섯 번이나 거론한다. 특히 2연은 행마다 '황금가루', '황금구름', '황금갈매기', '황금 노' 등으로 풍요로운 금빛이 넘실거리고 있다. 황금은 불의 제련과정을 통해 얻어지는 가장 고귀한 획득물이다. 불의 단련이라는 세상의 시련을 거쳐 얻어진 황금의 이미지는 현세의 가치체계의 최정점을 이룬다. 그리고 이 금이 '금언金言'이나 '금과옥조金科玉條'처럼 형용사적 형태의 역할을 하게 되면 이때의 금은 비유적 표현이 되면서 현세적 가치에서 초월적 가치로 격상된다.

그런데 언제나 가치의 격상을 구현시키던 금의 최고 가치는 구름이나 갈매기를 수식하는 순간 무가치한 것으로 추락한다. 황금구름은 저녁나절에나 석양에 젖어 그렇게 보이는 것이지 그냥 구름에 불과하다. 황금갈매기도 황금 노도 마찬가지다. 그것들은 현세의 가치체계에서도 보잘것 없을 뿐 아니라 생활의 본보기가 될 귀한 말이나 부처의 입에서 나온 불멸의 법어를 가리키는 금언처럼 초월적 가치도 없다.

강상기는 외적으로 황금물결이 넘실대는 풍요로운 바다를 그렸지만 그의 내면의식이 그려낸 것은 가난한 바다일 뿐이다. 황금빛에 젖어있지만 배고픈 갈매기는 끊임없이 끼룩거리며 물고기를 찾는다. 황금색으로 빛나지만 발동기도 없이 나무 노를 저어 배를 몬다는 것은 어부의 신산한 삶을 의미한다. 황금빛으로 물든 이 가난한 것들을 바라보는 '나'는 바닷가를 뛰고 달리지 못하고 조상처럼 고요히 서있을 뿐이다. 이제 그의 그림에는 역으로 페이소스가 가득하다. 그는 가난함과 풍요로움이 동시에 한 풍광으로 묘사되는 아이러니를 창출했다. 즉 묘사된 것과 의미된 것이 반대가 되는 이런 표현방법은 시인의 의도적인 의식과 역설적 사유의 산물이다. 이는 시의 성취도에 있어서도 중요한 기능을 담당한다. 여하튼 강상기는 한 그림에 두 가지의 뜻을 담아내고자하는 비논리적 역설을 추구했고 성공했다.

시인은 한 걸음 더 나아간다. 현세는 황금만능주의가 팽배해 있는 세상이다. 그러나 우리는 그것을 사실로 긍정하면서도 한편으로는 참다운 삶과는 거리가 있는 것으로 간주하고 이를 부정한다. 실제는 황금의 '노예'가 되어 있으면서도 우리의 의식은 그것의 '지배자'가 되어야 된다고 믿는다. 이러한 현상은 '행복은 결코 돈으로 살 수 없다'라는 일상의 언어에서도 잘 나타난다. '황금' 자체는 황홀할지 모르나 우리의 이러한 의식 앞에 '황금만능주의'는 황홀할 수 없다. 그러나 시인은 '황홀한 황금만능주의'라고 말한다. 또 다른 아이러니가 생성된다. 이때 시인의 의식에 포착된 대상은 인간의 배금주의의 대상인 황금이 아니라 자연이 저녁나절 빚어낸 황금빛이다. 바다, 구름, 갈매기, 노를 온통 황금빛으로 칠하고 있는 자연은 인간이 의미하는 것과는 전혀 다른 황금만능주의자이다. 자연이 만든 황금만능은 아름답다. 따라서 황홀한 것이다. 짤막한 이 시구에는 이와 같은 사유들이 비상하고 있고 역설은 그 존재가치의 근거를 가질 뿐 아니라 시의 미적효과를 제고시키고 있다.

형식주의자들은 이 시에서 '나'를 '선물'이라고 말하는 데서 유일한 은유를 발견하고 이에 집중할 것이다. 그러나 더 중요한 것은 '선물'이 '풍요로운 몰락의 선물'이라는 데 있다. 몰락은 망해서 없어짐을 의미한다. 풍요는 많이 있어 넉넉함을 의미한다. 따라서 일반의 상식으로 '풍요로운 몰락'은 있을 수 없는 궤변이다. '있음[有]' 으로 인해 풍요함도 있는 것이지 '없음[無]' 으로는 결코 풍요가 될 수 없다. 사실 '풍요로운 몰락' 자체가 하나의 메타포이다. 무미한 언어의 습관성을 깨버림으로서 시에 감각적으로 혹은 정서적으로 신기성과 암시성을 담으려는 시인은 이러한 메타포를 만들지 않을 수 없다. 유추를 통해 두 가지 서로 다른 사실의 연관성을 찾으려는 데서 메타포는 시작되는 것이며 '나'와 '선물'의 관계는 여러 각도로 유추가 가능하다. 하지만 '풍요'와 '몰락'은 서로 전혀 닮지도 않았을 뿐더러 논리적으로도 맞지 않고 그저 반대선상에 위치하고 있을 뿐이다. 그러나 강상기의 의식은 이점을 노리고 있다. 사전적 정의로 정반대인 풍요와 몰락은 서로의 의미를 나누어 가졌고 결국 '풍요는 몰락'이라는 새로운 의미가 창조되었다. 시적비유는 창조이고 창조는 그 창조가 있기 전의 기존사실로는 설명이 안 되는 새로운 의미다. 그리고 이 새로운 의미는 이 시에서만 한 번 통할 뿐이다. '시는 바로 새 의미의 창조'라고 한다면 '풍요로운 몰락'은 성공적이다.

지는 해는 몰락을 의미하며 지는 해가 만드는 황금 빛 풍광은 풍요롭다고 말 할 수 있다. 그러나 이는 어디까지나 독자의 주관적 유추이며 시인의 의식은 차라리 없음으로 인한 정신적 풍요를 지향한다.

앞에서 이 시는 그림 같다고 언급한바 있다. 이는 이 시가 강력한 시각적 심상을 가지고 있음을 의미한다. 인간의 경험이라는 게 우선 오관을 통한 외부세계의 감각적 지각으로 인식되어지는 것이어서 시인은 우선 의미의 모체인 이런 감각적 경험들을 생생하게 재현시키려하였다. 추상적 의미 이전에 대상을 감각적으로 인식하도록 자극함으로서 독자의 흥미를 유발하고 시선을 끌어당기려는 목적에서이다. 그런 면에서 이 시는 황혼의 황금빛 바다를 감각적으로 –특히 2연에서– 묘사함으로서 강한 시각적 심상의 성취도를 보여준다.

그러나 이 시의 제목은 심상과는 전혀 관계가 없는 「황금만능주의」다. 제목에서부터 역설의 사유가 작동되고 있는 것이다. 풍요의 바다는 가난의 바다로 은유된다. 황금만능주의는 황홀한 것이 되며 풍요는 몰락의 의미를 갖게 된다. 심상의 발전적인 전개는 메타포다. 우리의 사유가 좀 더 예리하게 이 짧은 시를 정시한다면 한 두 개의 메타포만 존재하지 않음을 알 수 있다.

황금 노를 팔면 당장 모터 달린 멋진 배로 교환할 수 있다. 그러나 실상 목제로 된 어부의 황금 노는 삐걱거리며 낡은 배를 저을 수밖에 없다. 그리고 어부는 계속 가난할 것이다. 이 '황금 노'의 역설은 강상기의 다른 시편 여기저기에서도 산견된다.

강상기는 이 풍요로운 황금빛 바닷가를 뛰고 달릴 수 없다. 고요히 서서 지켜 볼 뿐이다. 움직이지 않는 황금 상처럼.

5.

강상기는 마침내 이번 시집에서 심미적 형식과 사유가 어우러져 강한 정신적 충격으로 육박해오는 절창 한곡을 뽑는다. 이 시는 그의 대표작으로 인구에 회자될 것이다.

> 이 밤은
>
> 달도 없고

손가락도 없다

—「그믐밤」 전문

언어의 경제가 극한까지 치닫고 있다. 어떠한 심상도, 비유도. 상징도, 아이러니도 없다. 수식어는커녕 형용사 하나 없다. 내용에 제목까지 붙여 읽어야 겨우 해석이 가능하다. 그러나 정독하면 짧은 시 전체가 하나의 은유이자 아니러니로 구성되어 있으며 그 의미 또한 심장함을 알 수 있다.

달을 가리키는 손가락이 있다. 중요한 것은 달을 보고 그 아름다움을 즐기는 것이다. 그런데 많은 인간들이 달 대신 손가락만을 본다. 솔직히 말한다면 손가락의 반지를 더 바라본다. 그런데 달이 없으면 가리킬 손가락도 소용없다. 그믐밤은 달이 없다. 당연히 가리킬 손가락도 필요없다.

"도라고 말할 수 있는 도는 도가 아니다(道可道非常道)"라는 말은 말로 표현할 수 있는 진리는 진리가 아니라는 말이다. 선에서 '언어도단言語道斷'이란 말은 인간의 말로는 그 길이 단절된, 즉 도무지 형언할 수 없는 절대적 세계를 뜻한다. 시인은 이 세계를 깨친다. '학문은 하루하루 쌓아나가는 것이지만 도는 하루하루 없애가는 것(爲學日益爲道日損)'임을 알게 되고 결국 그의 선 철학은 언어부정에까지 이르게 되는 것이다. 이는 시가 전적으로 언어에 기초되어 있는 점과는 정면으로 대립된다. 그는 마침내 그믐밤을 통해 달도 손가락도 지워버리려 한다. 그믐밤은 어둠, 즉 절대적 무無가 있을 뿐이다. 철저한 자유인을 꿈꾸는 그는 비워 가벼운 몸으로 하늘 높이 비상하고자 하는 것이다. 그에게 다르지 않은 것 자체가 없는데 다르다는 것은 또 무엇인가(不異不立異者何物).

면도날로 도려내 보여주는 사랑

1. 당신이 쓰는 내 시

시적 진실은 정서적 감동이다. 정서는 인간본능의 내적 경험으로 그 중 가장 강력한 것이 사랑이다. 사랑은 생명의 감미로운 꽃이며 인간 최상의 감격이다. 따라서 사랑은 인류역사상 어느 때, 어느 곳을 막론하고 수많은 시인에 의해, 수많은 방법으로 노래 불려왔다. 하도 많이 들어서 이제는 누가 사랑노래를 부르면 '또 사랑타령인가'할 정도로 낡고 진부한 감이 들 정도이다. 그러나 인간의 정서가 시의 어머니라고 한다면 지극한 정서인 사랑은 우리가 존속하는 한 시의 영원한 제재가 될 수밖에 없다. 문제는 정서적 감동으로 육박해오는 새로운 예술적 표현이다. 여기 또 하나의 사랑노래가 있다.

시를 쓰려고
책상에 앉았는데
마음은 온통
당신 뿐입니다

내 시는
당신이 씁니다

—「사랑」 전문

짧다. 행을 무시하면 단 두 마디 말에 불과한 시다. '사랑'이란 말은 물론 '사랑'을 대치할 어떤 상관물, 예로 '황금의 꽃'이라느니 '눈물의 씨앗'이라느니 하는 대치되는 말도 전혀 없다. 감각적 심상도 비유도 없다. '시를 쓰려는데 생각은 당신 뿐'이라는 말은 누구나 할 수 있는 평범한 진술로 시적인 것과는 거리가 멀어도 한참 멀다. 너무나도 일상적인 이런 표현은 한 마디로 시도 아니다.

그러나 "내 시는 당신이 씁니다"라는 다음 연의 갑작스러운 진술은 시 전체를 광휘에 휩싸이게 한다. 시 같지도 않았던 글이 이 짧은 진술에 의해 단박에 완벽한 예술적 형상의 옷을 입고 찬연한 빛을 발하게 되는 것이다.

하나의 구체적인 문학작품은 변함없는 독자성을 유지하는 존재이다. 이 하나의 존재가 전체적 통일을 이루기 위해서는 부분들 중 하나가 삐끗하거나 빠지면 전체가 와르르 무너지도록 엄격히 짜여있어야 한다. 즉 있어야할 것은 다 있어야하고 없어야 할 것은 하나도 있어서는 안 된다는 말이다. 이런 문학의 존재론적 설명에 위의 시는 정확히 부합된다. 평범했던 첫 연은 '당신이 쓰는 내 시'라는 둘째 연에 의해 그 비상한 의미를 획득한다. 의외의 돌출발언인 둘째 연도 첫째 연의 작용으로 완전한 개연성을 획득한다. 명암은 대조되는 두 개의 다른 사실이 아니라 하나의 입체감을 조성하는 요소이다. 어둠은 밝음을 들어내고 밝음은 어둠을 더 짙게 한다. 첫 연의 평범함은 둘 째 연의 의외성에 오히려 빛나는 광채를 더하고 있는 것이다.

어느 시인이 시를 쓰려고 책상에 앉았다. 그런데 종이 위에는 사랑하는 사람의 얼굴만 어른대고 생각은 온통 그에게만 쏠리고 있다. 있을 수 있는 일이다. 이런 경우 사랑이라는 강력한 정서는 시간의 경과에 따라 신체적 변화의 특징을 보이게 된다. 표정의 변화, 맥박과 호흡의 격동, 분비물의 촉진 등 신체적 움직임은 활성화한다. 이에서 야기되는 유기적 감각 또는 감정의 총화가 바로 정서이고 이 정서는 상상력과 결합하여 시를 빚게 한다. 시인은 이미지를 만들어내고 비유와 상징을 견인하여 이 정서를 예술적으로 형상화시키게 되는 것이다. 사랑의 고뇌는 '가슴 저미는 아픔'으로도, 또는 '부르다가 내가 죽을 이름이여'라는 통곡으로도 표현될 수 있을 것이다. 이처럼 모든 시는 감각과 감정을 표출하는 최상의 언어를 선택하고 배열하는 과정을 통해 하나의 작품 전체를 향해 진행한다.

그런데 위의 시는 그 과정이 배제되었다. 첫 구절이 글의 시작이고 둘째 구절이 글의 끝이다. 하나의 전체는 '처음, 중간, 끝'으로 이루어진다는 말은 이 시에서 무색해져버렸다. 중간은 의도적으로 배제되었다. 정서의 시간적 신체변화나 그에 따른 감정의 변화는 선택되지 않았다. 선택되지 않은 것은 배제된 것이고 그 구별은 명확하다.

시인은 이 시에서 동서고금의 무수한 지극한 정서, 즉 고해苦海요, 화택火宅이요, 인토忍土의 행로인 사랑의 길에서 조우할 수밖에 없는 아픔, 기다림, 그리움, 외로움, 설렘, 슬픔, 불안, 고뇌, 기대, 절망 등등 수천수만의 정서를 잘라 내버렸다. 다시 말해서 첫 연과 마지막 연 사이에 기록했다면 백과사전보다 더 두터웠을 사랑의 시행들은 사라졌다.

그렇다고 '사랑'이란 말 한 마디 없는 「사랑」이라는 이 시가 '사랑'의 정서를 제대로 표출하지 못하고 있는 것인가. 결코 아니다. 중간에 배제된 수많은 정서는 '내 시는 당신이 씁니다'라는 짧은 진술에 모두 함축되었다. 그래서 이 짧은 한 마디 사랑의 외침은 오히려 더 극진하고 절절하다.

평론가는 작품의 복합성을 조성하는 요소들을 주목한다. 전체는 하나의 단일성을 가진 형상이다. 따라서 부분의 복합성과 전체의 단일성은 반대되는 개념이지만 예술작품에서는 반드시 서로 조화와 통일을 이루어야하며 어떤 방식으로 통일화되는가하는 문제는 눈여겨 볼 필요가 있다. 위의 경우 인간의 무수한 정서가 배제되어 아주 간결한 글이 되었지만 사실은 이렇게 해서 조성되는 또 다른 복합성이 있다. 간결해졌다고 해서 과학 공식처럼 단순화 시킨 것은 결코 아니다. 언어의 경제가 최대한 이루어진 이 시는 반면에 아이러니와 긴장과 애매성이란 새로운 형태가 조성되고 있는 것이다.

아무리 사랑하는 마음이 간절해도 내 시는 내가 쓰는 것이다. 세상에 어떻게 내 시를 다른 사람이 쓸 수 있단 말인가. 아이러니요 역설이다.

백과사전 두께에 실릴 정도의 정서의 함량이 생략된 첫째 연과 마지막 연 사이의 휴지休止는 아득하게 길고 멀다. 무거운 침묵이다. 이 침묵은 강한 시적 긴장을 야기한다.

동시에 이 긴 휴지는 독자에게 얼마든지 오독할 가능성이 있는 애매성의 장을 열어 놓는다. 따라서 독자는 구속되지 않는 시 읽기의 놀이터를 제공받고 그 속에서 자유롭게 유영한다. '내 시는 당신이 쓴다'는 시인의 사랑에 대한 갑작스런 돌발 선언이 있기까지는 말이다.

열 마디 말로 열의 복합성의 효과를 얻는 것 보다는 두 마디 말로 열의 같은 효과를 얻으려 시인들은 치열하게 언어를 함축하고 생략한다. 칼로 도려낸 것 같은 이 시가 그러하다. 그 결과 이 시 전체가 한 덩어리 '사랑'의 메타포가 되었다.

2. 몸을 긋는 '그리움'

'사랑이 무어냐'고 물으신다면 '하나가 되고 싶은 거'라고 말하겠어요. 그렇다. 사랑은 한 존재를 소유하고 싶은 욕구요, 그 존재와 하나가 되고 싶은 합일의 욕구다. 그러나 한 이불 속에서 겹쳐져 있는 짧은 시간을 제외하고는 사랑하는 사람은 서로 그리워 할 수밖에 없다. '그대가 곁에 있어도 그대가 그립다'라는 신파조의 말마따나 사랑은 언제나 그리움을 동반한다. 석가의 인생 팔고八苦 중 애별리고愛別離苦가 있다. 사랑하는 사람과 이별하는 괴로움처럼 큰 괴로움이 없다는 말이다. 그 괴로움이 그리움이다. 헤아릴 수 없는 많은 시인들이 시공을 넘어 이 지극한 정서를 노래했다. 여기 또 다른 '그리움' 하나가 있다.

> 내 몸 속을 멋대로 떠돌고 있는 악성종양
> 때때로 내 몸 어딘가를 날카롭게 긋고 가는,
>
> —「그리움」 전문

매우 짧은 시다. 앞의 「사랑」이라는 짧은 시는 그래도 두 문장으로 구성되어 있지만 이 시는 아예 한 문장으로도 구성되지 못하고 있다. 첫 행은 물론 둘째 행도 결국은 '악성종양'이란 단어를 수식하고 있을 뿐이다. 따라서 이 시는 주어는 있으나 술어가 없는 완성되지 못한 문장에 불과하다. 한마디로 '그리움'이란 제목의 이 시는 '악성종양'이라는 단 하나의 시어로 시 전체를 설명하고 끝내버린 특별난 시다.

다른 예술도 마찬가지이겠지만 시의 본질은 감성으로 받아드리고 감성으로 표현하며 감성을 자극하는 것이라고 할 수 있다. 시인은 자신의 내부에서 발생하여 움직이고 있는 그리움이란 감성을 철저히 집중하여 응시하고 있다. 시인은 다분히 감상적이 될 수 있는 '그리움'이라는 감성에 사적私的 감상의 개입은 냉정하게 배제시킨다. 그 결과 그리움은 '악성 종양'이라는 육신의 내부에서 움직이는 사물로 환치된다. 냉철하게 관찰된 사물의 움직임은 '멋대로'와 '때때로'라는 절묘한 부사어로 포착된다.

그리움이라는 것은 스스로의 의지로 제어될 수 없는 것이다. 그것은 내 의지와는 무관하게 내 몸 속을 '멋대로' 떠돌고 있다. 그런데 몸 안을 떠도는 이 그리움이라는 놈은 자주는 아니지만 '때때로' 날카롭게 내 몸 어딘가를 긋고 가는 놈이다. 몸 어딘가가 날카롭게 그어지면 커다란 통증이 발생할 것임은 자명하다. 커다란 통증은 커다란 아픔이다.

'그리움'을 쓴 이 시에 '그리움'이라는 말은 없다. 시적 진실은 먼저 예술 가치로서 정서적 감동을 주는데 있다. 시는 감동으로 독자의 마음을 자극하여야 한다. 따라서 사상이나 관념 또는 추상개념도 정서화된 사상, 관념, 추상개념이 되어야 한다. 정서화라고 해서 과거 시인들의 그것, 즉 소월 식 정서의 답습이거나 영랑 식 정서의 반추가 되어서는 안된다. 사회가 변함에 따라 정서도 변화되고 그 표현양식도 달라진다. '정서의 지적 처리'라는 말이 나오는 소이가 바로 이에 있다. 시인은 정서의 예술적 표현을 위해 소위 '객관적 상관물objective correlative'을 발견할 수밖에 없다. 이는 표현하고자 하는 정서의 상관물을 발견하는 것으로 독자의 감각체험과 그 정서를 환기시키는 사물이어야 한다. '그리움'이란 말이 전혀 없는「그리움」이라는 이 시에는 '그리움' 대신 '악성종양'이라는 다소 의외의 객관적 상관물이 견인된다.

작가들이 관습상 창작에서 주로 사용하는 어휘가 있다. 이를 시어 또는 문어라고 한다. 그러나 이런 것들이 고정된 어휘로 형성되어 있다고 생각하면 잘못도 큰 잘못이다. 그럼에도 올망졸망 모여 함께 공부하는 올망졸망한 아직 설익은 시인들의 시편을 대하면 이런 고정된 올망졸망한 시어들이 관습적으로 습득되고 다시 올망종말 배열되었음을 볼 때가 있다. 하기야 어떻게 보면 관습적으로 사용된 문어의 답습과 이를 깨부수고 비문학적이라고 알려진 어휘를 표현수단으로 개발하는 행위가 서로 변증으로 맞물려 가는 것이 문학사의 변천이라고도 할 수 있다. 비문학적 언어가 문학적 언어로 성공하면 이를 습관화하여 소위 문어로 굳어지고 답습되는 것이다. 그런데 이 시에서 시인은 각별한 정서이지만 진부하기 짝이 없는 '그리움'이라는 어휘를 다소 비문학적이라 할 수 있는 '악성종양'으로 시치미 뚝 떼고 바꿔버렸다.

원래 언어라는 게 그 정상적 상태로는 비문학적이다. 피아노를 치기 위해서는 손가락이 특별한 훈련을 받고 그 특별한 기능을 습득하는 것처럼 언어도 특별히 사용하는 데에서 문학적이 되는 것이다. '악성종양'은 주위 조직에 대하여 침윤성浸潤性과 파괴성을 가지며, 또한 전이轉移되는 아주 지랄 같은 종양이다. 우리는 이를 보통 '암'이라 부른다. 일상에서 비문학적인 이 고약한 종양이 이 시에서는 사랑의 아픔이요, 정서의 극치인 '그리움'과 등가를 이루고 있다. 이 짧은 시를 다시 보자. 한마디로 '그리움'은 바로 '악성종양'이 아닌가.

미당은 '문둥이'가 '달 뜨면' '애기 하나 먹고' '붉은 울음'을 운다고 했다. 그는 '추악한 아름다움' 소위 낭만적 궤변을 노래함으로 비극을 더 비극적으로 만들었다. 마찬가지로 이 시에서 시인은 서정적 마음 떨림인 '그리움'을 세포에 파고들고 파괴하고 퍼져가는 추악한 '종양'으로 노래함으로 아픔을 더 아프게 각인시키고 있다. 일견 그리움과 악성종양은 논리가 통하지 않는 무의미한 관계일 뿐 아니라 오히려 상극적으로 보인다. 그러나 미와 추, 선과 악은 상극이면서도 서로 통한다. 극치에 달한 여인의 얼굴과 산고의 고통에 일그러지는 여인의 얼굴은 같다.

시인은 '추악한 아름다움'으로 '종양'을 견인하는 미의식을 보일 뿐 아니라 추상적 개념에 인격적 요소를 부여하는 심미적 감정이입을 도입한다. 앞에서 말한 대로 '그리움'은 '악성 종양'이라는 상관물로 환치되었다. 둘 다 비인격적인 용어이다. 그럼에도 비인격적 용어는 인격적 용어로 전환되어 '멋대로 떠돌고' 내 몸 어딘가를 '날카롭게 긋기'도 한다. 결국 '그리움'이란 추상개념은 이 시에서 의인화 되어 미학적 감정이입으로 작동하고 있다.

이 시에서 '종양'을 수식하고 있는 두 개의 구문은 특히 주목할 만하다. 사실 이 두 개의 수식구는 서로를 지탱하고 설명하고 있을 뿐 아니라 작품 전체가 완전한 작품이 되도록 결정적인 빛을 던지고 있다. '내 몸 속을 멋대로 떠돌고, 내 몸 어딘가를 긋고 가는' 그리움에 대한 수식은 다른 설명이 필요하지 않을 만큼 그 아픔이 더 절절하게 다가온다. 그런데 보는 것처럼 두 수식구의 하나는 수식되는 어휘 앞에, 하나는 뒤에 배열되어 있다. 낱말들은 언어의 사회적 관습, 즉 문법에 따라 일정한 순서로 배열되게 된다. 시인은 자주 이 관습을 불편하게 생각한다. 따라서 자신이 표출하고자하는 의미의 완전성을 위해 상식적이고 정상적인 문장의 배열을 뒤집어 엎어버리고 싶어 한다. 시인은 욕먹을 것을 각오하고 사회관습의 허용치를 최대한 넓힌다.(너무 넓히다가는 의도하는 의미전달마저 불가능하게 되지만) 평론가는 시인이 언어 관습의 허용범위를 얼마나 넓게 잡고 있는가를 주시한다. 이 시는 일상적이고 상식적인 언어관습을 벗어난 도치다. 그러나 이는 의도적인 미학적 장치로 우리가 여운을 가지고 시를 음미하게 하기 위한 의미 있는 도치다.

위에서 본 「사랑」「그리움」의 시 두 편은 어떠한 산문적 설명의 틈입도 허락하지 않는다. 사실 평론가는 스스로의 힘으로 빛을 뿜고 존재하는 이런 시에 대해 어쩌고저쩌고 따질 형편이 못된다. 그런데 필자는 그럴수록 물고 늘어진다. 이는 시의 여러 장점, 함축된, 숨어있는 심미적 장치를 이리저리 살펴 미주알고주알 부각시키려는 미욱하지만 간절한 마음이 앞서는 까닭이다. 그 정도로 두 편의 시는 좋다.

두 편의 시에는 단풍을 물들이는 빛의 파편처럼 '사랑'과 '그리움'이

흩뿌려져 있다. 시인은 평평한 거울로 이를 비추지 않았다. 그랬다면 맥 빠진 서정적 영상만을 독자에게 보여주었을 것이다. 시인은 대신 볼록 거울을 들이대었다. 빛의 파편들은 응축되고 집중되어 불꽃이 되었다. 그리하여 시인은 우리의 감성을 면도날로 도려낸 듯 '짧고 깊게' 후비고 불꽃처럼 '뜨겁게' 태우고 있는 것이다.

3. 아슬아슬한 '자화상'

이제야 한선자라는 시인의 이름을 부른다. 큰 키에 큰 웃음으로 다가오는 시원시원한 시인이다. 마타리꽃처럼 후리후리하고 훤칠한 시인이 직접 그린 자화상을 보자.

> 바람보다 빠른 자동차 사이로
> 강아지 한 마리 곡예 하듯 건너고 있다
>
> 친구들과 어울려 들어간 맥줏집
> 빈 술병과 마른 북어사이 마타리꽃 하나 엎어져 있다
>
> 아슬아슬한 스물 몇 살의 내가 있다
>
> —「자화상」 전문

한선자는 솔직하다. 자신의 부끄러운 모습도 여과 없이 드러낼 줄 안다. 술집 탁자에 엎어져있는 여자는 보기에도, 보여주기에도 썩 좋은 모습은 아니다. 하물며 당사자에 있어 서랴. 그러나 한선자은 책 첫 페이지, 첫째 글에서 과감하게 마타리로 비유된 젊은 날의 흩어진 자신의 한 모습을 내보인다.(물론 작품 속의 '나'는 작가의 분신이라 할 수 있다. 그러나 자연인으로서의 한선자와는 명백히 다른 허구화된 시적 공간 속의 '나'이다.)

자신의 부끄러운 모습을 숨기지 않고 고백한다는 것은 반성으로 이해할 수 있고 이는 겸손한 태도라 할 수 있다. 그러나 시인의 속내는 그게 아니다. 자신이 겸손한 사람이라는 것을 글로 써 세상에 알리고자 한다면 그것은 겸손이 아니라 오만이다. 시인은 오히려 어느 정도 삐딱하고 거칠게 위선과 가식이 판치는 세상에 삿대질 좀 하고 싶은 것이다. '아슬아슬한' 자화상을 까발려 보여줌으로서 세상의 물결과 함께 흔들거리는 우리의 얼굴을 화끈 붉어지게 하려는 것이다.

병맥주와 마른북어는 동네 슈퍼에 탁자 몇 개 놓은, 소위 서민들이 즐겨 찾는 '가맥집' 같은 곳의 기본 술이자 안주다. 이곳이 글의 배경이다. 꽃처럼 취한 한 여자가 탁자 위에 엎어져있다. 이것이 사건이다. 이 글의 배경과 사건 전모가 짧은 두 행의 글로 '간결하게' 모두 묘사되고 있다. 그리고 시인은 남 얘기하듯 이 엎어져있는 여자가 스물 몇 살 때 자신의 자화상이라고 말한다. 그런데 이 자화상의 모습은 달리는 자동차 사이로 보도를 횡단하는 강아지 한 마리와도 같다고 결론을 내린다.

시에 좀 더 확대경을 대 보자. '빈 술병'은 말 그대로 술이 없는 빈병이다. 다 마셨다는 소리다. 그러나 '마른 북어'는 남아있다. '마시는' 속도가 '씹는' 속도보다 빨랐다. 세상은 시인이 빨리 술을 마시도록 만든다. 결국 안주는 남아있지만 시인은 탁자 위에 엎드릴 수밖에 없는 것이다.

시인은 "빈 술병과 마른 북어 사이"라고 제법 대단한 척 그 '사이'를 언급하고 있지만 과연 그 사이는 얼마나 먼 거리인가. 탁자라는 게 폭이 1미터도 되지 못한다. 그 위에 올려 있는 술병과 안주의 거리는 불과 몇십 센티도 되지 않을 것이다. 그 '사이'는 매우 좁은 거리다. 답답하다. 넓은 홀이 당연히 없는 동네 술집도 답답하다. 술병과 북어의 좁은 사이에 쓰러져 있는 여자도 답답하다. 세상이 모두 답답하다. 암울했던 한 시절, 그것이 시인의 20대였고 술병과 안주 사이에 엎드려 있는 자화상을 만들게 한 세월이기도 하였다.

맥줏집에 엎어져있는 스물 몇의 여자는 왜 아슬아슬한 것인가. 자기가 돈 낸 술 자기가 마시는데 왜 아슬아슬해야 하는가. 엎어졌다가도 툭툭 털고 일어나 자기 발로 자기 집에 갈 것인데 왜 아슬아슬한 것인가. 그러나 세상은 마타리 같은 여자가 '빈 술병과 마른 북어사이'에 엎어져 있으면 그냥 두지 않는다. 아슬아슬할 이유가 없어도 세상은 젊은 여자를, 아니 모든 사람을 아슬아슬하게 만들고 만다. 시인은 이런 세상에 삿대질 하고 싶은 것이다.

곡예 하듯 횡단보도를 건너는 개의 모습이 술집에 쓰러진 한 여자의 아슬아슬함과 같은 것은 결코 아니다. 쓰러진 한 여자의 모습이 달리는 자동차 사이로 길을 건너는 개의 아슬아슬함과 같다는 것이다. 그렇다면 '개'가 먼저 등장하는 이 문장은 앞뒤가 바뀐 셈이다. 문법상 도치가 아니고 의미상의 도치다. 과학은 결론을 내기위해 논리적 설명의 과정이 필요하다. 일종의 필요악이다. 그러나 시는 어떤 결론을 도출하기 위해 쓰는 것이 아니다. 맥줏집, 빈 술병, 마른 북어, 쓰러진 여자… 그 하나하나의 요소들이 절대적인 시의 구성요소다. 길 건너는 개는 앞에 오든 뒤에 오든 시인의 마음먹기에 달렸다. 그러나 시인은 미적효과를 위해 문장을 어떻게 배열할 것인가 고민한다. 논리를 생각했다면 뒤에 놓았을 '개' 얘기는 의도적으로 앞으로 당겨 뺐다. 그리고 "…있다" "…있다"라는 두 개의 현상을 병행시키고 그것이 바로 20대의 자기였노라고 짧고 진솔하게 선언한다. 마지막 연 역시 의도적으로 "…있다"로 마감하고 있는데 이는 운율적 긴장을 주는 최선의 마감이다. 성공적인 문장 배치와 짧고 진솔한 마지막 선언, 이 시가 감동을 주는 것은 바로 여기에서 기인한다.

4. 사는 게 별거냐 '허공에 삿대질' 하는 것

한선자의 삿대질은 계속된다. 그러나 아슬아슬할 것 없는데 사람을 아슬아슬하게 만드는 20대의 세상에 대한 삿대질은 아니다. 시인은 이제 '不自屈不自高', 스스로 비굴하지도 않고 교만하지도 않다. 약자는 비굴하기 쉽고 강자는 교만하기 쉽지만 시인은 나는 나답게 살겠다고 주장한다. 시인의 진솔함과 진정성은 오히려 싱싱한 육질의 시어로 발전되어 무청처럼 더욱 시퍼렇다.

요즘 나의 소원은
독한 술 몇 잔 마시고
하루 종일 배롱나무 아래서 뒹굴어 보는 것
온 몸에 꽃물 들도록 흥건하게 젖어 보는 것
사는 게 별거냐 허공에 삿대질 한 번 해보는 것

—「요즘 나의 소원은」 부분

이 시에는 건강한 관능과 강한 생명감이 충일하다. 이 시의 앞부분은 아파트 베란다에서 바라보이는 건지산의 생생한 묘사로 되어있다. 그것은 그냥 거기 있는 발가벗은 생명의 싱싱한 실체다.

"창을 열면 벌렁 누워있는 건지산이 보인다", 도입부의 산은 의인화되어 '벌렁 누워있는' 산이 된다. 계속하여 이 산의 각 부분은 사람의 몸과 비유된다. 볼그족족 연분홍 속살 드러내던 복숭아밭은 '산 겨드랑이'에, 공룡 알 같은 새끼 쑥쑥 낳는 배 밭은 '산 아랫배'에 있다. 그리고 시인이 그 아래에서 하루 종일 뒹굴어 보고 싶은 배롱나무 농원은 허리띠 풀린 '산 아랫도리'에 있다. 산을 위에서 아래로 훑어 내려가며 시인이 견인하는 동사도 '눕다', '드러내다', '몸 더듬다'와 같은 싱싱한 육질의 어휘들이다.

시인이 바라보는 건지산은 자연이 만드는 오묘한 질서의 교향악이다. 저마다 제 자리가 있고 모두 제 법칙대로 존재하는 조그만 우주다. 사계절이 변화하고 주야가 교대하고 일월성신이 운행하는 놀라운 질서와 리듬의 세계다. 복숭아도 배도 배롱나무도 각각의 색깔과 다른 형태의 미로 조화를 이루는 세상이다. 자연에서는 모든 것이 조화를 이룬다. 산천, 초목, 일월, 남녀, 음양이 정교무쌍한 조화의 옷을 입고 존재한다. 또한 자연은 쉴 새 없이 창조하고 끊임없이 생산한다. 온갖 생명체가 이 위대한 품속에서 부단히 태어나고 성장하고 개화 결실한다. 무수한 생명이 나고 죽고, 나고 죽고를 영원히 반복한다. 시인은 질서와 법칙, 미와 조화, 창조와 생산의 어머니로서의 자연, 즉 건지산이라는 자연에 맨몸 그대로 안기고 싶다.

산 위에서 아랫도리까지의 생생한 묘사에 이어 시인은 자신의 희망사항을 나열한다. 그가 바라는 것은 고상하고 고귀한 것이 시의 내용이 되어야한다는 일반의 통념을 단박에 부숴버린다. 그는 산을 가리키며 허울만 좋은 덕목으로 감싸고 있는 우리에게 삿대질한다. 그의 소원은 나무아래 종일 '뒹굴어 보는 것', 꽃물에 '흥건하게 젖어 보는 것', 허공에 '삿대질 한 번 해보는 것'이다. 그런데 이런 모든 소원은 '독한 술 몇 잔 마시고' 나서의 바램이다. 시인은 나는 나답게 살겠다고 솔직히 말한다. 얼큰하게 취해 꽃그늘에 뒹굴고 꽃물에 젖겠다는 데 누가 뭐라고 하랴. 더구나 삿대질하지만 허공에 대고 하는데 세상천지 어느 누가 시비하랴. 시인의 소원은 주말 휴일 언제라도, 얼마든지 이루어 질 것이다.

5. 시퍼렇게 살아 있는 '봄똥'

시는 정서와 상상을 통한 인생의 해석이요 이해이다. 따라서 어떠한 사상이나 관념도 정서화된 사상, 정서화된 관념으로 바뀌어져야한다. 즉 사상이 사상으로서 그대로 생경하게 들어나는 것이 아니라 정서의 형태로 미화하여 언어 속에 나타나야 한다는 말이다. 문학은 결코 사상이나 이념전달의 수단이 아니다. 물론 시가 언어예술이고 언어라는 것이 사유의 산물인 이상 시가 어떤 사상을 반영한다는 것은 자연스런 일이다. 그러나 사상이나 이념도 다른 부분들과 결합하여 미적 형상화로 하나의 전체를 만드는 일부에 불과하다.

> 우수 무렵/ 김남주 시인 생가를 찾았네// 녹슨 양철지붕 아래/ 낙숫물 떨어지는 자리/보랏빛 개불알풀꽃 모여서/ 봄의 똥구멍 찌르고 있었네// 담장 밖 마른 밭에도/ 심줄 굵어진 봄똥들/ 시퍼렇게 살아 있었네/ 당당한 봄이 오고 있었네
>
> —「봄똥」 전문

이 시에는 '고 김남주 시인 생가에서'라는 부제가 붙어있다. 부제를 보며 이 시가 혹 이념이나 사상의 철학적 사유를 넘어서 어떤 정치적 행동을 전제하는 것이 아닌가하는 우려가 들지만 한선자는 이를 멋지게 불식시킨다.

'봄똥'은 시인의 주석대로 봄채소 나오기 전 꽁꽁 언 밭에서 겨울을 지낸 배추를 말하는 남도사투리다. 녹 쓴 양철지붕의 김남주 시인 집에 봄이 오고 있다. 보랏빛 개불알꽃도 낙숫물 떨어지는 자리에서 환한 봄을 맞고 있다. 꽁꽁 언 밭에서 겨울을 지낸 '봄똥'도 당당하게 봄을 맞고 있다. 여기에서 모든 사물은 정서화되어있다. 시의 서정성 담지여부는 독자의 호응여부를 가름한다. 서정성의 회복이라는 시의 가장 근본적인 문제에 관심을 가져야함은 소위 참여시나 민중시라고해서 예외가 아니다. 진정한 문학은 직접 행동의 유발과는 관련이 없다. 독자의 의식

에 침윤되어 간접적으로 영향을 미치는 것이 문학의 사회 참여지 행동을 자극하는 것은 선동에 불과하다. 꽁꽁 언 겨울을 이겨 낸 푸른 배추는 독자의 의식에서 김남주의 푸른 정신으로 아프도록 되살아나게 되는 것이다,

'고 고정희 시인 생가에서'라는 부제가 달려있는 '나에게 오려거든'도 마찬가지다. 한선자는 '흙바람 피하지 말고 오세요', '성난 파도로 오세요', '없는 길 만들어 오세요', '뜨거운 가슴만은 가져오세요'라고 '나에게 오려거든'의 조건을 내건다. '오세요'를 반복함으로서 리듬의 조화를 극대화한 이 시는 바람과 파도와 길과 가슴을 수식하는 어휘들로 짙은 서정성을 담지하고 독자의 시선을 다시 한 번 흡인한다. 또한 예술적 형상화에 성공한 위의 두 시편은 민주화운동에 몸을 던진 두 사람에게 바치는 헌사로도 합당한 설득력을 갖게 되는 것이다.

이제 글을 마무리 해야겠다.

한선자는 생명의 꽃인 사랑과 그 지극한 정서인 그리움을 함축과 생략으로 면도날로 오려낸 것처럼 짧고 깊게, 그리고 응축과 집중으로 불꽃처럼 뜨겁게 피어냈다. 먼저 자연이나 물상을 말하고 이에 비유하여 시인의 정서를 표현하는 식의 일반적이고 전통적인 방식은 배제되었다. 따라서 자칫 진부해지기 쉬운 정한의 원형심상이 결코 고루하거나 퇴색해 보이지 않고 우리의 감성을 강하게 자극한다. 그는 언어를 최대한 경제하고 있다. 더 이상 경제하면 시 자체가 이루어질 수 없는 극한까지 언어를 깎아냈다. 그럼에도 이 짧은 시편들에 있을 것은 다 있고, 오히려 사랑과 그리움의 감정은 짧아서 더 절절하다.

그의 자기고백적인 시들은 무엇보다도 관념 앞에 놓여있는 맨몸의 실체를 드러내는 진솔함과 진정성을 보여주고 있다. 그는 교만하지도 비굴하지도 않고 자신답게 살고자하는 푸른 정신을 육질의 언어로 진술한다. 이런 싱싱한 언어의 숨결은 그가 표현하고자 하는 어떤 사상이나

관념도 강한 정서로 변화시킨다.

물론 반복되는 언어로 인한 시어선택의 다양성과 언어의 섬세한 조직에 좀 더 치열하였더라면 하는 부분도 발견된다. 그러나 많은 시들이 완성에 육박하며 반짝이고 있다. 앞으로 단련의 시간이 더할수록 절편도 더할 것이다.

한선자의 시는 색채로 치면 한 마디로 싱싱한 푸른빛이다. 시인도 시도 계속 푸르고 푸르기를 바란다. 겨울을 이겨낸 봄배추처럼.

단박에 낚아챈 은빛물고기

1.

사람의 생각이란 호흡만큼이나 자연스런 것이어서 우리 마음속에서 끊임없이 작동되고 있다. 그런데 그 생각한 바의 한 자락을 글로 다듬으려 하면 갑자기 어떤 사람이 3672 곱하기 9929는 얼마? 라고 묻고 당장 답을 재촉해올 때처럼 머리는 마비되어 버리고 그 끄트러기도 붙잡을 수 없는 경우가 허다하다. 우리는 확실히 생각하고 있었으며 그 중에는 흥미로운 것도 있었다. 그러나 그것은 순식간에 우리의 손에서 미끄러져나가 버리고 막상 내가 필요할 때는 그것을 붙잡아두거나 끌어내올 수가 없어 안타까움에 발을 구르게 한다.

그럼에도 불구하고 우리는 그 미끄러져나간 생각 속으로 파고들어 그 일단을 움켜쥐어야한다. 우리를 기쁘게 했거나 슬프게 했던 그 어떤 것, 놀라게 했거나 안도하게 했던 그 무엇을 찾고 증명하는 대뇌의 힘겨운 노동은 피할 수 없다. 어떤 뇌는 가끔 뒤척거리며 잠이나 자고 있지만 어떤 뇌는 눈에 불을 켜고 집중하며 기억을 더듬고 생각을 짜낸다. 이는 깊은 물속의 물고기를 낚시질하는 것과 흡사하다. 외골수로 찌의 흔들림에 집중하여 고기의 움직임을 포착하여야 한다. 찌가 깊게 물속으로 곤두박질하는 순간 단박에 낚아채야 햇살을 튕기며 수면위로 파닥거리는 은빛물고기를 볼 수 있는 것이다.

> 푸성귀 파는 할머니를 좋아하게 되었지
> 어두워진 눈 탓이겠지
>
> 나를 아가씨라 불러주니까

—「착각」 전문

시인 강지애가 주저하지 않고 일거에 들어 챈 생각의 끄트러기다. 우선 보기에 특별한 심상이나 비유나 상징은 이 짧은 시에서 당장 아무것도 드러나지 않는다. 또 너무나 당연한 말 같기도 하다.

젊은 여자를 아가씨라도 부르는 것은 어부가 물고기 잡듯 자연스런 일이다. 그러나 중년의 여인을 아가씨라고 부른다면 얘기가 달라진다. 시인은 이제 중년이다. 그리고 중년의 시인을 아가씨라고 부르는 사람은 '푸성귀 파는 할머니'다.

우리는 동네시장이나 아파트입구에서 고추나 마늘, 상추 같은 간단한 저녁거리를 파는 할머니를 흔히 보게 된다. 중년여인인 '나'는 가족들을 위해 물론 정육점이나 생선가게나 과일가게도 들를 것이다. 그러나 시인은 분명 '푸성귀 파는 할머니'를 지목하고 있다. 우리는 여기에서 하나의 그림을 본다. 저녁나절 다 팔아도 몇 푼 되지 않는 좌판을 벌리고 앉아있는 할머니와, 웃으며 몇 마디 가벼운 흥정을 하는 시인이 눈에 들어온다. 그런데 할머니는 눈이 어둡다. 이는 늙어 노안이 된 자연현상일 수도 있으나 땅거미 내리는 저녁나절이라는 시간대에도 주목할 필요가 있다. 아마 할머니는 "아가씨, 이거 떨이로 줄 테니까 이천 원에 다 가져

가. 나도 집에 가야지." 라고 마지막 상추 단을 검은 비닐봉지에 담았을 것이고 시인은 다른 푸성귀를 더 팔아주지 못하는 것을 아쉬워하며 상추봉지를 받고 헤어졌을 것이다. 이제 위의 짧은 시 행간에서 저녁거리 푸성귀를 파는 작은 좌판과 따뜻한 두 사람의 대화가 강한 심상으로 다가오기 시작한다. 그리고 '아가씨'라는 호칭도 자연스럽게 들려오게 되는 것이다.

위의 시는 「착각」이라는 제목으로 시집의 맨 앞에 자리하고 있다. 그만큼 이 시는 작가에게 나름대로의 각별함과 세상을 향해 건네고 싶은 속내 한 자락쯤이 내포되어 있을 터이다. 그렇다면 시 「착각」에서의 착각은 누구의 착각인가. 나이 탓인지 저녁나절 탓인지는 몰라도 눈이 어두워진 할머니의 착각인가. 아니면 아가씨라고 불린 데에 대한 즐거움과 그로인해 할머니가 좋아진 시인 자신의 착각인가. 둘 다 맞고 둘 다 틀리다.

눈이 어두워진 탓도 있지만 자신의 물건을 저녁나절이면 가끔 찾아와 팔아주는 맘씨 고운 아낙에게 할머니는 고마운 마음에서라도 부지불식간에 아가씨라 부를 수 있다. 아니 앞으로도 푸성귀를 계속 팔기위해 이 상냥한 고객에게 의도적으로 그렇게 불러주었을지도 모른다.

한편 시인은 분명히 자신을 '아가씨라 불러주니까', '할머니를 좋아하게 되었'다고 말하고 있다. 이는 시인의 착각이다. 그러나 또한 분명히 그 이유를 할머니의 '어두워진 눈 탓'일거라고 밝히고 있다. 이런 겸양의 말은 시인이 착각하지 않고 있음을 드러내고 있다.

한 사람이 틀렸다면 다른 한 사람은 맞았다는 얘기다. 시험문제 풀기도 아닌데 동시에 둘 다 맞고 둘 다 틀린다는 것은 있을 수 없다. 역설이 작동하기 시작한다.

사실 이시의 서사의 흐름은 '어두워진 눈 탓이겠지만, 나를 아가씨라 불러주니까, 푸성귀 파는 할머니가 좋아졌다'라는 하나의 문장이다. 그러나 이 시에서는 원인에 대한 최종결과가 맨 앞으로 견인되고 아가씨라고 불리는 또 다른 원인이 되는 '어두워진 눈'이 중간에 배치되고 결과에 대한 결정적 원인은 맨 뒤로 빠진다. 또한 일상적으로 한 문장으로 충분히 표현될 서사는 세 토막나버렸다.

문장의 독특한 구성은 독특한 의미의 구조를 만들어 낸다. 시인은 문장을 구성하며 가능한 그 의미를 함축하려 한다. 또한 깎고 깎아 최대한 간단명료하게 하려하는 동시에 한편으로는 애매하게 혹은 불투명하게 하려는 강한 의도를 나타내기도 한다. 그러나 글이라는 것은 어디까지나 의사전달을 위한 사회적 수단이다. 시라고 해서 예외가 될 수 없다. 분명 위의 시는 어떤 장애도 주지 않고 수신자에게 그 뜻이 전달되고 있다. 그럼에도 시인은 사회적으로 통용되는 일반적 용법에 억지를 부리면서까지 특수한 문장을 구성함으로 문학적 목적을 위한 독특한 의미를 구현하려 하고 있다. '눈 탓이겠지만 아가씨라 불러주는 할머니가 좋아졌다'라는 평범하고 어쩌면 당연한 서술은 결과와 원인의 도치 및 연 가름으로 인한 휴지休止를 만듦으로 일상의 의미가 아닌 보다 독특한 의미로 전환된다. 즉 두 행까지 읽어나가던 독자의 눈은 잠시 연의 여백에서 휴지하고(물론 이시간은 아주 짧지만 매우 중요한 멈춤이 된다) 마지막 행에서 눈길을 멈추며 아! 하고 할머니가 좋아진 이유를 깨닫고 미소를 짓게 된다. 그러나 그 미소는 그냥 미소가 아니다. 푸성귀 파는 할머니의 신산한 삶과 나이 들어가는 중년의 쓸쓸함을 공감하는 페이소스가 있는 미소다. 그리고 이런 미소야말로 감동이란 문으로 들어가는 입구가 아니겠는가.

2.

물론 하나의 예술작품으로 시가 인쇄되어 세상의 빛을 보려면 오랜

절차탁마의 시간이 필요할 것이다. 즉흥시치고 걸작이 드문 것은 당연하다. 그러나 시인이 자연의 개별적 사물을 보며 경험하는 정서적 교감은 순간적으로 포착되어야한다. 바로 이 순간에 낚아챈 정서적 경험이 심미적 예술작품으로 깎여지고 다듬어지는 시간을 필요로 하는 것이다.

우리가 지조와 절개의 표상으로 소나무나 대나무를 바라보고 또 그것을 그린다면 아무래도 예술과는 거리가 있는 윤리적 가치추구의 자연인식에 불과하다. 이 경우 자연은 인간의 이상적 가치를 표상하는 것으로 궁극적으로 천인합일이라는 규범화된 윤리적 경지를 추구하게 된다. 그러나 시인이 찰나에 움켜쥐는 정서적 경험은 이런 인식이 극복된 것이어야 한다. 시인은 모든 천지만물과 세상만사는 부단히 생성하고 변화하는 객체적 존재이며 이들은 각기 고유한 성질과 형상을 가진 것이라고 생각해야한다.

강지애는 자연의 개별적 사물들을 만나고 대화할 때 결코 그 자연물을 규범화한 윤리적 가치로 치환하지 않는다. 신과 대화하려면 엄숙하고 정결한 성당이나 사찰을 찾을 일이지 낚싯대 메고 저수지에 어슬렁거릴 일은 아니다.

강지애가 '허수아비'라는 객체적 존재를 만나 순간에 낚아챈 정서적 경험과 자연인식을 보자.

바람과 동무하다가 더러
잠자리에게 흠흠
기침을 보낸다

한나절 질펀하게
깔깔거리는 참새들에 모자 흔들어 보이며
대숲까지 또 끌고 온다.

—「허수아비 1」 전문

넉넉한 가을햇살은 황금벌을 가득 채우고도 남아 도랑과 둠벙의 물과 부딪쳐 반짝거리고 있다. 깨질 듯한 푸른 하늘 아래 누런 벼가 고개를 숙이고 선선한 바람을 타고 참새들이 난다. 가을걷이를 앞둔 들판 여기 저기에 허수아비가 보인다. 우리가 쉽게 그릴 수 있는 가을 들판의 풍요로운 모습이자 이 시의 배경이다.

그런데 이 넉넉한 들판에 서있는 허수아비는 익어가는 곡식을 축내는 새떼의 퇴치에 그 존재이유가 있다. 이것이 허수아비라는 자연사물에 대한 일반적이고 상식적인 우리의 인식이다. 그러나 시인은 이 규범적인 자연인식을 넘어서 허수아비를 생생한 성격을 가진 개별적 사물로 바라본다.

시인이 순간적으로 포착한 정서적 교감은 특별하다. 이 아름답고 풍요로운 가을 벌판에 함께 존재하는 모든 것들은 서로 친하게 섞이고 어울린다. 햇살도 바람도 새때도 어떠한 제약과 구속과는 거리가 멀다. 시인은 이런 넉넉한 풍경에 계절을 공유하는 허수아비라는 한 사물도 함께 어우러지게 한다. 어우러지는 정도가 아니라 능동적으로 손을 잡고 놀게 한다. 허수아비는 자신의 상식적인 존재의미를 망각한다. 제약과 경계는 허물어진다.

스치는 바람과 꺼떡거리며 놀고 잠자리가 날아와 간지럼을 태워도 혼을 내는 게 아니라 흠흠 기침이나 하고 동무하며 논다. 이런 허수아비를 참새들이 무서워하겠는가. 무서워하기는커녕 한나절 내내 질펀하게 어울린다.

여기서 대숲의 의미는 각별하다. 동네 뒷산의 대숲은 온 동네의 참새들이 잠을 자는 보금자리다. 허수아비와 놀던 새들은 아예 자신들의 총본부를 송두리째 들로 옮겨온다. 이는 대숲에 남아있던 새들조차 모두 들로 날아와 허수아비와 함께 어우러져 논다는 말이다. 특히 참새를 '깔깔거리는'이라는 의성어로 수식하고 있음은 주목할 만하다.

우리는 새가 운다고 말하지 웃는다고는 하지 않는다. 분명히 깔깔거리는 것은 웃는 소리다. 역설의 힘이 들어나는 대목이다. '깔깔거리는'은 강한 청각적 심상과 함께 풍요로운 가을 들판의 분위기를 잔치판처럼 더 풍요롭게 만들고 있다.

참새 떼를 쫓아내라는 허수아비가 참새들과 어울려 논다는 자체가 역설이다. 따라서 이시는 전체가 하나의 역설이며 경계 없이 어울리는 화합과 넉넉함의 메타포다. 즉 상식적이고 규범적인 자연인식을 벗어나 대자연의 모든 사물들이 함께 가을 뜰의 풍요를 즐긴다는 시인의 새로운 정서적 교감이다.

시인이 포착한 또 다른 허수아비를 보자

> 눈을 부릅떴는데도
> 고추잠자리 두 마리 날아와
> 감히 머리 꼭대기에 앉아
> 서로 꽁무니 맞추고
> 활처럼 휘더니
> 빨간 동그라미 만들어
> 푸른 하늘을 묶고 있다
>
> 바람에 날개 잘게 떨면서

—「허수아비 2」 전문

험상궂은 얼굴은 허수아비의 숙명이다. 그는 농부에 의해 원래 그런 모습으로 태어났고 그런 모습으로 살다 사라진다. 그런 험한 모습의 단 한 가지 목적은 다른 자연물을 위협함으로서 자신의 주위에 접근하지 못하는 데 있다. 그러나 시인은 농부의 이러한 상식적인 의지와 목적을 일거에 무너뜨린다. 바로 자신만의 성격을 가진 개별적 사물로서 허수아비를 바라보기 때문이다.

이번에 시인이 순간적으로 포착한 정서는 고추잠자리와의 교감에서 비롯된다.

자기 주위에 접근하지 못하도록 '눈을 부릅뜨고' 험상궂은 얼굴을 하고 있지만 아는지 모르는지 잠자리 두 마리는 허수아비에게 날아와 그것도 '머리 꼭대기에 앉아' 사랑을 나누기 시작한다. 잠자리의 이런 행위를 수식하는 '감히'라는 부사적 표현은 아주 적절하다. '감히'라는 말은 '송구함이나 두려움을 무릅쓰고' 해서는 안 되는 행위를 하거나 하려할 때 붙이는 수식어다. 그럼에도 잠자리들은 감히 '머리 꼭대기'에서, 감히 '서로 꽁무니 맞추고', 감히 '활처럼 휘'어 교접을 하고 있다. 그 결과 감히 하늘을 묶는 '빨간 동그라미'를 만들게 되는 것이다.

'하면 안 되는 것을 한다는 것'에서 우리는 아이러니가 내포되고 있음을 지각한다. 빛은 반드시 그늘을 동반한다. 마찬가지로 세상만사는 아무리 사소한 것일지라도 반드시 다른 모습을 동시에 보여준다. 이 시에서 푸른 가을하늘을 배경으로 '빨간' 고추잠자리에 의해 만들어지는 '빨간' 동그라미는 아주 명징하고 섬세한 감각적 심상을 만들어 내고 있다. 더구나 그 동그라미가 '하늘을 묶고 있다'는 첫 연의 마지막 행은 빛나는 이미지로 찬연하다. 바로 잠자리에 의해 만들어지는 계절의 정경과 그 작은 곤충이 만드는 사랑의 정경이 반짝이는 심상으로 완전하게 포착되었다. 그러나 시인은 더 미세한 부분에 언어의 촉수를 들이댄다. 바로 둘째 연의 '바람'에 '잘게' 떠는 잠자리 날개다. 단 1행에 불과한 이 연도 역시 잠자리의 모습을 묘사하고 있지만 이 짧은 한 행은 강력한 철학적 아이러니를 생성한다. 눈을 부라렸는데도 감히 머리꼭대기에서 사랑을 나누는 잠자리의 감각적인 모습은 이미 아이러니로 우리를 미소 짓게 한다. 그러나 우리의 시선이 '바람에 날개 잘게 떨면서'에 멈췄을 때 우리의 미소는 굳어진다.

이 짧은 한 마디 대목은 우리에게 엄숙한 생명의 몰락과 탄생에 대한 갑작스런 외경畏敬을 불러일으킨다. 소슬한 가을바람에 바르르 날개를 떨며 계절의 마지막 사랑을 나누는 잠자리, 그 사랑의 환희를 뒤따르는 것은 죽음이다. 그들의 행위는 죽음과 탄생을 동시에 보여주는 동전의 양면 같은 모순이자 또한 사실이다. 우리는 기쁨과 슬픔을, 절망과 희망을 동시에 본다. 시인은 이러한 모순의 한쪽을 배재해서는 안 된다. 모두를 포괄할 수 있어야 한다. 충만한 계절과 사랑의 서정으로 독자들이 짓던 미소가 순간 엄숙한 생명의 외경으로 걷힐 때 이 시는 좋은 시로서의 역할을 다하게 되는 것이다.

3.

잠자리의 사랑을 그린 시인은 이 시집에서 많은 인간의 사랑을 또한 노래한다. 이제 표제작을 찾아보자.

토기풀꽃이 뜨락 가득히
튀밥을 튀어내고 있다

아카시아가 풀무 숨으로
향을 뿜어댄다

응달 뱀 딸기도 초록 잎 자리를 펴고
빨간 몸을 뒹굴린다

바람 한 줄기가
얇은 치맛단을 흔든다

민들레 꽃씨 날아와
이팝나무 아래 눕는다.

—「오월 잔치」 전문

시집 『이팝나무 아래 눕다』는 바로 이 시의 마지막 행에서 따왔음을 알 수 있다. 시인이 표제 시로 삼았다는 것은 그만큼 이 시에 기울이는 애정이 있었을 터이고 다른 시편에도 시사하고 있는바 적지 않을 것이다. 5연으로 된 이 시는 4연까지 계절의 아름다움을 묘사하고 마지막 연에서야 시인인 '나'의 움직임을 그리고 있다.

강지애의 오월의 묘사는 탁월하다. 우리가 외부세계를 경험한다는 것은 첫 번째로 눈 · 귀 · 코 · 입 · 피부라는 오관의 감각적 지각에 의해서다. 언어는 인간의 경험이 축적되어 만들어진 의미의 기호다. 일반인도 마찬가지겠지만 특히 시인은 언어, 즉 의미의 모체인 감각적 경험을 최대한 생생하게 재현하려한다. 다른 말로 하자면 여러 수단 –언어의 독특한 사용–을 써서 경험자체의 재생을 최대한 자극하려한다. 강지애가 노래하는 오월은 추상이 아니다. 토끼풀이나, 아카시아, 뱀 딸기 등은 바로 우리가 일상에서 경험하는 구체적인 오월의 자연물들이다. 그것들의 모양과 냄새는 경험을 감각적으로 인식하도록 자극한다. 시인은 「오월 잔치」 전문에 이렇게 사물을 감각적으로 인식하도록 자극하는 말, 즉 선연한 '이미지'를 깔아 우리가 보고 냄새 맡고 감촉하고 느끼게 한다.

그런데 감각적으로 묘사하고자하는 시선의 욕망은 상이한 대상물들을 빛나는 나열로만 이끌어 가기 쉽다. 그러나 이 시는 사물의 병치를 통하여 풍요로운 오월의 이미지를 표현하는 한편, 시선視線 파편화의 한계를 넘어 하나의 커다란 정서로 육박해감에 따라 시적 형상화에 성공하고 있다. 이는 오월의 풍경 그 자체가 아닌 그 안의 사물들이 특수한 집합적 배치로 야기되는 효과라고 할 수 있다.

첫 연의 토끼풀꽃은 튀밥으로 비유되어 녹색 융단의 뜰에 하얗게 뿌려졌다. 흩어져 핀 꽃의 많음 그리고 녹색 잎과 하얀 꽃의 대비는 시각적 심상을 자극한다. 둘째 연은 대기에 충만한 아카시아 향기를 서술하고 있다. '풀무 숨'은 풀무로 바람을 일으키는 것 같은 날숨이다. 짐승의 거친 숨결과도 유사하다. '풀무 숨으로 향을 뿜어댄다'는 말은 향기가 가득 '퍼졌다'나 '뿌려졌다'와는 격이 다른 감각적인 표현으로 충분히 후각을 자극한다. 셋째 연은 주목할 만하다. 잔뜩 뿌려진 토끼풀 꽃이나 거친 숨으로 향을 뿜어내는 아카시아 꽃은 계절의 여왕이라는 오월을 잔치마당으로 만드는 데 필요충분하다. 그러나 응달진 어두운 구석의 뱀딸기도 초록 잎 자리 위 빨간 몸을 뒹굴며 잔치에 참여하고 있다. 초록과 빨강은 보색補色으로 강한 대비가 된다. 뱀 딸기는 아름답지만 결코 먹어서는 안 되는 위험한 식물이다. 이 연에서 독자는 약간의 긴장감을 보이게 된다. 여하튼 뱀 딸기도 오월하늘아래 함께 존재하는 자연물이다. 전통적으로 잔치 집에는 술주정뱅이도 비렁뱅이도 참석하게 마련이고 그래야 더 좋다.

지금까지 이 시에서 어떤 사건도 발생하지 않았다. 그저 오월의 자연을 명징하고 감각적으로 서경하고 있을 뿐이다. 따라서 화자의 내면과 정서는 거의 배제되고 심리상태나 신체적 반응도 전혀 드러나지 않는다. 묘사로 일관되던 서술은 넷째 연에서 갑작스런 사건이 발생하며 긴장을 조성한다.

일순의 사건은 바로 '바람 한 줄기'가 '얇은 치맛단을 흔든' 것이다. 이 사건은 독자의 시선을 한 초점으로 맞추게 한다. 또한 화자의 구체적 반응을 열어젖히는 원인이 되게 된다. '얇은'이란 형용은 주목할 만하다. 한 줄기 바람에도 흔들리는 '얇은 치맛단'은 성적관능을 촉발 −얇은 치마 속은 몸이다−시키는 기능을 행사하는 아주 효과적인 시어다.

드디어 마지막 연에서 화자는 최초의 반응을 나타내고 구체적 동작을 수행한다. '이팝나무 아래 눕는' 것이다. 독자의 긴장은 최고조에 달한다. 그 다음은? 그러나 화자의 '처음' 동작이 이 시의 '끝'이다. 이 시에서 '최초'는 '최후'다.

4.

그런데 화자는 느닷없이 자신이 '눕는' 이유는 '민들레 꽃씨'가 날아와 그런다고 시침을 뚝 뗀다. 물론 이맘 때 쯤은 꽃이 진 민들레가 가벼운 솜털에 쌓인 씨를 하늘에 뿌리고 있을 것이다. 그러나 치맛단을 흔든 것은 분명 따뜻한 오월 바람이다. 여기서 '꽃씨'에 함축된 암시성을 차분히 음미하는 독법이 요구된다. 이는 '이팝나무'에도 해당된다.

'민들레 꽃씨'는 바로 생명의 씨앗이다. 솜털이 날아가 떨어지는 곳 어디에선가 발아하여 다시 한 개체를 형성하는 생식세포다. 다시 읽으면 '생명의 씨앗'이 날아와서 누웠다가된다. 이는 '한 줄기 바람'보다 훨씬 강한 계시적 빛을 던진다.

어느 시인은 이팝나무를 '하얀 쌀이 다닥다닥 열린' 나무라고 했다. 이는 '풍요의 생산'을 제유提喩한다. 이팝나무 아래 눕는 것은 오월이란 계절을 배제하고라도 그럴 만하다.

'이팝나무'도 '민들레 홀씨'도 '토끼풀 꽃'이나 '아카시아'나 '뱀 딸기'와 마찬가지로 오월을 상징하는 자연물들이다. 그럼에도 상징과 제유를 포함한 사물의 집합적 배치로 이 작품은 미적 형상화에 성공하고 있다. 시인이 부르는 사랑의 노래를 하나 더 보자.

> 고백 듣던 날/ 달빛 흐르는 강둑에/ 별무리가 쏟아지고 있었다// 조심스레 풀어/ 보여 준 보자기 안/ 뜨거운 갈증이/ 차곡차곡 쌓여있었다// 나도

조심스레/ 끈을 풀었다// 그날/ 달빛 넘치는 강물에/ 별들이/총총 쏟아져/ 박히고 있었다.

—「그 밤」 전문

인용 시를 설명하기 전에 사물에 대한 추상과 관념을 집어볼 필요가 있을 것 같다. 많은 시인이 그냥 거기에 존재하는 나무를 보기 이전에 이들에게 관념과 추상적 의미를 부여하고 그 의미에 얽매이고 있는 것이 사실이다. 나무에 대한 지식과 관념이 있기 전에 나무는 완전한 생명체로 스스로 존재하고 있었다. 강지애는 이념이나 관념 앞의 맨몸 그 자체를 바라보려한다. 일예로 이제 막 개화하는 매화 한 송이를 보는 시인의 시선을 따라가 보자.

차디찬 안개 속/ 번질대는 석탄등걸에/ 살포시 앉은/ 하얀 나비 하나

—「매화」 부분

이른 봄날 아침, 찬 안개에 오래된 검은 나무 등걸이 석탄처럼 번질거리고 있다. 이 거친 등걸에 하얀 나비처럼 작고 매끄러운 매화 한 송이가 피어나고 있다. 거침과 매끄러움, 검은색과 흰색이 서로 대비되며 최상의 이미지로 반짝이는 절구이다. 작지만 힘찬 매화의 원시적 생명력이 놀랄 만큼 힘차게 다가온다. 이런 예는 많은 시편에서 발견된다.

다람쥐가/ 양지 쬐는 토방 위/ 하얀 고무신 두 켤레 —「산사의 겨울 끝」
염소 몰며 달빛 속을 걸었던/ 그 동무들 —「회상」
꽃 잔뜩 단 살구나무 하나 —「위봉사의 봄」

하나하나 차분히 음미하면 머릿속에 그림으로 그려지는 구절들이다. 이처럼 시인은 어떠한 이념이나 관념 이전에 스스로 거기에 실존하는

사물의 맨몸을 감각적으로 그리려한다. 이제 앞의 인용 시 「그 밤」을 다시 보자.

별이 빛나는 밤의 강둑이 이 시의 배경이다. 그 밤에 화자는 고백을 듣게 되는 데 첫 연은 배경묘사다. 강물이 흐르는 것을 '달빛'이 '흐르는' 것으로, 별이 반짝이는 것을 '별무리가 쏟아지고' 있는 것으로 감각적으로 묘사하고 있다. 이런 기막힌 서정적 배경이라면 무슨 일이라도 단단히 일어날 것 같은 예감에 이 고운 강둑을 찬찬이 음미하기도 전에 독자의 시선은 바쁘게 다음 연으로 옮겨진다.

다음 연은 암시성이 가득한 은유다. 우리는 이 '보자기'가 정확이 무엇을 비유하고 있는지 알 수 없다. 이는 독자의 몫이다. 그러나 '조심스레' 풀어 본 그 안에는 '뜨거운 갈증'이 있다. 즉 목마름이 있다. 그것도 '차곡차곡 쌓여' 있는. 여기서 우리는 억제했던 욕망을 느낄 수 있다. 그리고 그것이 사랑의 욕망 즉 에로스라는 것은 다음 연을 독해하며 다가오기 시작한다.

'나도 조심스레 끈을 풀었다'의 다음 연은 고백한 자에 이어 고백 받은 자도 끈을 풀었다는 것이고 그 끈이 무슨 끈인지는 알 수 없지만 최소한 안에 있는 것을 위해 껍데기를 벗어냈다는 것은 확실하다. 그리고 안에 있는 것이 '뜨거운 갈증'이었음은 이미 인지한 사실이다.

마지막 연에서 찬란한 관능의 폭죽은 마침내 사정없이 터져 오른다. 관능은 생의 욕망이다. 즉 가장 강한 원시적 생명성이다. '달빛 넘치는 강물'은 여성성을 상징한다. 달과 조수는 깊은 관계를 가지고 있다. 당연히 '달빛 넘치는' '만월'의 '만조'는 가장 높은 수위로 출렁거린다. 물론 별은 이곳에서 남성성으로 전치된다. '총총'은 별들이 '많고 또렷한' 모양을 말하지만 '급하고 바쁜' 모습에도 사용하는 부사다. 이 시에서 이 부사가 '쏟아져 박히는'을 수식하는 것으로 보아 후자의 뜻으로 이해하면 될 것 같다.

별무리가 쏟아지고 달빛 아래 강물이 흐르는 서정이 넘치는 대자연은 연을 바꾸어가며 사랑의 힘으로 꿈틀대더니 마침내 강한 생명력으로 화산처럼 폭발한다. 일찍이 정지용은 "시작詩作이란 언어문자의 구성이라기보다도 먼저 성정의 참담한 연금술이요 생명의 치열한 조각법"이라고 갈파하였다. 강지애는 이 말처럼 아름다운 대자연으로부터 우리를 얽매는 관념과 추상의 거미줄을 걷어내고 힘찬 생명의 맨몸을 바라보고 있다. 연이은 정지용의 다음 말은 우리에게 시사하는 바가 적지 않다. "설교 훈화 선전 선동의 비린내를 감추지 못하는 시가유사문장에 이르러서는 그들 미개인의 노골성에 아연할 뿐이다."

5.

강지애의 시편 대부분에서 그 제재와 배경으로 산, 물, 바람, 나무, 풀, 꽃과 같은 자연대상물들이 견인되고 있다. 시인은 이러한 자연대상물과 경험하는 정서적 교감을 순간에 낚아챈다. 그리고 그 교감을 심미적 예술작품이 되도록 오래 깎고 다듬는다. 이 때 자연대상물은 불변하는 어떤 이상적 가치의 표상이 아니라 부단히 생성하고 변화하는 개별적 존재로 인식된다. '치맛단을 흔드는 한 줄기 바람'처럼 찰나에 움켜쥔 정서는 고유한 성질과 형상을 가진 인간의 원초적 정서로 환치되어 '이팝나무 아래 눕게' 하는 개별적인 미적인식의 대상이 되는 것이다.

또한 시인은 함께하는 자연만물에 관념과 추상적 의미를 부여하고 그 의미에 얽매이는 것을 경계한다. 달과 별은 그에 대한 지식과 관념이 있기 전에 이미 스스로 존재하고 있었다. 시인은 관념 앞의 맨몸을 보려 한다. 그리하여 음풍농월이 되기 쉬웠을 '달빛'과 '별무리'는 사랑의 힘으로 치환되고 강한 생명력을 주장하고 있는 것이다.

시편 몇 개를 가지고 물고 늘어졌다. 이는 여러 편을 겉핥는 것보다 몇 편이라도 깊게 독해하여 그 아름다움을 부각시키고자 하는 미욱한 마음에서 비롯되었다.

시상의 포착에서 시 형상화까지 전편에 걸쳐 역량이 뛰어나야 한다는 기준에서 애석함을 느끼는 부분도 산견되었다. 그러나 치열한 단련으로 내공이 깊어갈수록, 시정신의 외로움이 깊어갈수록 명편은 더해질 것이고 그것은 반드시 세상에 빛을 뿜어댈 것이다. 기대해보자.

제 3 부

너는 눈 깔고 지나갔고

나는 너의 흰 뒷모가지만 보았다만

그러나 나는 안다

네 곁을 에워싼 햇무리 속

수천 들꽃 향내와 나비들의 팔락임이

고요한 함성으로 나와함께

네 뒤를 따르고 있었음을

— 졸시 「보리밭 길」 중에서

타인의 말

— 「새벽기행」의 소설시학

1.

우리는 일상생활에서 "사람들이 그러는데", "아무개가 말하기를"과 같은 타인의 말이 우리의 대화에 얼마나 자주 사용되고 있는지 조금만 귀를 기울이기만 하면 쉽게 파악할 수 있다. "아침 신문에서 보니까", "티브이에 나오는데", "책을 읽어보니"와 같이 대화를 시작하는 경우도 부지기수이다. 신문이나 티브이, 책에 나오는 말도 물론 타인의 말이다. 실상, 같은 사회에서 살고 있는 어떤 사람의 일상대화에서 그가 말하는 이야기의 절반이상이 다른 사람의 말이다. 우리는 실생활에서 남들이 이야기한 것에 관하여 이야기 하고 있다고 해도 과언이 아니다.

보다 고차원적이고 논리적인 의사소통에 있어서도 타인의 말에 대한 중요성은 여전하다. 즉 서류, 신문, 서적 등에 대한 수많은 '인용'과 '언급'을 통해서 고급정보와 체계적인 지식이 전달되는 것이다. 우리는 여론이나 소문, 즉 타인의 말의 위력이 얼마나 대단한 것인지, 또한 남들이 우리에 관해 하는 말이 얼마나 우리의 행동과 심리에 크게 작용하는지 잘 알고 있다. 따라서 이러한 타인의 말을 이해하고 해석하고 평가하는 것이 얼마나 중요한 것인지는 새삼 언급할 필요가 없을 것이다.

이러한 타인의 말이 글로 옮겨졌을 때 전달된 모든 타인의 말이 인용부호 속에 들어가지 않는다. 또한 타인의 말을 형성하는 구문句文적 수단에는 직접, 간접화법이라는 두 가지 형태만 있는 것도 아니다. 타인의 말을 접합하여 문장을 만들고 그것에 여러 가지 음영을 부여하는 수단은 실로 다양하다. 직접적인 원문 그대로의 인용에서부터 고의적으로 패러디하여 왜곡하는데 까지 여러 방법들이 있는 것이다.

언어의 형상으로 파악된 타인의 말은 소설 속에서 예술적으로 재현되게 되는데 이것은 '변형'을 통해서 소설의 전체적 통일성에 종속된다. 즉 일단 문맥 속에 들어오는 타인의 말은 아무리 정확하게 전달된다하더라도 반드시 의미상의 변화를 겪게 되는 것이다. 심지어 아주 정확히 인용된 타인의 말일지라도 어떤 특별한 대화적 배경을 견인함으로서 의미의 근본적인 변화를 야기 시킬 수 있다. 따라서 타인의 말은 기계적 연결이 아닌 화학적 통합으로 문맥 속에 도입되는 것이다.

우리는 소설 속에서 구어와 문어를 막론한 모든 수준의 언어가 흡수되고 있음을 발견할 수 있다. 작가는 묘사대상에 따라 연설과 웅변의 형식, 종교와 윤리 · 도덕적인 문체, 관념가의 현학적인 언어, 의사의 생리학적 언어, 장사꾼의 말투 등 이야기 주체인 여러 인물들이 독특하게 말하는 방식을 재생시킨다. 이러한 다양한 언어들은 작가에 의해 당대에 통용되는 시각과 가치로 받아들여지고, 언어 속에 구현된 이런 일반적 가치를 매개로 작가는 자신의 의도를 '굴절'시켜 표현한다.

그런데 언어와 작가가 맺는 이런 관계는 결코 정태적인 것이 아니다. 그 관계는 부단한 움직임 속에서 그 언어를 과장하기도하고 지시대상과의 모순을 폭로하기도하고 때로는 완전히 공명하기도 한다. 이처럼 작가가 언어와의 관계에서 동태적이고 지속적인 거리조정을 유지함으로서 단순한 객체로 취급되었던 언어는 여러 측면에서 변화될 뿐만 아니라 경우에 따라 다르게 부각되기도 한다.

이 글은 최상규의 소설『새벽기행』(예림기획, 1999)을 텍스트로 하여 이러한 일반 언어가 작가의 말에 어떻게 흡수되어 재생되고 있는지, 또한 어떻게 패러디되고 있는지, 그렇게 함으로서 언어체계가 어떻게 움직이고 있는지 추적해 보고자 한다. 최상규는 작품의 수준으로 보나 양으로 보나 한국의 최상급 작가였다. 문학도라면 그가 번역한 문학이론서를 읽지 않은 사람이 없을 정도로 책도 많이 번역하였다.「새벽기행」은 주인공의 '분신'을 등장시켜 현실과 환상의 서사를 교직시킴으로 우리의 삶과 세계의 의미망에 대해 깊게 성찰할 수 있게 하는 수준 높은 작품이다.

물론 이 글에서 탐구하고자 하는 타인의 말은 전화나 휴게실에서 흔히 듣게 되는 일상의 언어를 대상으로 하지는 않는다. 당대에 통용되는 여러 수준의 타인들의 언어가, 특히 화자의 발언이 작가에 의해 어떻게 굴절되어 문맥 속에 재구성되고 있는지에 주목하고자 한다.

2.

사흘째 되는 날, 나는 다시 살아났다. 그때 내 몸은 천지창조 이전의 대혼돈이었다. 그 속에서 나의 정신은 이름 없는 하나의 미생물로 태어났다. 그로부터 서서히 진화가 시작되었다. …

그날은 여관 주인이 술심부름 대신에 약심부름을 해야 했다. 나는 그 약을 먹으면서도 진화를 계속했다. 저녁때쯤 해서 나는 사람이 되었다. 그래 죽을 먹었다. 일단 사람이 되고 나자 발전과정은 눈부시게 빨랐다. 나는 가속화되어가는 시간과 함께 계발되었고 개화되었다. 그래 하루 밤의 암흑기를 지내고나자 20세기가 되어 있었고, 나흘째 되는 날 세수를 하고 아침밥을 먹고 나자 세계를 따라잡아버렸다.(47면)

위의 문장은 대 서사시적 문체로 술에서 깨어나는 과정을 과장된 어조를 사용함으로서 패러디적 양식화의 전형을 보여주고 있다. 도입부의 '천지창조 이전의 대혼돈'이라는 성서적 문체는 술에 취한 상태를 부풀려 나타낸 말로 '일반적 여론'에 속한다. 즉 의례적인 타인의 언어가 간접인용 담론으로 도입되고 있는 것이다. '술심부름 대신에 약심부름'은 희극적 패러디이다. 그 약을 먹고 '진화를 계속'한다는 것은 연설 형식의 말투로 갑자기 고상한 서사시적 문체로 변화하여 또 다른 희극적 패러디를 만들고 있다. 이어 '발전과정', '가속화되어가는 시간', '계발', '개화', '하루 밤의 암흑기', '20세기'와 같은 웅변적이고 장중한 표현들은 작가와는 다른 언어, 즉 위선적인 공식 의례에서 쓰이는 연설의 장르에 속하는 의고擬古적 언어로 타인의 발언이 된다.

> 한 어리석고 비천하고 속물적인 사나이(아무도 모르게 그렇게 되어버린 사나이)는 그런 식으로 고향에 가는 길에 올랐던 것이다.(76면)

형식상으로는 작가의 논리가 일치되는 것처럼 보이지만 '한 어리석고 비천하고 속물적인 사나이'는 현실에 부유하고 있는 나약한 지식인을 표현하는 주인공의 의식체계이자 당대사회의 일반적 여론의 주관적 신념체계 내에 놓여있다. 그런데 스스로 비하하는 주인공의 의식체계 바로 뒤에는 작가 자신의 객관적인 판단으로 보이기 위하여 '아무도 모르게 그렇게 되어버린 사나이'라고 의도적으로 괄호 안에서 다시 진술을 하고 있는데 이 짧은 문장에 타인의 말이 작가의 말에 통합되어 이중의 울림을 내고 있다.

> 어머니와 교우들은 기도를 하고 찬송가를 불렀다, 그 소리가 윗방 사람들의 신경을 건드렸다. 그들의 귀에는 그것이 무슨 선언이나 주장처럼 들렸

으리라. -아직 살아 있지만 이 시체는 우리 것이다. 이제 그 영혼은 하나님께 가고 있다. 우리 하나님이 반가이 거두어들이실 것이다. 덧없는 이 세상살이 속에서 어리석고 약한 너희 무리들과의 사이에 생겼던 의리나 인정 따위는 이 성스럽고 감사스러운 승천의 마당에서는 코 묻은 휴지조각만도 못한 것이다…. 윗방의 사나이들을 분노했다. 그리고 그들은 자기들 나름대로 미래의 시체의 장례절차를 의논하기 시작했다. 그들은 안방의 귀 시끄러운 합창에 맞서 목청을 돋우었다. 그들은 그때부터 돌연히 아버지의 시체를 열렬히 사랑하기 시작한 것이다.… 아버지가 운명하시던 날, 크리스천들은 더 많은 군세를 몰아가지고 들이닥쳤고, 윗방 사나이들은 나를 설득해서라도 시체를 탈취할 결의를 해가지고 윗방에 다시 진을 치고 있었다.(79면)

'아버지 시체의 숭배자'들을 비꼬는 위의 문장은 '열광적인 사랑'의 진정한 기반을 폭로하고 그 위선을 드러내고자하는 은폐된 타인의 말이다. 이 문장은 문법적으로나, 성문成文적으로 볼 때 단일한 화자에게 속해 있는 것으로 보이지만 실제로는 이중의 강조와 이중의 문체를 보여주고 있음을 발견할 수 있다. 즉 이 안에는 두 가지 발언이 있고 의미상으로나 가치상으로 두 가지 세계관이 혼합되어 있다. 문장의 표지로만 보면 물론 이 단락은 작가의 말로 구성되어 있으나 '하나님께 가고 있는 영혼은 우리 것이며 너희 무리들과의 사이에 생겼던 의리나 인정 따위는 휴지조각만도 못한 것'이라는 발언은 전적으로 크리스천의 내적인 말이다. 또한 찬송가는 '시끄러운 합창'으로 들리게 되는데 이는 작가의 발언이라기보다는 윗방사람들, 즉 비 크리스천에게 들리는 소리에 해당한다. 따라서 그들은 이에 맞서 목청을 돋우고 아버지 시체를 열렬히 사랑하게 되는 것이다. 이 충돌적인 두 가지 발언과 세계관에 대해 작가는 그들의 정서를 그대로 보존하는 가운데 양자를 다 비꼬고 조롱하는 문체로 자신의 문맥에 통합시키고 있다. 특히 전쟁 서사시와도 같이 호메로스 적 패러디를 사용하는 '더 많은 군세를 몰아가지고 들이닥

쳤고' 라든가 '탈취할 결의를 가지고 진을 치고 있다'와 같은 표현은 그들의 위선을 폭로하는 제 2의 의미 규정이다. 문장 마지막 부분에서의 이러한 희극적 문체는 비꼬는 제 2의 의미규정을 궁극적으로 우세하게 만들고 있는 것이다.

우리는 위의 몇 예문에서 다양한 언어들이 여러 가지 형식으로 작가의 말에 굴절되어 표현되고 있음을 발견할 수 있다. 작가는 인간과 사물에 대한 정상적인 언어적 접근방식, 즉 당대에 쓰고 말하여 지는 '일반언어'를 수용하고 그 언어 속에 구현된 견해를 매개로 자신의 의도를 굴절시키고 있는 것이다. 그런데 이러한 언어는 희화화 되었건, 특정 시각으로 조명되었건 작가의 발언과 명확히 구별되는 것은 아니다. 경계선의 유동성과 모호성은 의도적이다. 바로 언어의 이질성자체에 그 문체의 기초를 두고 있는 것이다. 또한 위 예문들에 삽입된 사회·이념적 언어와 신념체계들은 굴절되어 작가의 의도에 봉사하기도 하지만 그 과정에서 스스로 위선적이며, 한계가 있고, 비현실적이며, 합리적이더라도 편협하게 합리화 된 것임을 드러내고 만다. 소설 속에 다양한 패러디 양식화가 지배적인 것은 바로 이 때문이다. 「새벽기행」에는 수많은 이러한 패러디가 산견된다.

아버지의 주치의, 내 아버지를 죽인 사나이(83면)

"자, 너 이제 귀하신 마님 방에 들어가 가르쳐 드리려무나. 한 치 두께로 지분을 처발라 봤자 결국은 이 꼴이 되는 거라고."(85면)

카인이 아벨을 죽인 것은 빵을 탐해서가 아니라, 신의 기억에 오래 살아남으려는 투쟁(86면)

열병환자에게 약을 먹였더니 그 환자는 죽어버렸지만 그 환자의 열은 깨

끗이 없어졌다.(88면)

역시 그는 삶을 맡고 있는 사람이지 죽음을 관장하는 사람은 아니었다.(92면)

주인공은 고향에 돌아가 만나게 되는 선배인 의사와의 대화에서 여러 차례 위와 같은 패러디 양식화를 보여주고 있다. 선배는 아버지의 주치의였다. 아버지의 건강을 도맡아서 지켜주는 사람이다. 그런 선배를 그는 '아버지를 죽인 사나이'라고 호칭한다. 이는 일종의 모순어법이다. 병을 치료하는 의사가 사람을 죽이는 사람은 아니기 때문이다. 이는 의사라는 사회적 위치를 가진 사람을 풍자하기 위한 의도가 있다. 주인공은 이어 '형(의사)과 해골은 옛날부터 친한 사이'였을 거라며 햄릿이 요리크의 해골을 보고 말하는 장면을 인용하는데 아름다운 왕비의 얼굴도 결국은 이처럼 이를 악다문 처참한 해골 형상이 되고 만다는 햄릿의 발언을 그대로 재현시키지만 의사를 조롱하는 이중의 울림이 있다. 여기에는 두 개의 개인적 언어의식이 존재한다. 즉 재현하는 의식(양식화하는 주체의 언어의식)과 재현되는 의식(양식화되는 객체의 언어의식)이다. 재현되는 의식은 양식화를 행하는 시점에서 재현하는 의식의 영향아래 새로운 의미를 획득한다. 주인공이 '카인이 아벨을 죽인 것은 신의 기억에 오래 남기위한 투쟁'이라고 성서의 창세기를 패러디하는 것도 실상은 앞의 해골 형상을 재현하는 주체의 부가적 언어의식이다. 주인공의 의식에서는 그가 본 아버지의 해골이 카인보다 더 극렬한 투쟁을 했다고 해도 신이 기억해줄 것 같지 않다고 생각된다. 양식화의 주체인 주인공은 양식화의 대상이 되는 카인의 원죄를 원료로 사용하여 자신이 의도하는 말을 하고 있다. 즉 아들인 자신도(해골을 통해) 아버지를 못 알아보는데 신이 어떻게 알아보겠냐는 것이다. 인체의 모델은 하나님이었기 때문에 살

[肉]은 인간의 세계에서와 마찬가지로 신의 세계에도 있어야 한다. 신神적의 일면인 인간의 사고도 결코 육신에서 분리될 수 없다. 그는 아버지의 현실적인 육肉의 부재상황을 카인의 투쟁을 통해 말하고자 의도하는 것이다.

언급한 것처럼 인용문들은 모두 의사인 선배를 향한 발언이다. 그는 처음부터 의사를 '아버지를 죽인 사나이'로 생각한 바 있다. 그러나 이는 실질적으로 그가 아버지를 죽였다고 믿고 있는 것은 아니다. 그의 내부적 관념을 표출하기위한 하나의 의사에 대한 이미지에 다름이 아니다. 그는 '환자에게 약을 먹였더니 사람은 죽어버렸지만 열은 깨끗이 없어졌다'라는 희극적 패러디로 내부적 관념을 발화하는데, 이런 말은 '빈대잡으려고 초가삼간 다 태웠다'와 같은 일반 사회의 우스갯말과 상응하는 것으로 작가의 말이 아닌 타인의 말이다. 사람을 고치고 살려내는 의사가 투약을 거부한다면 그건 살인이다. 그러나 투약했지만 아버지는 죽었다. 여기에서도 작가는 타인의 사회적 발언을 활용하여 자신의 새로운 의도에 부합시키고 있다.

그런데 우리가 주목해야 할 것은 소설에서 화자의 담론이 단순히 전달되거나 재생되는 것은 아니라는 점이다. 그것은 '예술적으로 묘사되는 것이고 극劇과는 대조적으로 작가의 담론에 의해 묘사'된다는 것이다. 따라서 위와 같이 묘사를 위한 형식상의 장치들이 필요한 것이다. 또한 소설 속에 등장인물이 행하는 담론의 개성적 측면들은 언제나 어떤 사회적 의미를 추구한다. 따라서 의사가 환자를 십분 더 살릴 수 있는데 그걸 고의적으로 하지 않았다면 십분 살인이 되고 그것이 한 시간이라면 한 시간의 살인이 된다. 그것이 십 분이건 십 년이건 살인의 본질은 마찬가지가 되는 것이다. 그런데 이처럼 사회적 의미를 추구하기 위해서는 소설 속의 화자는 언제나 어느 정도로든 이념理念인이고, 그의 말은 이념소들이 되어야한다. 소설 속의 특정언어는 언제나 세계를 바라보는 특정방식이다. 사람은 누구나 언젠가 죽어야한다는 의미에서는 불치의 환자나 마찬가지이다. 그렇다고 어차피 죽을 거 고통스러운 세상 좀 더 살아서 뭘 하느냐고 일찌감치 죽어버리라는 권유는 성립될 수 없다. 이런 주인공의 계속되는 이념적 발언에 대해 또 다른 화자인 의사도 '삶의 목적은 사는 것이지 삶을 이해하는 것은 아니라'고 그의 다른 이념을 표출한다. 그들의 대화 속에는 이념소가 가득하다. 담론이 소설 속의 묘사대상이 되는 것은 바로 이러한 이념소의 자격으로 서이다. 주인공과 의사와의 대화가 무의미한 말장난에 빠질 염려가 없는 것도 바로 이러한 이유 때문이다. 결국 주인공은 의사는 '삶을 맡고 있는 사람이지 죽음을 관장하는 사람은 아니다'라고 의사에 대한 사회적 이념을 표출하며 대화를 마감하고 있다.

인생은 길고 스포츠는 짧다.(263면)

위의 짧은 인용문은 '인생은 짧고 예술은 길다'(격언으로 물론 일반적 여론을 나타내는 타인의 말이다)를 패러디한 문장임을 쉽게 간파할 수 있다. 이 경우는 패러디가 겉으로 노골적으로 들어난 스타일인데 사실 많은 문학적 산문에서는 패러디의 존재를 거의 확인하기가 어려운 경우가 허다하다. 위의 예문은 '짧고'와 '길다'가 서로 도치되어 있고 '예술' 대신 '스포츠'가 삽입됨으로서 한 사회적 현상에 대한 특정시각을 표출하고자 하는 의도를 가지고 있다. 동시대의 언어는 양식화 되는 언어 위에 특별한 빛을 던진다. 어느 측면은 부각시키고 어느 측면은 그늘에 남겨둔다.

옛날에는 스포츠가 하는 사람의 것이었지만 지금은 보는 사람의 것이다. 따라서 스포츠는 흥행이 되어야 하고 선수는 스타가 되어야 한다. 관객은 자기가 한 번도 해본일이 없는 경기도 보고 즐긴다. 그렇지 못하면 이단자이다. 선수들이 쓰러져도, 매스게임과 카드섹션 밑에 인권

이 유린되어도 관객은 환호하고 응원만하면 된다. 이러한 사회적 현상을 화자는 '차라리 스포츠 알약', 즉 '방대한 출자나 낭비를 할 것 없이, 냉수 한 모금으로 목구멍에 넘기기만 하면 운동경기 하나를 보는 것과 똑같은 흥분과 스릴을 체험할 수 있게 해주는 약'을 발명하는 것이 어떨까하고 생각하게 된다. 왜냐면 이념인 으로서의 그는 아무래도 삶이 스포츠라는 행위보다는 길고 값진 것이기 때문이다. 양식화의 대상언어를 조명하는 것은 그 언어 속에 자신의 이질적인 관점을 도입하려는 것이다. 위의 경우 '예술'대신에 '스포츠'가 양식화의 과정에 끼어들어 내적 불일치가 일어났다. 이런 불일치는 고의적이다. 이는 주체의 언어의식이 대상언어를 단순히 조명하는데 그치지 않고 자신의 주체적 · 언어적 재료를 그것에 통합시키는 경우이다. 이는 양식화가 아니라 일종의 '변형'이라 할 수 있다. 변형은 타인의 언어라는 재료를 자유로이 자신의 주제들과 접합시키며, 양식화의 대상이 되는 세계를 자기 시대의 의식세계와 연결시키고, 양식화의 대상이 되는 언어를 새로운 시나리오 속으로 투사시킴으로서 그 언어 자체 만이었다면 불가능했을 새로운 상황을 만들어 내는 것이다.

3.

「새벽기행」의 주인공들은 모두 표준어를 구사하고 있고 중산층 이상의 지적인 언어를 사용하고 있다. 이 소설은 다른 어떤 작가의 작품에 비해 언어적 분화分化, 즉 다양한 언어 스타일, 사회적 · 지리적 방언, 직업적 은어 등이 뒤떨어져 있는 편이다.

그러나 인물이 대상화되면 될 수록 그의 발화적 특징은 더욱 더 부각되게 마련이다. 즉 주인공의 독특한 언어 스타일이나 특징은 객체화되고 최종화한 인물상을 창조하기 쉽게 된다. 다성多聲적 소설에서 발화적 특징 묘사는 계속 사용되고 있지만 그 중요성은 약화되고 있다. 대신 점점 더 중요성이 강조되는 것은 그 발화들이 어떠한 대화적 각도에서 대비되고 대치하고 있는가에 있다.

대화적 관계는 상대적인 발화들 사이에만 가능한 것이 아니다. 개별적인 말 속에서도 우리가 타인의 목소리를 듣는 한 대화적 접근은 가능하다. 그것이 몰개성적인 말이 아니고 타인의 의미 있는 입장의 표시로서 받아들여진다면 말이다. 두 개의 목소리가 상충된다면 대화적 관계는 발화의 내부로, 개별적인 말의 내부로까지 침투할 수 있다. 말의 제諸조건 속에서 불가피하게 발생하는 복선적인 두 개의 목소리야말로 우리가 주목해야 할 대상이다.

소설의 도입부인 터미널의 매표소에서 자기의 뒤통수와 닮은 사람을 발견했을 때부터 주인공의 언설은 타인의 말에 영향을 받기 시작한다.

> 그 일의 발단은 거기 서부터였다. … 그것은 다른 사람이 것이 아닌, 바로 나의 뒤통수를 닮은 뒤통수였기 때문이었다. 그게 나의 그것을 닮았기 망정이지, 그렇지 않았다면 지금껏 한 번도 자신의 뒤통수를 전면으로 목격한 적이 없는 내가, 어떻게 그것이 나의 것을 닮았다고 가정이라도 해볼 수가 있었겠는가? 특별히 유별난 점도 없는 저 뒤통수의 어딜 보고 내 뒤통수를 닮았다고 생각하는가? 어쩌다 이발소 같은 곳에서, 앞 뒤 거울의 반사로 자신의 뒤통수를 먼빛으로 내려다보는 각도에서밖에는 보지 못한 주제에 무얼 성급하게 놀라기까지 하면서 새벽부터 수선을 떠는가? 나는 학생들이 듣는다면 내 강의까지 시시하게 될 정도의 시시한 생각을 하고서 있는 것이라 생각하며, 그 생각을 머릿속에서 지워버리려 했다.(8면)

주인공의 언설은 타인의 말에서 완전히 독립해 있는 것 같다. 그러나 그는 '이발소 같은 곳'에서 '거울'로나 보는 뒤통수를 가지고 '성급하게 놀라'서 '새벽부터 수선을 떠'냐고 스스로 자신을 꾸짖고 설득함으로서 자신을 향한 타인의 역할을 수행한다. 이렇게 자신을 진정시키고 침착하게 하는 '자문자답'은 「새벽기행」의 도처에서 나타나고 있다. 이처럼 꾸며낸 무관심으로 자신이 타인의 말에서 독립해 있는 척하는 것은 실상 타인의 말에 대한 반응인 것이다. 그것은 타인의 이목으로부터 도피하여 숨고자하는 바램이다. 만일 '학생들이 듣는다면 내 강의까지 시시하게' 될까봐 두려워하는 것이다. 타인의 말에 대한 또 다른 반응은 그 말에 대한 양보와 순종적 동의이다. 주인공은 '무얼 성급하게 놀라기까지'하느냐는 말에 대해 자기가 스스로 그렇게 생각하고 진심으로 동의한 것처럼 '그 생각을 머릿속에서 지워버리려' 하는 것이다. 위의 한 문장에는 타인의 말에 대해 자신을 설득하고, 타인의 이목으로부터 도피하려하고, 타인의 말에 동의하고 양보하는 주인공의 세 가지 노선이 동시에 나타나고 있다.

또한 주인공의 반응으로 다른 사람의 안색을 살피는 '곁눈질'이 있다. 다른 사람이 자기를 응시한다고 느끼는 곁눈질은 「새벽기행」에서 시종 주인공의 어조와 발화 스타일을 결정할 뿐 아니라 세계를 바라보고, 사고하고, 경험하며, 이해하는 방식까지에도 일관되게 큰 영향을 끼치게 된다. 이런 곁눈질은 작품의 1장에서만도 몇 번씩 나타난다.

> 그들은 애 나를 모르는 척하는가? 전과 똑같은 얼굴인데, 왜 그들 눈에는 그렇게 비치지 않는가?(28면)

> 평소에 나를 알고 있는 사람들한테 그의 행방을 물을 수는 없었다. 무어라고 물을 것인가? 누구를 찾는다고 할 것인가?(29면)

> 내가 알고 있는 이 세상 모든 사람들에게, 이제부터 나와 똑같이 생긴 사람이 나타나거든, 그건 진짜 내가 아니니 상대를 하지 말아달라고 연락이라도 한단 말인가? 그 말을 누가 믿어줄 것인가?(31면)

'그들', '평소에 나를 아는 사람들', '내가 아는 이 세상의 모든 사람들'은 모두가 타인이다. 주인공의 자신에 대한 태도는 그와 타인들과 갖는 관계와 연결된다. 자신에 대한 주인공의 의식은 주인공에 대한 타인의 의식을 배경으로 지각되고 '자신의 자아'는 '타인에게 있어서의 나'를 배경으로 이해되어지는 것이다. 최상규는 언제나 타인의 말과 타인의 의식과의 관계에 주인공을 설정하고 위치시키고 있다.

위에서 보는 것처럼 자문자답이나, 다른 사람의 시선을 의식하며 곁눈질하는 것은 타인의 말과 의식으로부터 비롯되는 것이다.

4.

위의 경우는 소설의 도입부에서 발견되는 소박한 예에 불과하고 플롯의 진행에 따라 주인공들의 관념을 토로하는 긴 지문에서는 두 목소리 이상의 다중의 타인의 목소리도 혼재된다. 분신the double이 출현한 이후에 제2의 목소리가 객관화되면서 주인공의 내적 대화는 더욱 복잡하게 발전한다.

> 참 신나게도 닮았어, 빌어먹을. …나는 두려워할 게 없어.(11면)

> 아니… 혹시… 그가 나를 닮은 것이 아니라… 내가 혹 그를 닮은 거나 아닌가?(12면)

> 퍽, 하고 웃음이 나오려 했다. 도대체가 어처구니없는 일이었다. 원, 세상에. 이런 허황스런 아침이 있단 말인가. 환상이다. 망상이다. 그게 어디 있을 법이나 한 일인가. 나는 웃고 싶었다. … 그러나 그게 되지 않았다. … 나는 악몽에 시달리는 심정으로 자꾸 몸을 뒤챘다.(13-14면)

자, 힘을 내. 걸어. 똑바로. 우산 하나 잃어버리고, 강의 네 시간 빼먹은 것밖에는, 네 실수는 없어.(35면)

그럼 나는 누구인가? 나는 내가 아니고 딴 사람인가? 원래 그가 나였고 내가 딴 사람이었을까?(42면)

주인공은 마치 타인에게 말하듯이 권위 있는 어조로 자신을 향해 두려울 것이 없다고 마음을 진정시키고 힘을 내라고 용기를 북돋아 준다. 그것은 어처구니없는 일이고 환상이며 망상이라고 자신을 타이른다. 더 나아가 '네 실수는 없어'라고 타인만이 부를 수 있는 '너'라고 스스로를 부르며 자신에게 직접 격려의 말을 하고 있다.

그러나 이러한 자기만족적이며 확신에 찬 목소리는 '아니… 혹시…'하며 주저하고, '악몽에 시달리는 심정으로' 두려워하며, 나는 누구인가라며 의심하는 제2의 목소리와는 융합할 수 없다.

제1의 목소리는 그에 대한 타인으로부터의 부족한 인식을 보충시켜야 한다. 주인공은 자신이 평상과 다름없이 그대로 존재하기를 원하고 있다. 그러나 그러하기 위해서는 타인 속에서, 상대방에게 비친 자신에 의해서 그 존재가 입증되어야한다. 그런데 제1의 목소리 속에는 이미 제2의 목소리가 숨어 있었다. 확신에 찬 제1의 목소리와 두려움에 떨며 양보하는 제2의 목소리는 함께 '타인'과 논쟁을 벌이고 있는 것이다. 타인을 대행하는 제1의 목소리와 타인의 말에 양보하는 제2의 목소리는 주인공의 내면적 갈등을 첨예화시킨다.

당신은 지금 우리 입장, 우리 처지 하는 등속의 말을 자꾸 하는데, 그 '우리'라는 말이 도무지 합당치가 않은 말입니다. 당신은 당신이고 나는 납니다. … 그런데 당신과 내가 어째서 우리라는 말로 뭉뚱그려질 수가 있다는 겁니까?(49면)

'분신'은 주인공과 함께 '우리'가 되는 것을 거절한다. 이 말은 주인공으로 하여금 다른 사람의 말 속에서 주인공 자신을 깨닫게 하는 말이 된다. 이것이 타인 속에서 주인공 스스로가 자신을 재발견하기위해 분신이 설정되는 주요한 기능이라 할 수 있다. 그런데 이러한 모든 사건은 주인공들의 자의식의 영역을 벗어나는 법이 없다. 이 의식 속에 분열되어 스며드는 목소리들은 세 가지로 나눌 수 있다. 즉 타인이나 타인의 인정이 없으면 존재할 수 없는 '자신을 위한 나'의 목소리, 주인공을 대신하는 타인에 투영된 허구적인 제2의 목소리, 그리고 주인공을 인정하지 않는 타인의 목소리가 있다.

> 나는 나의 존재를 의심하지 않는다. 나의 기억과 역사를 의심하지 않는다.(자신을 위한 나의 목소리) … 의심하지 않는다는 것만으로 존재가 증명되지 않는다. 내가 있음을 의식한다는 것만으로 해서 내가 있음이 증명되지는 않는다.(주인공을 대신하는 타인의 목소리) … 나의 존재를 믿을 필요가 없다. 나의 기억과 나의 역사를 믿을 필요가 없다. 그것들은 아무런 근거도 되지 못한다.(주인공을 인정하지 않는 타인의 목소리) (61면, 괄호 안 필자)

5.

공공연한 논쟁은 논박하고자 하는 타인의 말을 직접 그 대상으로 한다. 그러나 은닉된 내부적 논쟁은 말의 안쪽으로부터 그 대상을 묘사하고 표현하여 충돌한다. 따라서 타인의 말은 화자의 말 속에서 어조와 의미를 만들고 그 속에서 반영된다. 화자의 말은 같은 대상에 대해 이야기하는 타인의 말이 자신과 나란히 존재하고 있음을 느끼고 긴장하게 되는데 이 내부의 논쟁적 말은 이중의 목소리를 띠게 되고 이것이 말의 구조를 결정한다. 일상생활에서도 비꼬는 말, 가시 돋친 말들이 대개 이런 경향을 띠게 되는데 쓸데없는 실언, 양보, 핑계와 같은 말들, 혹은 괜히 자기를 조롱하고 비하시키는 말들이 이에 속한다. 그런데 이런 내부적으로 논쟁적인 말들은 결정적으로 타인의 말의 영향력 아래에 있다. 그 영향력은 내밀하게 안쪽에서 작용하기도 하고 예상되는 응답으로 말의 흐름 속에 섞여 들어가기도 한다.

「새벽기행」에서 주인공의 언설도 이러한 내부적 논쟁을 끊임없이 보여주고 있다.

> 무덤은 죽고 나서 영혼이 머무는 안식처라 생각했으므로 요새처럼 튼튼하고 장중하게 구축했던 거죠. 결국 그것은 단순한 시체의 숭배가 아니라 사자의 영혼의 숭배였고, 불멸에 대한 갈구와 기원의 표현이었죠.
>
> … 그랬을까? 그 산꼭대기 무덤들이 과연 그런 의도에서 만들어진 것들이었을까? … 그것은 무서우리만큼 한이 맺힌 욕망의 소산이었다. 그 후대 사람들의 현세에서의 부귀와 영화를 갈구하는 집념의 행적이었다. 선인의 시체를 명당에라도 묻지 않고는 얻을 수 없는 것을 얻고자하는, 가난하고 비천하고 불쌍한 사람들의 소망의 잔해였다.
>
> 그런 소망들이 이루어졌는지 어쨌는지는 알 길이 없다. … 거기까지 끌고 올라가는 동안 그 시체들은 얼마나 말 못할 곤욕을 당했을 것인가? … 그것은 절대로 망자를 위한 것이 아니었다. 그것은 살아 있는 사람들을 위하여, … 만약에 그들이 어떤 시한(時限)의 제약을 받았더라면 아직 목숨이 붙어 있는 사람이라도 거기 갖다 묻었으리라는 추측을 누가 자신 있게 부정하겠는가.(67면)

인용문은 높은 산위에 위치한 무덤의 존재이유에 대한 주인공의 사유다. '무덤은 불멸에 대한 갈구와 기원의 표현으로 영혼의 안식처'라는 말은 물론 일반적인 무덤에 대한 개념으로 타인의 말에 해당된다. 그는 이 타인의 말을 서술하다가 어조를 변화시키며 사실 그것은 '부귀와 영화를 갈구하는 인간들의 욕망의 소산'에 불과하다고 공세를 취한다. 여기서 특징적인 것은 그의 타인의 말에 대한 반응이 점점 부정적으로 격렬한 어조로 바뀐다는 점이다. 그는 산에 오르는 동안 시체들이 당했을 학대를 거론하며 현세의 자신들을 위해 산 사람이라도 거기 갖다 묻었을 거라고 독설을 퍼붓고 있다.

인용문은 주인공 한 사람만의 내적 발화이다. 그러나 상대방은 보이지 않고 목소리는 들리지 않지만 사실은 상대방의 말에 대한 반응이다. 주인공 혼자만 말하고 있지만 이것은 대화적이고 또 이 대화는 긴장되어 있다. 보이지 않는 타인의 말에 신경을 써서 대답하고 또 반박하고 있기 때문이다. 우리는 이를 은닉된 대화성의 현상으로 이해할 수 있을 것이다.

실제적으로는 타인의 말에 영향을 받고 예속되어 있으면서도 그것에 적대적이며 수용하지 않으려는 태도는 냉소적인 서술의 특징을 보인다. 타인에게 냉소적인 것은 물론 자신에게도 냉소적인 태도를 취한다. 그 좋은 예가 '치통'에 대한 묘사다. 「새벽기행」에서 주인공의 치통은 '뼛속까지 쑤시고', '뇌수가 타오를 정도의' 고통으로 작품 도처에 나타난다.

> 치과에 가면 두 말 없이 뽑힐 것이다. 나는 여러 개의 어금니를 잃어보았기 때문에 그것을 안다. 몇 개가 남는가하는 것은 문제가 안 된다. 다시는 새로 키울 수 없는 이빨 하나가 또 줄어든다는 것뿐이다. 그런데 왜 뽑지 않았느냐고요? 아까워서가 아니오. 겁이 나서도 아니오. 햇빛 때문이오. 이 화사한 날씨에 왜 나는 하필 이빨을 뽑아야 하나? 이왕이면 아주 품위 없고 어수선한, 비 오는 날이든가 바람 부는 날을 택해서 뽑아야지, 그것 때문이다. 이를 앓으면서도 나는 지금 이 화사한 햇빛만은 이를 앓지 않는 사람과 마찬가지로 즐기고 싶은 것이다.(113면)

고통스러운 이빨을 왜 뽑지 않느냐는 타인의 말과 당사자의 내부 논쟁적인 위의 발화는 아주 냉소적이다. 그 이유는 '아까워서도 겁이 나서도' 아니고 엉뚱하게 햇빛이다. 상대방의 눈에 비친 자신의 이미지를 파괴하는 일은 자신을 지배하는 타인의 의식의 굴레로부터 벗어나는 것이다. 따라서 타인의 눈에 비쳐지는 자신의 이미지도 말살시키려 한다. 다음의 태도가 그러하다.

> 흥겨운 리듬은 내 이빨 끝에서는 고통으로 변하여, 치조와 아울러 왼편 턱 전체에 찌르륵찌르륵 전류처럼 퍼졌다. 나는 성한 윗니로 아픔을 짓눌렀다. 입안에서는 뼈와 뼈가 굳게 맞닿아 있었다. 그 처절한 양상이 눈에 보이는 듯했다. 할 수만 있다면 죽기 전에 모든 이빨을 다 뽑아두고 가고 싶소. 기다란 이를 악물고 있는 해골보다는 그냥 입 부분이 뻥 뚫려 있는 형상의 해골이 그래도 보기에 훨씬 나을 것 아니겠소? 그런데 안 되지. 우리는 눈곱만큼도 아까울 게 없는 이 고통을 그냥 지고 살아야 하는 이유가 있지. (114면)

타악기 소리는 그의 아픈 이빨을 두드리기 시작한다. 주인공은 그의 치통을 과장하여 조롱조로 객관화시키고 있다. 그는 치통을 타인을 괴롭히려는 듯 흉하게 들어낸다. 그는 아픈 이빨을 두드려대는 타인의 굴레에서 벗어나지 못하지만 그것을 인정하지 않으려한다. 이를 뽑더라도, 당신들 때문이 아니고 '이를 악물고 있는 해골'이 보기 싫으니까 뽑아 버리겠다는 주장한다. 그러나 이것은 아직도 이를 뽑는다는 것을 전제한다. 그렇게 되면 타인의 말에 굴복한 결과가 된다. 따라서 '눈곱만큼도 아까울 게 없는 이 고통'을 그냥 지니고 살겠다고 고집하는 것이다. 이를 뽑으면 치통은 사라진다는 세상의 상식(즉 타인의 말)을 인정하려 하지 않는 것이다.

'도피逃避구'가 있는 말은 그 의미로만 따져 볼 때 최종적인 말과 같은 모습을 보인다. 그러나 실제적으로는 끝에서 두 번째의 준 최종적인 말에 지나지 않는다. 다시 말하자면 그 뒤에다 결정적 종지부가 아닌 조건적 종지부를 찍어 둔 말인 것이다. 상대방이 자기 한정에 정말로 동의할 경우를 대비하기 위해서도 도피구는 마련되게 된다. 만약 상대방이 '그래? 그렇다면 평생 이빨을 뽑지 말고 아파하면서 지내라'고 말한다면 주인공은 '품위 없고 어수선한 날'이면, 혹은 '이를 물고 있는 해골이 보기 싫으니까' 이를 뽑을 수도 있다는 점을 암시하고 있다. 도피구는 자기 한정 속의 말의 최종적인 의미를 매 순간마다 바꾸게 만든다. 이런 예는 허다하지만 앞에서 인용된 예문에서도 사자死者의 '영혼의 안식처인 무덤'은 생자生子인 '인간들의 욕망의 소산'에 불과한 의미로 즉각 바뀔 수 있는 것이다.

주인공은 타인의 말과 논쟁할 뿐 아니라 자신의 사색의 대상 자체 즉 세계나 사회와도 논쟁을 벌인다. 그는 관념의 인간이기 때문이다. 세계에 대한 그의 사고 하나하나에는 여러 목소리, 가치판단, 시점들이 존재하고 세계에 대한 그의 말은 언제나 논쟁적이다.

> 옛날엔 길로 사람이 다녔다. 그 다음엔 자동차와 사람이 함께 다녔다. 그러다가 차가 점점 늘어남에 따라 … 이젠 그것도 불편해져 육교를 만들었다. 그러므로 육교는 순전한 휴머니즘에 입각한 건조물이었다. 그러나 그게 생기면서 사람은 길에서 추방되었다. 자동차를 타고 있지 않는 한, 사람이 그 속에 들어가면 죽지 않으면 병신이 되기 십상이었고, 그런 불행이나 위험을 극복한 사람은 벌금을 물어야한다. … 선량한 얼굴로 차근차근 걷는 사람은 기본권을 포기한 다수 시민이다. 아직도 순화되지 못해 이마에 주름을 세우고 소리 내어 걷는 사람은 기본권을 박탈당했음을 의식하고 있는 소수의 불행한 시민이다.(261면)

주인공이 육교의 계단을 오르며 생각하는 내적 발화이다. 이 한 마디 발화에는 세 개의 말, 세 개의 가치판단이 있다. 육교를 만들게 된 필연적인 경위, 즉 세계(타인)의 말이다. 다음에는 그 결과를 비판하는 주인공의 말이 있다. 마지막으로 기본권을 박탈당한 시민들(또 다른 타인들)에 대한 역설적 공세의 말이다. 이렇게 세계를 향해 시비를 걸고 논쟁을 벌이는 예는 걸신들린 것처럼 먹어대고 있는 불고기집에서(258-9면), 축구중계에 열광하는 관객들로 요란한 다방에서(262-3면)도 길게 서술되고 있다.

어디에서고 주인공은 그를 한정하고 있는 타인의 의지를 의식한다. 이 타인의 의지라는 틀 속에서 그는 세계의 메커니즘 적인 구조를 지각하고 그것과 자신의 관념적인 말을 대화적으로 충돌시키고 있다. 그는 세계의 구조적 필연성에 대해 매우 공세적이다.

주인공에게 있어 그가 한 대상에 대해 사고한다는 것은 그 대상에게 말을 거는 것이다. 그는 여러 현상에 대해 사고한다기보다는, 그 현상들과 말을 주고받는 것이다.

> 그래 오늘 새벽으로 돌아가는 거야. … 세상엔 그보다 더 오랜 시간을, 몇 달 혹은 몇 년씩도 제 정신을 잃고 방황하다가 제 위치로 돌아오는 사람들이 있지 아니하냐? 그까짓 열 시간 미만의 몽유쯤 대수냐? 그걸 그렇게 대수롭데 생각하다니! 겁내지 마라. 아무 일도 없어. … 우산 하나 잃어버리고, 강의 네 시간 빼먹은 것밖에는, 네 실수는 없어. 자, 앞으로!(34-35면)

인용문은 주인공이 자기 자신과 나누는 내적 대화이다. 여기에는 타인의 말이 대부분이다. 세상에는 몇 년씩 정신을 잃고 방황하다가 돌아오는 사람들이 있지 않느냐며 네 실수는 없으니 앞으로 가라고 격려하는 대목이 그것이다. 그는 발생한 현상에 대해 사고하고 있는 것이 아니다. 그 현상과 대화를 나누고 있다.

그런데 여기서 중요한 것은 이러한 현상에 대한 모든 문제는 전적으로 주인공의 선택에 달려있다는 점이다. 즉 그가 벌이는 내부 관념적 투쟁은 이미 존재하는 몇몇 가능성의 선택에 대한 투쟁이며 그 가능성의 양은 소설 전체에서 거의 변하지 않는다는 것이다. 사실 주인공은 시작부터 모든 것을 보고 알고 예견하고 있다.

> 나는 그때 뒷날의 나를 보았던 게 아닐까? 내가 생겨나기 이전의 어둠과 내가 죽어 없어지고 난 후의 어둠을 생각하며, 일상에 질질 끌려가고 있는 뒷날의 내 처량한 모습을 미리 보아버렸던 게 아닐까? 결국 우리가 무가 되어 귀속하게 될 영원이나 무한의 신호를 그 말에게서 직감했던 것이 아니었을까?(75면)

그는 미리 보고 예감하고 있었다. 단지 그가 알고 있는 것을 숨기려하고 실제로 아무 것도 모르고 있는 것 같은 시늉을 자신에게 끊임없이 해 보이고 있었던 것이다. 문제는 오로지 선택에 있을 뿐이다. 타인의 목소리에서 자신의 목소리를 발견하여 방향을 설정하고, 그것을 다른 목소리와 연결시키고 대립시키며, 혹은 융합되어 있는 타인의 목소리에서 자신의 목소리를 분리시키는 것이 주인공이 해결해야 할 과제이다. 바로 그것이 주인공의 말을 결정짓는다. 그런데 이 모든 말들도 거의 주어져 있었고 소설의 진행과정에 있어서 서로 상호간의 관계에서 다른 곳에 위치하고 있었을 뿐이다. 따라서 처음부터 그 말의 수량은 변하지 않고 그대로이다. 내용적으로 고정불변한 가운데 다양한 의미가 주어지고 악센트의 자리바꿈만이 일어 날 뿐이다. 주인공들의 목소리는 이미 서로의 시야로 들어가 내부적 대화에 참여하고 있었던 것이다.

우리가 위에서 본 바와 같이 주인공의 목소리 속에는 언제나 타인의 목소리가 함께 소리를 내고 있었다. 주인공이 자문자답하고 곁눈질하고 도피구를 만들었던 것은 바로 타인의 소리를 의식한데서 비롯되었다. 그의 목소리는 최종적인 것이 되지 못하고 따라서 종지부도 찍을 수 없었다. 그의 세계에서 마지막 말을 다해버린 완결되고, 죽어버린, 대답 없는 말은 존재할 수가 없었다.

『일월』에 나타나는 카니발의 세계관

1. 카니발적인 세계관

고대시대로부터 외면적으로는 다양한 양상을 보이고 있으나 내면적으로 서로 긴밀하게 연관되어있는 독특한 문학적 장르가 형성되어 발전하여왔다. 이러한 영역에 속하는 장르들의 특성은 다소간의 차이가 있으나 모두 카니발적 세계관에 젖어 있으며 그 중 일부는 구전口傳 민간설화의 직접적인 문학적 변형이다.

카니발적 세계관은 생명력을 주는 강력한 변형과 왕성한 활력을 소유한다. 따라서 오늘날에도 이런 전통이 조금이라도 남아있는 장르들은 카니발의 효모酵母[49]가 내포되어 있다.

이들의 주된 특성은 다음성성多音聲性과 다문체성多文體性이다. 고상함과 비속함, 진지함과 익살이 혼합되어 여러 음조를 내고 있으며, 편지, 희곡, 노래가사, 기록 등이 인용된다. 다양한 패러디도 구사한다. 또한

49) 바흐친은 갖가지 형태의 카니발적 세계관의 영향을 받은 문학을 '카니발' 문학이라고 부른다. 그는 우리가 식별해 낼 수 있는 독특한 각인이 이들 속에는 찍혀 있으므로 작품 속에서 그 세계관의 반향을 언제든지 추정할 수 있다고 주장한다.

이들은 현실과의 새로운 상관관계를 맺고 있다. 즉 신화와 전설의 절대적 과거 속에서가 아니라 살아있는 당대의 인물들과 직접적이고 친숙한 접촉 속에 위치한다. 또한 이 장르들은 자유스러운 경험과 허구에 의존하고 있다. 따라서 신화나 전설로부터 거의 완전히 독립된 이미지가 나타나게 되는데 이는 문학적 이미지의 역사적인 변혁이 되는 것이다.

위와 같은 특성의 영향은 예술적 산문의 발전에 큰 의미를 갖게 되고 특히 소설 장르에 지대한 영향을 끼치며 발달되어 왔다. 이처럼 소설문학의 발전에 커다란 의미를 가지고 있는 이 변화무쌍한 카니발 장르는 이제 그에 걸맞은 평가가 요구되고 있으며 우리문학 작품의 카니발적 분석도 그 필요성이 충분하다.

이글에서는 황순원의 장편소설, 『일월』을 '카니발의 세계관'으로 분석하고자 한다. 특히 '카니발 세계관'의 절대적인 길잡이인 '웃음'과 '육체와 성과 죽음'에 시선을 집중하고자 한다.

2. 웃음

『일월』에서는 수많은 카니발적 인물들이 등장하여 상호 모순적 이중성을 띤 웃음을 창조한다. 고지식한 학자인 지교수와 그의 조교 전경훈, 백정의 후예라는 신분으로 고뇌하는 주인공 인철, 그의 부친 김상진, 그의 형제들인 인호, 인문, 인주, 광신자인 모친 홍씨, 인철의 여자친구인 소극적 성격의 다혜, 적극적 성격인 나미, 도살장에서 일하는 백정이지만 이반 까라마조프와 같은 사상가 김기룡, 그의 여인 최에스더, 마지막까지 백정의 전통과 풍습을 지키는 그의 부친 본돌영감, 카니발의 광장인 지하다방과 대폿집의 단골들이자 과대망가들인 연극인 박해연과 남준걸, 국회의원 선거에 낙선한 호주가, 그리고 치과의사, 철학 강사, 문학평론가, 『일월』의 스메르자꼬프인 신명수, 춘향과 이 도령으로 불리는 노인부부……. 이외에도 밑바닥 인생들인 뱀 장사, 농부, 술집 여인, 도살장의 사내들이 소설의 도처에서 떠들썩한 웃음판을 벌려 놓는다. 소설에 참여하는 이들 거의 모두는 어떤 이유에서든지 보통의 일상적 삶의 궤도를 이탈한 사람들이다. 이들은 모두 상호 모순적인 이중적 이미지, 즉 '현명한 바보'와 '비극적 어릿광대'의 이미지를 보여주고 있다. 물론 여러 가지 유형이 있지만 모든 주인공들은 어느 정도의 괴이한 요소들을 가지고 있다. 특히 카니발의 광장, 대폿집의 단골손님들은 그러한 요소가 선명하게 나타난다. 그들의 대화에는 풍자, 조롱, 조소, 비하, 패러디가 가득 차 있고, 여러 사건을 통하여 상호 모순적인 의식, 환상, 꿈 등이 끊임없이 연속되고 있다. 그리고 이들은 모두 카니발적인 웃음의 요소를 강화하는 역할을 하고 있는 것이다.

이 소설[50]에서는 카니발 문학의 한 특징인 여러 가지 '다른 장르' 즉 희곡, 시, 편지 등을 삽입하여 스토리를 전개하고 있다. 프랑스의 노래가사(34-35p.), 체홉의 희곡(69p.), 염불(83p.), "조선의 취락"이라는 논고(87p.), 인주의 일기(102-3p.), 백정의 제례의식(110p.), 뱀장수의 연설(131p.), 인호의 긴 편지(144-7p.), "가정비극"이라는 연극의 줄거리(151p.), 성서의 구절들(137, 176, 268p.) 형평사 결사문(167p.), 숭보사에 대한 기록(169p.), 형평사에 관한 지교수와 진주 제자간의 편지(171p.), 지교수의 "백정에 관한 노트"(234p.), 하회별신 가면 무극 대사(250p.), 연극 "갈 사람들"의 대사(267p.), 심청가의 한 대목(269p.) 등 많은 다른 장르들이 소설 『일월』에 삽입되고 있다. 이러한 삽입 장르들은 다문체성과 다음조성을 더욱 강화시켜주고 있으며, 또 다른 카니발 웃음의 요소로 작용하고 있다.

인철이 다방, 몽파르나스에서 박해연을 처음 만났을 때, 그는 술에 취

---

50) 『일월』, 황순원 선집, 한국현대문학전집 14권, 삼성출판사 1980. 이글에서 『일월』 인용 시 같은 책에서 인용하고 그 쪽수를 표기함.

하여 레지에게 그레꼬의 낙엽을 청하고 그 가사를 따라 '너 나를 사랑했고 또 내 너를 사랑했지'라고 함께 흥얼거린다. 그리고 그는 사랑에 대해 냉소적으로 비꼬아 해석한다.

> 흥, 내가 언제 누굴 사랑해본 일이 있고 누구한테 사랑을 받아본 일이 있었다는 거야? 그렇지 않다는 걸 되씹어보려고 저 노랠 듣는 거지. 내게 있어선 사랑이란 성서나 문학작품 그리고 유행가 속에서나 볼 수 있는 어휘밖에 더 안 돼.... 사랑이란 강한 사람들만이 할 수 있는 거라고 봐요. 남을 지독히 증오할 수 있는 강한 사람들 말이요. 증오와 사랑은 거울의 앞뒷면과 같거든요. 어느 한 면이 없어도 거울이란 설립되지 않죠. 그래 이렇게 증오와 사랑을 겸비한 강한 사람이 우리들 속에 누가 있소?(35p.)

그는 사랑과 증오는 '거울의 앞뒷면'과 같다고 말함으로서 카니발의 이중성을 논리화시키고 또한 왜곡시킨다. 박해연이 말하는 '사랑과 증오'는 카니발의 세계에서 출산의 모태가 무덤이 되는 것처럼 사랑과 증오는 동전의 양면과도 같다. 바로 이러한 모순적 결합의 이미지가 창조적인 카니발의 웃음을 탄생시키는 것이다. 여기에는 구별하기 힘들 정도로 조롱과 희열, 칭찬과 욕설이 혼합되어 있다. 박해연은 이어 자기는 사랑과 증오를 겸비한 강한 사람이 아니고, 사랑을 할 수도 받을 수도 없는, 단지 무엇인가에 의지할 뿐인 약한 사람이라며, 그런 약한 사람들만이 모여 사는 어느 마을의 이야기를 희곡으로 구상했다고 소개한다. 무대는 불모지에 전신주 하나만 서있고 태양이 이글거리는 대낮인데, 한 인물이 나타나 전신주에 기대앉고, 잠시 후 또 다른 사람이 나타나 역시 전신주에 기대앉고, 이렇게 계속 인물이 등장하여 서로 등을 맞대고 기대앉는다. 앉을 자리가 없어도 사람들은 계속 나타나 자리가 나기를 기다리며 줄을 선다. 1막 3장의 이 연극은 무대와 등장인물이 같다. 단지 등장인물의 순서가 바뀔 뿐이고, 하나 뿐인 붉은 조명이 점점 짙어지고, 하나 뿐인 효과음인 까마귀 울음소리도 장마다 점점 요란해질 뿐이다. 등장인물들이 아무 말이 없으니 무언극이냐고 묻자 그는 대사가 영 생각이 나지 않아서 그렇지 언젠가는 이 희곡을 완성시킬 것이라고 말한다.(35-6p.)

몇 달 후 다시 만난 그는 그 희곡에 붙일 대사를 찾아냈다며,

> 그때도 내 이 극을 팬터마임으로 하고 싶지 않다고 했죠. 자, 들어 보시오... 1, 2, 3장을 통해서 등장인물들이 하나 둘 나와 전선주에 기대앉습니다. 그 사람들이 하나같이, 아 이거구나, 하는 소리만을 지릅니다. 처음엔 한 사람이 다음엔 두 사람이 이렇게 점점 여러 사람이 그 소리를 지릅니다. 그리고 1장에서 2장 3장으로 넘어갈수록 차차 지르는 목청을 돋웁니다.... 그렇다가 3장에 가서 고조된 사람들의, 아 이거구나, 아, 이거구나, 하는 소리 속에 막이 서서히 내립니다.(183p.)

인철이 차라리 팬터마임이 날 것 같다고 하자 팬터마임을 원하지 않는다던 박해연은 '몇 달 헛일'했다고 생각할 뿐 개의치 않는다. 사실, '아 이거구나'를 집어넣던 빼던 이 희곡의 의미는 달라질 것이 없다. 마찬가지로 등장인물들이 '기댄 사람'이거나 '기다리는 사람'이거나 역시 달라질 것이 없다. 이는 그 어느 것도 일방적인 진지함 속에서 절대화되거나 결정화되는 것을 부정하는 카니발적 세계관을 보여준다.

주인공 인철도 어느 샌가 대폿집 패의 한 일원이 되지만, 박해연이 데리고 간 카니발의 광장, 대폿집의 단골들은 모두가 괴짜들이다. 우선 국회의원에 출마했다가 낙선한 사람은 단골들 중 가장 호주가 인데 그는 정견 발표 시, 자기를 의사당에 보내주면 주세를 대폭 낮춰서 애주가들이 싼 술을 마음껏 마시게 하겠다는 사람이다. 그는 젊었을 때 술 먹기 대회에 참가한 적이 있는데 정종을 일곱 되나 마시고 2등을 한 바 있다. 이틀 후 정신이 들어보니,

> 상품이라고 됫병 술 오십 병이 머리맡에 죽 놓여 있더구먼. 술병을 보니까 속이 뒤집히고 구역질이 납디다. 그렇지만 말야, 결국 그놈을 따끈히 데워먹고 나서야 속을 가라앉혔단 말야.(157p.)

주세를 낮추겠다는 정견발표나, 보기만 해도 구역질이 나는 술을 결국은 마시고 나서야 속을 다스렸다는 이 사람은 정상이 아니다. 또한 자연주의를 자연으로 돌아가자 라는 뜻으로 해석하는 문학평론가는 언제나 담뱃불을 남의 담배에서 붙이는데 그 이유가 걸작이다.

> 담배를 성냥으로 붙이면 유황냄새가, 라이터를 사용하면 가솔린 냄새가 담배 속에 배어들어 맛을 죽일 뿐 아니라 몸에도 좋지 않다.(154p.)

'사냥은 짐승을 잡는다는 것보다 운동부족을 보충하는 데 더 뜻이 있음으로 자기는 사냥개도 필요 없다'고 변명하지만, 혹 토끼나 꿩이라도 한 마리 잡은 날에는 자랑스러운 빛을 감추지 못하는 치과의사(155p.)도 마찬가지다. 더구나 사냥개가 필요 없다던 그는 몇 달 후 스스로의 말을 뒤집는 행동을 보이는데 이는 인간의 비정형화를 보여주는 대목이다.

> 명동 대폿집엔 대폿집대로 이날 밤 좀 색다른 주연이 벌어지고 있었다. 치과의사가 오늘 사냥해온 꿩 두 마리를 안주로 … 술을 마시고 있는 것이다. … 엽총도 한옆에 기대어있고, 언제인가 사냥개는 필요 없다고 하더니 포인터가 그 옆에 엎드려 소란한 속에서도 졸다가는 생각난 듯이 눈을 떠 주인 쪽을 쳐다보곤 했다. 국회의원에 출마했던 거구의 사내는 꿩고기 안주는 집지도 않고 술잔만 기울이다가, "하, 이 꿩 사 갖고 온 것 아냐?"(269p.)

치과의사와 사냥꾼이라는 이종의 직업에 관련한 특별한 연상이나 분석은 차지하더라도, 위의 인용에서만 보아도 필요 없다던 사냥개가 등장하고 있고, 더구나 그의 포획물이 직접 사냥한 것인지 혹은 사 가지고 온 것인지도 확실하지 않다. 이로 볼 때, 그가 통상적이고 인습적인 것과는 거리가 먼 인간임에는 틀림이 없다.

카니발 문학에서 두드러진 특징은 괴상한 행위, 적합지 못한 말씨와 발언들로서, 그것은 인습과 통념적인 사건의 진행에서 벗어나고, 어투, 행동, 예절 등의 기존 규범을 위반하는 것이다. 그것은 서사적 사건 및 비극적 파국과는 예술적 구조에 있어서 전혀 다르다. 그것은 서사적, 비극적인 세계의 통일성을 파괴하고, 정상적인 인간사의 흐름을 돌려놓고, 정해진 규범과 동기로부터 인간의 행위를 해방시킨다. 괴상스러움, 그것은 거리낌 없는 접촉의 카테고리와 유기적으로 연관된 카니발적 특유의 카테고리이다. 그것은 인간 본성의 은폐된 면으로부터 구체적, 감각적인 형태로 노출되고 표현되는 것이다. 단조로운-괴상한 요소가 없는- 인간의 의미를 생각조차 해본 적이 없다는 도스토예프스키는 말한다.

> 괴짜라고 해서 언제나 특별하고 고립된 존재는 아니다. 오히려 괴짜 같은 사람이 전체의 핵심적 요소를 지니고 있는 경우도 자주 있기 때문이다. 그리고 그와 같은 시대의 다른 모든 사람들은 어떤 이유에서인지 거센 바람에 휘말려 잠깐 그로부터 떨어져 나간 사람들이다.
>
> —「카라마조프의 형제들」 서문

카니발적인 이미지와 웃음이 문학 속에 변조變調되어 들어 올 때 그것들은 어느 정도 변형된다. 그러나 어떠한 변형의 정도에도 불구하고 상호모순적인 이중성은 남아있게 마련이다. 웃음은 어떤 조건에서 상대적으로 약화되는 경우가 있다. 웃음은 계속하여 이미지의 구조를 결정해 주고 있으나 그 자체는 축소되는 것이다. 그 예가 대폿집 안의 여러 대화들이다. 이곳에도 웃음은 있지만 이중적 모순이 강조되고 있다. 오히려 대폿집 밖의 도처에서 커다란 웃음소리가 들려오고 있다. 소설『일월』에는 이미지 구조의 영역을 넘어 이러한 활달한 웃음이 여기저기에 있다.

> 에에 또, 독사들이 갖고있는 독이 얼마나 지독한가를 말씀드릴 것 같으면, 2초 반 동안에 다섯 사람을 죽일 수 있습니다. 야 이놈아, 애 하필이면 2초반에 다섯 명이냐, 5초에 열 명이라고 하면 계산하기 쉽지 않으냐, 허지만 여보슈. 딱한 말씀 작작하슈. 2초 반 동안에 갖고있는 독을 다 쏟아 놓는데 무슨 독이 또 남아서 5초 동안이나 내보낸단 말입니까.(131p.)

구렁이 두 마리를 한 팔에 하나씩 감아쥔 뱀 장사가 약을 파느라 목에 핏대를 세워가며 떠벌리고 있는 장면이다. 웃음의 '우렁참'은 한국의 고전문학을 인용할 때 더욱 커진다. 특히 흥보가, 춘향가, 심청가 등 판소리의 웃음은 귀청이 떨어질 지경이다.『일월』에서도 하회별신 가면극을 인용하는 부분이 있는데 바로 이 경우에 해당한다. 선비가 '四書三經을 다 읽었다'고 하자 양반이 자기는 '八書六經까지 읽었다'고 답한다. 이에 팔서는 어디에 있으며 육경은 뭐냐고 선비가 묻자 양반의 하인 초랭이가 대신 답을 하는데,

> 나도 다 아는 육경을 몰라요? 팔만대장경, 중의 바라경, 봉사의 안경, 약국의 길경, 처녀의 월경, 머슴의 새경.(250P.)

처녀의 월경까지 거론하는 이 해학은 카니발의 중요한 카테고리인 비속화로 전진한다. 즉 카니발적인 모독, 세속화, 외설로 발전하는 것

이다. 당시 지배 계급이었던 양반과 선비를 신랄하게 야유하고 세속화시킨다는 것은 카니발 의식의 왕위의 박탈decrowning과도 같다. 따라서 지배자 권력의 상징 –이를테면 사서삼경– 들을 박탈하고 조롱함으로서 카니발 세계관의 핵인 교체와 변화, 죽음과 갱생의 파토스를 연출하게 된다. 이렇게 해서 카니발의 근본개념이 표현되게 되는데, 이러한 개념은 결코 추상적인 것이 아니라 극으로 체험되거나 연출되는 구체적이고 감각적인 형태로 표현되는 것이다. 거침없이 양반과 선비를 비속화시키는 하회별신극은 계속하여 커다란 웃음을 만들어 낸다.

> 백정–알 사이소. 양반–이놈 한창 신나게 노는데 알은 무슨 알인고. 백정–알도 모릅니꺼. 초랭이–당알, 닭알, 새알, 대감 통불알. 백정–맞았소. 맞어. 불알. 선비–이놈, 불알이라니. … 백정–쇠불알을 먹으면 양기에 억시기 좋심더. 선비–뭣이? 양기에 좋다? 그럼 내가 사지. 양반–아니 이것은 결코 내 불알야.(양반과 선비 서로 쇠불알을 잡고 당긴다.) 백정–아이고 내 불알 터집니더.(250p.)

바흐친이 지적한대로 웃음은 논리적 언어로 옮길 수 없는, 현실에 대한 하나의 심미적 태도이다. 즉 현실을 예술적으로 통찰하고 이해하는 특정한 수단이며, 따라서 예술적 이미지, 플롯, 장르를 구성하는 특정한 수단이 된다. 상호 모순적 이중성을 가진 카니발의 웃음은 거대한 창조력을 가지고 있다. 『일월』에는 커다랗게 들리는 웃음이건, 숨겨져 있어 들리지 않는 웃음이건, 수많은 웃음이 여러 형태로 도처에 깔려있다. 그러나 중요한 것은 그 어떠한 카니발적인 웃음도 일방적인 진지성으로 절대화되거나 응고되는 것은 용납되지 않는다는 것이다. 즉 일면적이고 교조적인 모든 진지성을 배척하고, 삶과 사상의 일개 국면이나 관점을 절대화시키지 않는 것이다

3. 육체

해부학적이고 생리학적인 측면에서 보는 '육체'는 카니발의 요소로 아주 중요시된다. 『일월』에는 이와 같은 육체의 각 기관들이 철저하게 그려지고 묘사되고 있는데 이는 한국문학에 있어 아주 특이한 경우이다. 이는 소설 주인공의 눈을 통해서 보는 도축장에서의 도살 광경으로 극적 긴장감마저 느껴질 정도의 상세한 묘사로 우리의 시선을 흡인한다. 필자도 비교적 상세히 이 부분을 다루고자 한다.

주인공 인철이 그의 사촌, 기룡을 만나러 찾아간 도수장은 칸막이 목책우리에 수십 마리의 소가 매여 있고 사람들이 웅성거리는 공터로서 피, 기름이 발산하는 비린내가 코를 찌르는 곳이다. 그 공간에 이어진 건물 -기름이 절어 번들거리는 검은 작업복을 입은 사내들이 잽싼 동작으로 움직이고 소들이 여기저기 쓰러져 있는 곳- 은 그야말로 '카니발의 공간'이다. 주인공의 눈에 비친 그곳에는 금방 쓰러진 소의 목에서 피가 흐르고, 가죽이 벗겨진 커다란 육괴가 쇠고랑에 매달려있고, 시멘트 바닥에 낸 도랑에는 핏물이 고여 있고, 창자를 바퀴달린 통에 담아 뒷문으로 끌고 나가는 부산스러운 곳이었다. 이 공간이 연극의 무대라면 그야말로 그로테스크한 느낌이드는 무대이다. 작가는 이 무대에서 벌어지는 공연을 자세하게 묘사한다. 소를 도살할 배우가 우선 이 카니발의 무대에 등장한다.

> 왼쪽 문으로 무릎까지 잠방이를 걷어올린 사내가 황소의 코뚜레를 잡아끌고 들어왔다.… 작달막한 키에 목이 유달리 밭은 삼십대의 이 사내는 눈이 약간 붉어있는 것 같을 뿐 얼굴에는 아무런 감정의 빛도 내비쳐있지 않았다. 그의 손에, 끝이 갈려 반들거리는 파이프가 달린 메가 쥐어져있었다.(93 P.)

감정 없는 그의 얼굴과 반들거리는 파이프는 그의 숙련과 오랜 경험을 나타낸다. 따라서 '메'라는 소도구를 들고 등장한 그 백경이라는 배우는 당연히 실수 없는 완벽한 연기를 보여주기 시작한다.

> 코뚜레를 잡은 사내가 소 턱밑으로 허리를 숙이면서 손바닥으로 소의 눈을 가리는 순간 메가 그 이맛전을 향에 내려와 때렸다. 탁하는 소리와 함께 소의 육중한 체구가 둔탁한 음향을 내면서 네 굽을 꿇듯이 쓰러졌다. 우움하고 안으로 당기는 신음소리를 지른 것 같기도 하고 전혀 아무 소리도 지르지 않은 것도 같았다.(같은 페이지)

죽음은 생을 마감하는 숭고한 한 순간의 모습이다. 그러나 모든 숭고한 것은 필연적으로 지루해지는 법이다. 위를 바라보다 싫증이 나면 아래로 시선을 내리고 싶어진다. 숭고한 것을 탈관하고 비하할 때 느끼는 만족감은 더욱 커진다. 눈을 가리는 순간 이마를 때리고 동시에 소는 쓰러진다. 숭고한 죽음은 간단하고 짧다. 따라서 소가 신음소리를 지른 것 같기도 하고 안 지른 것 같기도 하다. 백정이나 소나 훌륭한 연기자와도 같이 그들의 배역을 관객을 위해 완벽하게 수행한 것이다.

> 코뚜레를 잡고있던 사내가 긴 참대꼬챙이로 파이프 메가 뚫어놓은 구멍을 속 깊이 쑤셔댔다. 소의 전신에서 푸들푸들 경련이 일더니 그만 잦아들었다. 오십대의 작업복 사내가 와서 골속을 쑤시던 사내와 함께 소를 모로 눕히고는 칼로 멱을 따는 것이었다. 쏟아지는 피를 똑같은 작업복을 입은 소년이 와 깡통에다 받아 석유초롱에 옮겼다. 소모가지가 잘라졌다. 큰 눈을 흰자위가 들어 나게 치뜬 채로 있는 소 대가리를 피 받던 소년이 안고 뒷문 밖으로 나갔다. 잘린 자리의 근육이 피끗피끗 경련을 일으키고 있었다.(94 P.)

꼬챙이로 골을 쑤셔대고 칼로 멱을 따고 모가지를 자른다.(마치 작가가 직접 도수장에서 소를 잡고 있는 것 같다.) 쏟아지는 피를 깡통에 받고 목이 잘린 소대가리를 밖으로 안고 나간다. 작가는 이제 모가지 없는 소를 젖혀 눕히고 본격적인 해부학 강의를 시작한다. 이것은 바흐친이 말하는, 바로 전형적인 '카니발적인 해부' –해체된 신체의 각 부분을 열거하는 것– 이다.

> 소를 시멘트바닥 도랑에 등이 들어가게끔 하여 젖혀 눕히더니 가죽을 벗기기 시작하였다. 칼이 쉴새없이 움직임에 따라 허연 지방에 쌓인 육괴의 면적이 늘어갔다. 육괴의 여기저기서 경련이 일었다. 사내가 피 묻은 손을 가죽에 문질러 닦았다. 발목이 잘라졌다. 앞다리 둘을 잘라내고 가슴을 톱으로 켜고는 뒷다리를 갈고랑쇠에 걸어 물레로 끌어올렸다. 사타구니 쪽으로부터 내장이 쏟아져 내려왔다. 누가 와서 그것을 바퀴 달린 통 속에 담아가지고 끌고 나갔다. 등에 붙은 가죽을 마저 벗겨냈다. 낡은 부대자루모양 꾸겨져 시멘트바닥에 떨어졌다. 새로운 피기름 냄새가 짙게 퍼졌다. 이제는 어느 부분에서도 경련이 멎은, 잠잠히 공중에 매달린 육괴의 각을 사내가 떠내기 시작했다.(94 p.)

위의 문장을 읽으며, 우리는 해부학 교실에 들어와 있는 것 같다. 우리는 등, 가죽, 허연 지방, 육괴, 발목, 앞 · 뒷다리, 사타구니, 내장 등 '몸'의 각 기관별 부위를 바라본다. 우리는 젖혀 눕히고서야 가죽을 벗기는지, 뒷다리를 끌어 올려야 사타구니에서 내장이 쏟아져 내려오는지 알 수 없다. 그러나 해부학적 세부사항과 정밀성은 우리가 직접 소를 눕히고, 벗기고, 끌어올리고, 쑤셔대고, 부위 별로 각을 뜨고 있는 것 같다.

이러한 구체적인 육체의 수용과정에서 세계의 새로운 의미와 구체적 현실성 및 새로운 물질성을 획득하게 된다. 세계는 이제까지의 상징적이었던 것과는 전혀 다른 물질적인 것으로 인간과 접촉하게 되는 것이다.

우리는 도축장에서의 소도살 장면의 묘사를 보며 작가의 익살스럽고 냉소적인 측면과, 기괴하고 그로테스크한 측면이 존재함을 느낄 수 있다. 이러한 측면들은 서로 상호 침투되어 있으며 단일한 하나의 형태로만 존재하지 않는다. 그러나 분명한 것은 육체의 해체 묘사에 있어 상당한 해부학적, 생리학적 정확성과 세밀함이 따른다는 것이다.

황순원의 해부학적 정밀도는 대단하다. 그는 이 소설에서 인체의 아름다움과 관능에 대해서 많은 지면을 할애하지는 않지만 일단 그의 시선이 인체의 한 곳에 머무르면 그의 세밀한 묘사는 아주 정확하다. 두 여자의 발가락에 대해서만 언급하고 있는 것을 예로 들어보자.

> 인철은 저도 모르는 사이에 마주앉은 다혜의 발에 눈을 주고 있었다. 알맞추 살이 붙은 갸름한 발이었다. 가지런히 줄지은 발가락 이음마디마다 고운 우물이 패어있었다. 끝이 약간 위로 젖혀진 엄지발가락의 배는 엷은 장밋빛이었다.(42p.)

> 나미의 방으로 가니 그네는 목욕한 뒤의 상기된 얼굴로 머리에 빗질을 하고 있었다. 서로 꼬고 있는 발에는 아직 물기가 남아있었다. 언젠가 다혜의 발을 보고 나미의 발은 어떤 모양을 하고 있을까 생각했던 일이 떠올랐다. … 다혜의 발에 비해 발가락이 길쭉길쭉했다. 그 둘째 가락이 엄지가락과 셋째가락 위에 걸쳐져 있었다. 그리고 셋째가락이 제일 길게 앞으로 나와 있었다.… 자기 정강이를 간질이며 문지르던 발.…다양스레 움직임을 가질 수 있는 발 같았다.(107p.)

작가는 발가락의 이음마디 하나하나에 있는 우물까지 바라보고 있으며, 각 발가락의 길고 짧음도 노치지 않는다. 인체의 한 부분에 대한 정밀한 묘사뿐 아니라 그 기능 –간질이고 다양하게 움직일 수 있는– 까지 포착한다. 인간 육체에서 그 위치로 보아 끝 부분이며, 그 기능으로 볼 때도 다른 기관에 비해 사소한 부분인 발가락도 작가의 이러한 구체적인 수용과정에서 새로운 의미와 현실성 및 물질성을 획득하고 있는 것이다.

3. 성

우리는 위에서 도축장에서 소를 잡는 구체적인 모습과, 여성의 발가락에 대한 정밀한 묘사를 보았다. 그리고 '몸', 즉 신체의 해부학적 · 생리학적인 이러한 세밀한 묘사를 통해 한 몸이, 그리고 그 한 부분이 현실의 세계에서 구체적인 물질성을 띠고 새로운 의미들을 갖게 되는 것을 보았다. 이제 육체는 세계를 측정하는 척도가 되며, 개인의 가치를 측정하는 기준이 된다.

그런데 카니발적인 세계관의 여러 유형은 서로 평행하기도하고 교차하기도 하는데 '육체'와 '성'이 교차함은 당연한 일이다. 우리 스스로가 위의 예문들에 열거되는 신체의 각 부위들을 보며 성을 연상하게 되는 것도 어려운 일이 아니다.

노골적으로 외설적인 표현과 농담은 황순원의 소설 전체에서 큰 비중을 차지하지는 않는다. 그러나 다루어지고 있는 주제가 무엇이든지 성적표현들은 구성되는 언어조직 속에서 자신들이 끼어 들 여지를 발견해 낸다. 그리고 이것은 순수한 언어적 유추뿐 아니라 사물들과의 연상 작용에 의해서도 나타난다.

반들거리는 파이프가 달린 메, 긴 참대꼬챙이, 멱을 따는 칼, 가슴을 켜는 톱, 뒷다리를 걸어 끌어올리는 갈고랑쇠 등의 사물들은 쓰러뜨리고, 쑤시고, 육체의 각 부분들을 해체시키는 남성의 손과 팔다리 그리고 성기와 같은 것들을 연상시킨다. 소를 잡을 때 사용된 동사들을 차례로 열거해보자.

> 눕히고, 벗기고, 끌어올리고, 깊이 쑤셔대고, 몸의 부위 별로 각을 뜨고

차례로 사용된 각 동사들 앞에 여성과 관련된 명사들을 각각 목적어로 집어넣으면 바로 노골적인 외설이 된다. 물론 예문에 등장하는 허연 지방, 가슴, 등, 다리, 발목, 사타구니와 같이 여러 육체 부위를 칭하는 명사들도 위의 동사들과 어울려 외설적 연상을 제고시키는 역할을 수행하고 있다.

이미 말한 바와 같이 작가는 이 소설에서 관능적인 성의 표현에 비중을 두고 있지는 않으나 그렇다고 미묘하고 애매하게 감추려고 하지도 않는다. 그는 결혼 전의 처녀가 목욕하는 장면을 거의 비슷하게 두 번씩이나 구체적으로 묘사하고 있는데, 이는 언어적 유추에 의해 충분히 우리를 성적 연상으로 유도한다.

> 빗속으로 나다녔더니 몸이 수물거렸다. 목욕실로 갔다. 세수를 하고는 온몸에 물을 끼얹고 때를 밀기 시작했다. 손등에서 팔로, 팔에서 어깨로. 때가 있어서가 아니었다. 온몸이 얼얼하도록 자꾸만 밀어야만 기분이 상쾌해지는 것이다. 그래서 그네는 보통사람의 배나 목욕시간을 잡는다. 살갗이 발그레 피어나도록 빡빡 밀면서 인주는 혼자 속으로 중얼거렸다.… 물을 퍼 몸에 끼얹고 나서 타월에 비누칠을 해 가지고 다시 온몸을 문지르기 시작했다.(59p.)
>
> 인주가 탕에서 나와 수건을 꼭 짜 작게 뭉쳐 가지고 박박 때를 밀기 시작했다. … 인주는 가슴을 문지르다 잠시 손을 멈추고 내려다보았다. 희뿌옇게 서린 김으로 해 밝음을 잃은 전등 빛 속에 몸 어느 부분보다도 흰 살갗이

> 물기 번진 두 개의 부피 있는 호선을 그리고 있었다. 그네는 두 손을 가져다 양쪽 호선 밑을 받들어보았다. 무게라도 달아보듯이. 새삼스럽게 전 보다 더 부풀고 무거워진 것 같았다.…비누 거품을 일으키며 인주는 전신을 문지르고 또 문질렀다. (200-202p.)

주인공의 여동생 인주가 목욕하는 모습을 자세히 묘사하며 작가는 그녀의 청결한 아름다움을 표현하기보다도, 반복하여 자신의 나체를 문지르고 또 문지른다는 데서 그녀의 감춰진 성적욕망을 표현하고 있다. 이는 강렬한 육체의 마찰을 원하는 성숙한 처녀의 본능을 나타내는 것으로 이의 완벽한 충족은 결국 연애든 결혼이든 남성과의 성합에 있게 된다. 수물거리는 몸, 더 커지고 무거워진 유방은 살갗이 발그레 피어나도록 마찰을 원하고 남보다 배나 되는 목욕시간이 필요한 것이다. 마찬가지로 발가락 이음마디마다 고운 우물이 패어있는 다혜의 발도, 그 둘째 가락이 엄지와 셋째가락 위에 걸쳐져 있는 길쭉길쭉한 나미의 발가락도 결국은 다양한 성적 움직임을 표현하는 육체의 한 부분인 것이다.

위의 예를 통해 우리는 황순원이 일 · 월에서 어떠한 방식으로 성적 표현을 도입하고 발전시키는 가를 볼 수 있다.(특히 작가는 두 번째 목욕장면을 무려 3페이지에 걸쳐 기술하는데 물론 여주인공의 많은 생각들이 중간에 삽입되지만 이처럼 집요할 정도의 상세한 묘사는 이례적이다.) 우리는 성에 대한 그의 목소리를 이 이상 더 자세하게 분석할 필요는 없을 것 같다. 문제는 성의 시리즈도 앞서의 육체의 시리즈와 마찬가지로 사물과 현상들의 새로운 모형을 창조함으로서 기존의 체계를 재구성하고자 함에 있다. 즉 그는 그것들을 물질화하고 구체화하고자 하는 것이다.

이 외에도 이 소설에서 '물질화'의 역할을 수행하는, 주인공들의 음식과 음주, 그들의 복식, 사용하는 일상의 용품 그리고 기르는 동물 등 많은 다른 시리즈를 찾아 낼 수 있다. 그러나 그것들은 서로 교차한다. 중요한 것은 이 모든 것들이 '육체'로서의 인간을 핵심으로 하고 있으며, 서로 분리되고 소원하던 체계를 연결시킴으로서 세계를 구체화하고 물질화 하는데 기여하고 있다는 점이다.

4. 죽음

카니발의 세계관에서 죽음은 이승과는 다른 어떤 초월적인 세계를 향해 열리는 문 같은 것이 아니다. 위계적 세계관에서 죽음은 이승에서의 삶이 속절없고 일시적인 것으로 여기고 그것의 가치를 박탈한다. 죽음은 삶에서의 모든 독자적 가치를 빼앗을 뿐 아니라 영원히 영위해야할 저 세상을 향해 거쳐 가는 과정정도로 삶의 가치를 전락시킨다. 그러나 카니발 세계관에서는 죽음이 모든 것을 포용하는 시간의 연쇄, 그 일부로서 인식된다. 따라서 죽음은 삶 자체의 필수적인 한 측면에 불과했으며, 저승의 심연으로 사라지는 것이 아니라 현실세계의 시공 안에서 표현되어야 하는 것이었다.

죽음의 시리즈 역시 '물질화'의 시리즈와 교차한다. 치명적 타격에 대한 해부학적 분석과 생리학적 필연성은 도축장에서 본 것처럼 명확하고 정밀하게 묘사된다. 이때의 죽음은 육체의 시리즈 속의 일부로 나타나며 역동적인 갈등 안에 위치하지만 어조는 괴기하고 때로는 희극적인 측면이 강조된다. 소 잡는 곳으로 다시 가보자.

> 이렇게 순식간에, 그리고 묵묵한 가운데 질서정연하게 한 마리의 산 소는 육괴로 변하여 본래의 형태를 잃어가면서 조각이 되어나가는 것이었다.(94p.)

> 아직도 그의 귀에는 소 이맛전을 내리치던 멧소리, 육중한 몸뚱이가 쓰

> 러지며 내던 둔탁한 음향, 그리고 멧소리와 몸뚱이가 쓰러지는 음향 사이에 소가 지른 것도 같고 안 지른 것도 같은 신음소리가 엇갈려 들리고, 눈앞에는 그 히물거리던 경련, 목에서 쏟아져 나오던 거품 뜬 피, 가죽 밑으로 면적으로 넓혀가던 허연 기름에 싸인 육괴, 물기 머금은 빛을 발하며 쏟아져 내리던 내장…,(95p.)

주인공이 느끼는 이러한 이미지들은 살아 움직이는 육체에 의해 구성되는 개관적 형상의 해부학적, 생리학적 사실로서 죽음을 제시한다. 죽음은 삶의 논리를 위배하지 않으며 오히려 삶의 한 측면이다. 삶 그 자체와 똑같은 재료로 이루어져 있는 것이다.

그런데 이 소설에서 가장 카니발적인 요소를 보여주는 장면이 바로 이어 나타나는데 이때 죽음은 해학적 측면을 갖게 된다. 늙은 부부가 방금 죽은 소피를 마시고 있는 장면이다.

> 그들은 한 손에 소피가 담긴 주발들을 들고 있었다. 노인이 노파에게 그것을 마시기를 권하고 있는 중인 것 같았다. 노인이 여봐라는 듯이 주발의 소피를 한 모금 마시고는 맛있다는 듯이 입맛을 다시며 노파를 향해 머리를 끄덕였다.(95p.)

그로테스크한 죽음의 해부학적 해체의 이미지는 이 늙은 부부가 바로 그 죽음의 생피를 마시는 장면에서 웃음과 불가분의 관계를 갖게 된다. 이들은 건장한 젊은이들이 아니고 죽음이 멀지 않은 늙은이들이다. 죽음에 가까운 사람이 죽음을 마시는 희극적인 상황이 연출되고, 이제 이들에게 소의 죽음은 그들의 건강을 지켜주는 유쾌한 죽음이 된다.

카니발적 세계관에서 죽음은 삶의 한 측면일 뿐 아니라 소생 –새 생명의 탄생– 과도 밀접한 관계를 갖는다. 이는 매우 주목할 만한 사항으로 모든 민족의 민속에 유사한 예가 널리 퍼져있다. 이러한 이야기들은 죽음의 재생력 및 죽음이 다른 사람들을 고칠 수 있다는 관념에서 유래하는 것으로 일반적인 민속으로 계승된다. 죽음과 새로운 삶과의 연계에 대한 이러한 이미지는 한국의 소설, 『일월』에서도 예외가 아니다.

물론 백정의 사회를 다루고 있는 이 소설에서는 '소'의 죽음과 관계가 깊지만 '죽음과 삶의 연계'라는 민속적 관념에서 유래하는 특유의 논리는 명백하다. 백정들에게 소는 상계에서 잘못하여 하계로 추방된 천왕의 왕자이다. 인간들에게 고된 부림을 받다가 죽으면 그 혼백은 다시 상계로 오르게 되는데 이때 소를 죽여 상계로 가게 하는 사람도 함께 극락으로 가게 된다. 따라서 그들에게 '소를 죽이는 것은 극락에 가기 위해 도를 닦는' 행위이며 소 잡는 칼은 신성한 도구이다.

> 그러니까 사람을 죽이고도 소 잡는 칼로 죽였으니 극락으로 보냈다고 하는 거죠(24p.)

이처럼 소 잡는 칼은 '사람(나쁜 사람)을 죽여도 극락에 보내주었다'고 간주될 정도로 신성한 도구이며 이때, 죽음을 상징하는 칼의 이미지는 극락, 즉 천국과 연계되어 카니발적인 웃음의 세계와 불가분의 관계를 맺게 된다.

이 죽음의 칼은 꿈자리가 사나워 말라가던 사람이 하룻밤 품고 자면 치유가 되고, 학질 걸린 아이 머리에 얹어 고치게도 하며, 두 돌이 지나도록 말 못하는 아이에게 그 칼에 입을 맞추게 했더니 칼을 떼자마자 엄마 소리를 하게 한다.(25p.) 죽음의 상징은 소생의 상징으로 교차된다. 지교수와 전경훈이 양주군의 백정을 찾아가서 듣게 되는 풍습은 죽음과 탄생의 연계에 대한 명백한 민속의 일반적 논리를 반영한다.

> 그 대개가 출생과 사망에 관한 속신적인 것들이었다. 산모가 난산으로 고

통을 느낄 때 남편이 지붕 위에 올라 가 멍에를 끄는 시늉을 하면 순산을 한다든가, 임신을 못하거나 유산이 계속될 때 는 소똥을 불에 태워 아랫배에 맨다든가, 소발통 간 것을 만병통치약처럼 물에 타먹는다든가 하는 것들이었고,…(83p.)

특히 여성의 아랫배(자궁을 비롯한 여성의 모든 생식기관이 모여 있는 곳)에 불에 태운 소똥을 싸매게 함으로 출생을 기원하는 것은 죽음과 소생 간의 강한 연계를 넘어 육체, 성, 죽음과 배설까지 서로 상관하고 교체하는 카니발 세계관을 극명하게 표출하고 있다.

4. 종지부 없는 종지

지금까지 소설 『일월』에서 나타나는 카니발의 세계관을 살펴보았다. 그러나 이글의 주요 논지인 '육체와 성과 죽음'의 하모니 외에도 지하 다방과 대폿집으로 표상되는 카니발 공간, 주인공들의 꿈과 환상, 분신과 가면, 종교와 광기 등, 『일월』이라는 텍스트 안에는 여러 가지 카니발의 세계관이 도처에서 산견되고 있다. 이들 세계관은 각각 자기 특유의 논리와 주제를 가지고 있지만 상호 교차하는 예술적 방법의 특징적 요소로 작용하고 있다.

끝으로 우리가 관심을 가지고 주목해야할 사실은 이 소설에 종지부가 없다는 것이다. 사건들의 나열만이 있을 뿐 결말은 없다. 황순원은 삶과 사상의 모든 일면적인 진지성과 파토스는 주인공들에게 넘겨주고, 소설의 '커다란 대화' 속에서 그것들을 충돌시키고 그 대화를 벌려 놓고 내버려둔 채 어떤 결말도 도출해내지 않은 것이다. 카니발의 세계관도 역시 종지부를 모른다. 오히려 어떠한 최종적인 결말에도 적대적이다. 따라서 다음과 같은 바흐친의 말로 이글을 맺는 것도 좋을 것 같다.

최종적인 일은 이 세계 속에서 아직 한 번도 일어나지 않았으며, 세계에 대한 최후의, 그리고 세계의 최후의 말은 여태껏 발설된 적이 없었고, 세계는 열려 있으며 자유롭고, 아직 모든 것의 앞에 있으며 영원히 앞에 있을 것이다.

"만월까지"의 구술口述전통

1.

세 권짜리 단행본의 긴 소설이지만 독자들은 별 어려움 없이 작가의 붓끝을 따라 몇 십 년 전, 완주의 농촌지역에서 일어난 민초들의 삶을 함께 체험하고 감동하게 된다. 이는 그만큼 독자들이 쉽게 소설에 빠져들게 됨을 의미하며 '소설은 우선 재미가 있어야 하는 것'이라는 미덕을 작가가 충분히 발휘하였다는 말이 된다. 현학적 용어와 난삽한 문장으로 책장을 넘기는 손끝에 하품이 묻어나게 하던 수많은 요즘 글들을 읽다가 만난 「만월까지」는 그런 만큼 반갑고 울림도 크다.

독자들을 그처럼 끌고 다니게 할 수 있었던 작가의 역량은 삶의 아픈 내력을 스스로 부대껴보고 그것들에 대한 깊은 통찰과 사유에서 비롯된다. 이는 작품 전체에서 등장인물들의 행위, 대화, 심리의 탁월한 묘사로 증명된다. 또한 그는 토속적인 우리말 어휘와 남도 사투리를 다채롭게 구사함으로서 민초들의 신산한 삶의 모습과 그 토속적 정한을 생동감 있게 묘사하고 있다. 특히 모내기부터 추수에 이르기까지 전근대적으로 농사를 짓는 농촌 생활의 면면들이 세세하게 그려지고, 이에 조응하여 마을 협력체제인 두레, 씨 내림 풍속, 무당 굿, 백정의 습속, 여인네들의 길쌈 등이 다양하게 서술되는데 이는 결코 잊힐 수 없는 민족 정서의 유산들로 우리 가슴을 메이게 한다.

류영국은 잊혀져가는 우리의 전통적 자산에 쌓인 먼지를 털어내었을 뿐 아니라 판소리에서 흔히 사용되는 '말 건넴', 공식公式말, 시늉말 등을 다채롭게 구사함으로서 또 하나의 커다란 업적을 이루었다. 소설전체에서 시냇물처럼 흐르는 구술전통은 바로 우리가 눈여겨 보아야할 점이다.

말과 글은 언표言表상으로만 약간의 차이를 지닌, 표현되고 나면 둘 다 비슷해지고 마는 그런 단순한 표현수단이 아니다. 따라서 양자의 언어적 표피에만 주목할 것이 아니라 그 내부의 속성을 인식하고 그것이 문학적 형상화에 어떻게 기여하는지 분석해보아야 할 것이다. 이 글은 "만월까지"에서 나타나는 구술전통을 살펴보고 아울러 그 문학적 효과를 천착하고자한다.

2.

말과 글의 내부적 속성을 지칭하는 개념으로 말은 '구술성(혹은 구비, 구전성)'으로, 글은 '기술성(혹은 기록, 문자성)'을 가지고 있다고 할 수 있다. 문학의 역사는 말로 하던 문학형태에서 글로 하는 문학형태로 변해 왔다. 장구한 문학의 역사에 있어 기술문학이 구술문학에 비해 일천함은 자명하다. 따라서 기술문학에 내재한 구술문학의 심층요소들은 그 흔적에 불과한 것이 아니라 물속의 빙산과도 같이 커다란 영향력이 있는 것이며, 물과 얼음의 성질이 다르지 않듯 동질성도 갖고 있는 것이다.

원시적 관념이나 고대 신화 또는 의식儀式의 이미지가 인간의 무의식에 잠재되어 있고 이는 '원형'의 형태로 문학에도 잔재하고 있음은 주지의 사실이다. 모티프나 이미지 등에 나타나는 이러한 '문학적 관습'과 마찬가지로 구술적인 요소들도 일종의 원형적 잔재로서 후대 문학에 나타나고 있을 것임은 당연하다.

우리 서사문학의 구술전통은 민담과 판소리를 거쳐 현대소설에까지 이어 내려오고 있다. 민담은 주로 소규모의 마을 공동체에서 상호간의 친목을 도모하고 유대를 강화하는 기능을 하였다. 교훈적인 목적도 있으나 주로 시골의 사랑방, 나무그늘, 평상 위와 같은 곳의 파적거리였다. 시간과 장소, 신분, 나이 등에 구애 받지 않고 행하여진 일상적 삶의 한 양식이었다. 따라서 청중의 호응을 받을 수 있게 이야기는 재미있게 꾸며져야 하고 웃음의 유발 또한 필수적이었다. 지방마다의 특유한 사투리를 곁들인 걸쭉한 입담으로, 또한 몸짓까지 동반함으로 골계적 표현의 효과를 높이었다. 삶의 질곡이 웃음을 통해 심리적으로 정화되고, 해피엔딩으로 대리만족을 체험하는 소박한 집단의 원망願望이 표출되는 장이었다.

구술전통은 판소리 소설에 대거 함유된다. 판소리는 민담과 달리 전문적 화자가 등장하고 이야기도 길며 고도의 예술적 형상이 덧입혀져 있다. 그 연행은 공식적 시간과 장소에서 행하여지고 청중도 대규모이다. 웃음의 유발은 민담과 마찬가지로 필수적이다. 웃음의 효과를 노리는 수많은 장치들이 판소리 내용에 도입되는데 특히 인물간의 대화가 그러하다. "춘향전"에서도 방자와 이 도령의 대화, 신관사또와 이방관속들과의 대화 등 수많은 대화 부분이 허리를 꺾는 골계의 효과를 만들어 내는 한편 당대의 사회 현실을 풍자하고 비판하는 시선도 내재되어 있다. 판소리에서의 웃음은 풍자적 골계를 추구하고 있다. 그리고 이러한 전통은 판소리 소설에 그대로 접목이 되는 것이다.

진정한 의미에서의 구술서사문학은 현대소설의 시대에서는 존재하지 않는다. 그러나 글이라는 표현매체를 사용하더라도 구술적인 표현의 사고와 자취는 남는다. 현대에 와서도 글을 가지고 말을 하는 상황을 만들려고 노력했던 작가들이 있다. 1930년대의 채만식과 김유정이 그 예이다. 작가는 글을 쓰는 현장에서는 독자와 대면할 수 없다. 그럼에도 이들은 마치 앞에 독자가 있어 자신의 이야기를 들려주는 것처럼 글을 쓰고 있다. 이들은 친숙한 옛날이야기들을 구연하듯 정감 있는 목소리로 독자에게 접근하고 있다. 또한 이들은 토속적인 사투리, 패설, 입담이나 군소리를 작품 속에서 자주 늘어놓는다. 이는 민담이나 판소리 문학에 나타나는 장황한 서술과 유사한 것으로서 구술문학의 전통을 계승하고 있는 것이다. 우리는 두 작가의 작품에서 해학적 골계와 풍자적 골계를 다수 볼 수 있다. 그것은 반어, 폭로, 비유, 과장, 희화화 등으로 나타나며 이들은 모두 판소리 문학에서 볼 수 있는 표현방식이다. 이들의 작품들이 독자들에게 부담을 주지 않고 재미있고 수월하게 읽히게 되는 것도 바로 구술문학의 전통이 내재하고 있기 때문일 것이다. 이러한 구술문학 전통의 계승은 1930년대 한국서사문학을 풍요롭게 하는데 크게 기여하였다.

이러한 구술전통은 아직도 살아 숨 쉬고 있다. 천승세, 이문구, 김주영, 조정래 등의 현대 작가들이 폭넓은 구술문학의 전통을 보여주었고 있고, 이제 이 전통은 류영국을 통하여 다시 생생하게 꽃피우고 있는 것이다.

3.

구술전통의 주요한 특징 중의 하나는 공적 외부 시점의 대목을 단정적 보고식 어투가 아닌 '말 건넴'의 어투로 발화하는 것이다. 판소리의 경우 창자는 사건의 상황이나 장면을 묘사하고 설명하면서 빈번하게 말

건넴의 어투를 사용한다. 단정적 보고식 어투는 창자와 청자 사이의 감정적 교류를 차단함으로서 양자의 거리를 먼 상태로 고착화시키기 때문이다. 외부위치에서의 객관적 발화는 이야기의 진행을 위해 필수적이나 창자는 현장에서 맞대면하고 있는 청중과의 거리를 좁혀 '현장친화'를 도모하기위해 종결 부분을 '내'가 '너'에게 말을 건네는 듯 발화하게 되는 것이다. 「만월까지」에서는 이러한 말 건넴의 전통이 여기저기 나타난다.

> 자배기는 깨지지 않았지만 빨래에 흙고물이 묻었것다.[51]
> 인중에 사마귀 있는 여자치고 색기 약한 계집은 없다는 말은 익히 들었것다.(1-173)
> 얼큰한 김에 잘못하다가는 다리속곳까지 뒤집어 보일 판이라.(1-181)
> 밭에다 씨는 묻어놓아야 밭떼기를 차지하렷다.(2-124)
> 볼록한 젖가슴은 병삼이에게 대고 고동을 치것다.(2-131)
> 부지런한 사람은 모정 구석에 앉아서 멍석삼기, 짚신삼기가 고작이라.(2-133)
> 예나 이제나 달빛이란 미운 생각 추한 것은 다 묻어주는 법이라.(2-147)
> 오징어가 도망을 할 때는 먹물을 뿜는다고 했것다.(2-152)
> 밤도 이경으로 접어들었것다.(3-15)
> 제 짚신짝에다 뱉는다는 것이 하필이면 옆에 늘어놓은 고무신전에 떨어졌것다.(3-67)

창자와 청중 사이의 심리적인 거리의 축소는 구술전통의 핵심이라 할 수 있다. 구술은 동일한 시공에서 맞대면하고 있는 상황에서 이루어지기 때문이다. '했것다', '이라'와 같은 종지형의 발화는 청중을 외부 관찰자의 위치로 유도하며 창자와 청자의 심리적 거리를 좁히게 된다. 즉 이

51) 류영국, 『만월까지』, 실천문학, 2002. 1권 55쪽. 이하 인용 시 괄호 속에 권수와 쪽수를 이어 표기함.

러한 발화가 있기 전에는 청중들은 등장인물들의 심리와 동화되어 그 인물과 시각을 같이하거나 또는 전지적 서술자와 시각을 공유하며 작품의 내적 서술상황에 위치하고 있었지만 발화 후에는 급격한 시점 변화와 함께 창자와 더불어 청중을 작품세계의 외부적 관찰자로 이동하게 만드는 것이다. 이렇게 되면 작품세계 속의 서술대상 및 등장인물과의 거리는 멀어지지만 청중과 창자 사이의 심리적 거리는 가까워지고 동일한 시공에서 양자의 시선은 결합되게 되는 것이다. 예술의 생산자(작가)와 수용자(독자)가 시점을 일치시키고 서술대상을 바라본다는 것은 일반 예술형태에서는 희귀한 현상이다. 오직 구술전통을 가지는, 즉 판소리와 같은 공연예술에서 이런 현상이 발생하는데 이는 현장친화를 도모하며 궁극적으로는 그 예술성도 증대시키는 역할을 하게 되는 것이다.

판소리의 경우 창자는 작품 속의 인물들이 처한 정황을 그대로 모방하려는 충동을 가지고 있다. 따라서 대화나 독백과 같은 장면에서 그 인물의 심리 속에 빠져 들어가 발화한다. 그런가하면 이야기를 진행시키는 역할을 수행하기 위해서 창자는 서술대상에서 떨어진 객관적인 위치에서 온갖 정보를 진술해야하는 설명 또는 평가적 발화도 해야 한다. 그런데 구술문학의 구연상황에서는 단 한 번의 구연으로 말의 의미가 청중에게 전달되어야 한다. 허공에 흩어진 말은 다시 귀에 주어담을 수가 없는 것이다. 이를 위한 방법 중의 하나가 청중의 재고반응stock response에 호소하는 것으로 공식 말formula이 사용되게 된다. 예로 춘향전에서 '흰 눈 같은 살결', '꽃 같은 얼굴', '앵도 같은 입술'로 춘향의 미색을 표현하는 경우인데, 이런 어구들은 당시의 공동사회 안에서 전통적으로 공유하고 있는 언어 자원들이어서, 구연의 유창성과 청중의 이해력의 속도를 일치시킴으로서 현장의 역동성과 문학적 미학을 즉시 공감하게 하는 것이다. 위의 예는 매우 단순한 예에 불과하지만 우리는 춘향전 전체에서 수많은 이런 공식 말을 발견할 수 있다. 춘향의 추천하는 모양을 보자.

> 한 번 힘을 주며 두 번 굴러 힘을 주니 발밑의 가는 티끌 바람 따라 펄펄, 앞뒤 점점 멀어가니 머리위의 나뭇잎은 몸을 따라 흔들흔들, 오고 갈 제 살펴보니 녹음 속의 붉은 치맛자락이 바람결에 내비치니, 九萬長天 흰 구름 속에 번갯불이 비치는 듯 문득 보면 앞에 있더니 문득 다시 뒤에 있네. 앞에 얼른 하는 양은 가벼운 저 제비가 桃花一點 떨어질 제 차려하고 쫓아가듯, 뒤로 번듯 하는 양은 광풍에 놀란 나비 짝을 잃고 날아가다 돌 치는 듯, 巫山仙女 구름타고 陽臺위에 내리는 듯, 나뭇잎도 물어보고, 꽃도 질근 꺾어 머리에다 실근실근 하며, "이애, 향단아! 그네 바람이 독해서 정신이 어질어질 하다. 그네를 붙들어라."[52]

위에서 '번갯불이 비치는 듯', '차려하고 쫓아가듯', '날아가다 돌 치는 듯', '양대 위에 내리는 듯'과 같은 말은 '비 맞은 제비', '칠십 당년 늙은 년'처럼 명사를 수식하지는 않지만 어떤 행위나 동작을 수식하는 상투적 수식어stock epithets다. 이러한 공식구의 사용은 듣는 사람의 이해를 촉진시키는 동시에 우리의 관습화된 정서에 즉각적인 호소력을 갖는다.

류영국은 즉각적인 정서유발 효과를 지닌 이러한 말을 「만월까지」 전체에서 놀라울 정도로 풍부하고 다채롭게 구사하고 있다.

> 허물 벗은 게 같던 별당 서방님은 혼인하기 전부터 서리 맞은 구렁이처럼 시들시들하더니 새색시를 맞아들이고 나서부터는 아예 삶아놓은 시래기 같았다. 문밖출입도 하지 않는 서방님이 어쩌다 뒷간에 갈 때 모면 흡사 땡볕에 기어가는 지렁이 같았다.(1-169)

52) 「춘향전」, 완판본, 한국고전문학대계 소설집 1, 명문당, 20P.

'게 같던 별당 서방님', '삶아 놓은 시래기', '땡볕에 기어가는 지렁이' 처럼 명사를 수식하기도하고 '구렁이처럼'과 같이 상태를 수식하는 공식구들이 한 문장에 무려 네 번이나 사용되고 있다. 이처럼 그는 빈번하게 우리의 전통적 정서에 부합하는 표현을 즐겨 구사하고 있다. 우리도 일반적으로 흔히 사용하는 이러한 예를 "만월까지"에서 찾아보면, 월궁에 사는 항아(1-14), 마른하늘에 날벼락 맞을(1-18), 누에 뽕잎 갉아먹듯(1-23), 천둥에 개 뛰어들듯(1-25), 마파람에 게 눈 감추듯(1-44,126), 재갈 물린 말 마냥(1-58), 초학이나 걸린 듯(1-58), 씨암탉 장바닥에 내다 팔듯(1-59), 문풍지에 바람 새어들듯(1-70), 앞니 빠진 호랑이(1-71), 똥마려운 강아지 낑낑대듯(1-103), 대장간 풀무질하듯(1-124) 등과 같은 것들이 있다. 그런데 뽕잎이든, 마파람, 재갈, 씨암탉이든, 문풍지, 대장간이든 모든 말들은 우리의 농경사회에서 전통적으로 공유하고 있는 언어자원들임을 쉽게 알 수 있다.

글은 차갑고 중립적이고 무차별적 이라고 할 수 있다. 종이 위에 쓰인 평면적 활자에 불과한 글은 물론 문채文彩가 있고 어조가 있지만 아무래도 말에 비해 단선적이다. 따라서 감정이나 정서를 여실하게 표현하는 데는 아무래도 제약이 있다. 그래서 여실한 정서를 표출하기위해 구술성의 가미는 불가피하고 이러한 상투적 수식어들이 사용된다고 할 수 있다. 또한 중요한 것은 구술문학의 전통에는 율격이 있다는 점이다. 따라서 구술전통을 추구하는 기술문학은 율문의 정서를 강하게 환기하는 성향을 가지고 있다. 류영국은 이러한 현상, 즉 "춘향전"과 같은 운율적 정서를 상당 부분 자신의 글에 투영하려고 하는 것 같다. 이렇게 하기 위해서 앞에 춘향의 추천 모습에서 나오는 것처럼 펄펄, 점점, 흔들흔들, 문득…문득, 실근실근, 어질어질과 같은 수많은 시늉말이 상투적 수식구와 함께 사용되는 것이다. '무엇 무엇에 무엇무엇 하듯'은 그 사용단어에 따라 강한 정서적 효과를 유발할 뿐 아니라 상당한 율문의 효과도 수반하게 되기 때문이다. 이러한 목적으로 류영국은 「만월까지」에서 일반적 공식구외에도 창조적이고 생동감 넘치는 수식구를 구사한다.

우는 매미 가슴 떨듯(1-11)
파리 앞다리 비비듯(1-11)
사추리에 기름불 달아맨 망아지 뛰듯(1-13)
설사 나서 뒷간 드나들듯(1-26)
개 밥그릇 핥은 그릇 맹키로(1-41)
뒷다리 긁는 척 과부 허벅지 더듬는다고(1-41)
짚수세미 우겨넣고 맥질하듯(1-45)
섬 속의 쥐 검불 쏠듯(1-70)
짚신짝에 당혜唐鞋(1-97)
개 꼬랑댕이 밟는 소리(1-104)
오뉴월 모기가 임금 알어보는가?(1-108)
갈보 계집 거웃에 붙는 사면발이마냥(1-108)
욕심이 족제비(1-112)
개구리 잡아 삼키는 황새목처럼(1-113)
집나간 수캐마냥(1-115)
조각 맞춰 댄 밥상보(1-118)
여물 굶긴 소처럼(1-121)
마파람에 안개 걷히듯, 가을바람에 노루목재 구름 걷히듯(1-130)
모이 찾아 기웃기웃하는 장닭마냥, 소눈깔이 콩밭이나 만난 듯(1-131)
잠자리 잡는 걸음으로(1-138)
가둬 키우던 돼지 풀어줘도 도망하지 못한다(1-142)
길바닥의 풀처럼 밟히고 뜯기고(1-151)
비 갠 뒤의 풀잎새처럼(1-165)
허물 벗은 게, 서리 맞은 구렁이, 삶아놓은 시래기 가닥, 땡볕에 기어가는 지렁이(1-169)
섬 속의 쥐새끼 소리처럼, 속에다 말을 담고 있으면 혓바늘이 선다

(1-171)

쑥떡 먹다 얹힌 벙어리(1-172)

한양골 기방에서 술두루미 모가지라도 쥐었음직한(1-173)

자벌레 알밤 속 파먹듯(1-177)

묵정밭에다 돌콩씨 뿌리듯(1-186)

부엉이 잠덧하듯(1-197)

인절미 먹다 목젖에 콩고물 늘어붙은 것처럼(1-201)

자다가 귀싸대기 맞은 놈 처럼(1-207)

방귀 뀐 큰애기 꼴(1-252)

땡볕에 말거머리 오그라들 듯

4.

앞에서 언급한 바와 같이 여실한 감정과 율문의 정서를 표출하기 위해 판소리에서는 시늉말이 빈번하게 사용된다. 앞에 인용되었던 춘향의 추천사에서도 '흔들흔들', '실근실근', '어질어질' 등 많은 시늉말이 사용되고 있음을 볼 수 있다. 류영국은 더하면 더했지 결코 못하지 않다.

"그렁게로 밑에서는 옹아옹아 자지러지는 소리 허고, 위에서는 어흥어흥 호랭이 개 물어가는 소리 혔을 것 아녀?"(1-67)

"조개젓 사요. 쫄깃쫄깃하고 찔끔찔끔 물 잘 싸는 과부 사타구니 조개젓, 밑에 붙은 입으로 옴죽옴죽 죄어주는 곰삭은 조개젓이요."(1-178)

발췌된 위의 두 대화에서 '옹아옹아'는 우리의 청각을, '쫄깃쫄깃'은 미각을, '찔끔찔끔'은 시각을, '옴죽옴죽'은 촉각을 직접적으로 자극한다. 또한 이러한 겹말들은 문장에 율격의 효과를 가져다주는 역할을 한다. 류영국은 일반적인 의성어, 의태어 등 시늉말을 작중인물들의 대화는 물론 설명적 또는 평가적 진술에서도 즐겨 사용한다. 즉 소곤소곤, 모락모락, 우물우물, 수런수런, 포실포실, 어기적어기적, 실성실성, 시름시름, 얼키설키, 어슬렁어슬렁, 얼금얼금, 시름시름, 반질반질, 사부작사부작, 어른어른, 쉬엄쉬엄, 도란도란, 치렁치렁, 알록달록, 부들부들, 포동포동, 근질근질, 저릿저릿, 흐물흐물, 스멀스멀, 생글생글, 허덕허덕, 어질어질, 부스럭부스럭, 따끈따끈, 오싹오싹, 질금질금, 싱글벙글, 멀뚱멀뚱, 드문드문, 불쑥불쑥, 누덕누덕, 부글부글, 흥얼흥얼, 부리부리, 징검징검, 해롱해롱, 쏙닥쏙닥, 가물가물, 실룩실룩과 같은 말이 작품의 도처에서 반복하여 나타난다.

류영국은 이에 만족하지 않고 잊혀져가는 시늉말, 혹은 거의 창조적이라고도 생각할 수 있는 -필자가 과문한 탓이겠지만- 시늉말을 작품 전체에서 종횡무진 구사한다.

> 무춤무춤(1-16,89), 두세두세(1-16,236), 썬득썬득(1-17,47), 버근버근(1-17,296), 쪼밋쪼밋(1-38), 쭈쩍(1-46,177), 옹송망송(1-60), 날깃날깃(1-87), 찔벅(1-89), 까끌까끌(1-96), 도진개진(1-97), 피실피실(1-98), 실쭉샐쭉(1-99), 웨죽웨죽(1-106), 어정버정(1-107,132,165), 시들푸들(1-112,289), 끄먹끄먹(1-113,303), 초랑초랑(1-122), 사락사락(1-123), 말긋말긋(1-126), 궁싯궁싯, 떼슥떼슥(1-134,317), 휘둘레휘둘레(1-173), 싸드락싸드락(1-190), 끄릿끄릿(1-208), 끄억끄억(1-214), 씨월씨월(1-220), 화릉화릉(1-255), 싹뚝깍뚝(1-256), 후절후절(1-259), 발씸발씸(1-289), 우렁우렁(1-312), 항똥항똥(2-88), 어근버근(2-94), 지망지망(2-138), 꼬댁꼬댁(2-224), 노닥노닥(2-246), 자발자발(2-248), 웨설레웨설레(2-283), 헤싱헤싱(3-66), 아질막아질막(3-115), 찌드럭찌드럭(3-120), 등기적등기적(3-130)

위에 인용된 시늉말들은 죽 읽어만 보아도 저절로 웃음이 번지게 만든다. 이 외의 수많은 시늉말들이 작품 도처에 깔려있다. 이는 구술문학의 전통인 율문의 효과와 함께 강한 정서를 유발하고자하는 작가의 땀의 발로이며 실제로 이들은 생동감 있는 색깔로 문장 속에서 빛을 발하고 있다.

5.

구술전통을 가장 확실하게 보여주는 것은 아무래도 판소리 사설이고 이는 현장에서 연행되는 것임에서 비롯된다. 그렇다면 우리는 연행의 시각으로 구술전통이 내재한 문학작품을 조망하여 그 언술과 구성상의 특징을 살펴볼 수 있다. 이는 발신자의 발화과정에 배경으로 작동하는 여러 가지 역동적인 힘을 드러내어, 그것들이 텍스트와 갖는 관계를 입체적로 조망하는 방법을 취할 수 있다. 어떤 배경적 작용이 없이는 발화행위는 이루어질 수 없기 때문에 발화행위 자체로 본다면 우리가 말하고 쓰는 모든 행동은 하나의 연행이라고 할 수 있다.

문학작품의 발화행위에는 그 배경적 요소로 상호텍스트성과 콘텍스트성이 작용하게 된다. 즉 선행담화와의 관련성과 사회문화적 상황이 배경적 요소로 서로 상호작용을 함으로서 발화행위가 결정되는 것이다. 연행에 있어 화자는 기존의 관습체제 속에서 사용되는 표현들을 선호하게 된다. 즉 화자는 기존의 건넴 말이나 공식 말을 사용하는 것은 물론 정서적 · 주제적 유사성이 있는 선행담화를 인유하는 것이다. 예로 판소리의 문학적 사설의 원천은 시조, 가사, 무가, 민요, 한시, 한문관용어구, 속담, 설화 등 기존의 모든 선행담화들이다. 화자는 이러한 전통 문예양식의 선행담화를 전체 혹은 부분적으로 작품에 견인하였다.

「춘향전」과 같은 경우 기존의 관습적인 언어양식이나 선행담화들을 모두 수용한다. 또한 「춘향전」은 한시구절과 같은 전아하고 고상한 상층의 언어이건, 난잡하고 비속한 하층의 상소리이건 가리지 않고 작품의 언어적 바탕으로 수용한다. 그것들은 상대방을 배척하지 않고 조화롭게 어울리면서 공존하고 있다. 다시 말하자면 한국의 대표적인 구술문학, 『춘향전』은 특정언어양식이나 특정 선행담화에 편향성을 보이지 않고 기본적으로 모든 이질언어조직을 무차별적으로 포용하고 있다.

이제 류영국이 어떻게 다양하고 이질적인 언어조직체를 교직해나가는지 그 양상을 구체적으로 살펴보자.

「만월까지」에는 수많은 기존의 선행담화가 수용되고 있다. 법구경 분노품(1-92), 노자의 도덕경(1-164), 여래십대발원문(2-15), 금강경 이상적멸분離相寂滅分(2-183), 관세음보살 견색수 진언(3-95)과 같은 불경 또는 오경중의 일부가 인용되고 있고, 오방五方 신神을 안위하는 진언(3-26), 해원풀이(3-181), 기우제 축원문(3-273)과 같은 무가, 달구방아타령(1-108,9) 물레타령(1-165), 지신밟기타령(1-253), 밭갈이타령(2-101)과 같은 민요 내지 잡가 등 다양한 구술담화들이 등장한다. 야무유현野無遺賢(1-157), 식전방장食前方丈(1-162), 보원이덕報怨以德(1-163), 삼륜공적三輪空寂(1-164), 호계삼소虎溪三笑, 구미속초狗尾續貂(1-166), 조죽약석朝粥藥夕(2-53), 행운유수行雲流水(2-71), 백리금파百里金波(3-101)와 같은 점잖은 한문 관용어구들도 인용된다. 또한 씻김굿의 자세한 연행 내용, 즉 이슬털기, 영혼말이, 칠성풀이들이 서술되고 지신밟기도 성주굿, 조왕굿, 장독굿, 고방굿, 용왕굿 등으로 그 연행이 순서대로 서술된다. 중을 놀리는 아이들의 돌림노래(1-158)와 같은 속요도 등장한다.

이러한 선행담화들은 작품의 서정성을 확보하기 위해 수용된다. 정서적 상황이 유사하거나 주제가 유사한 선행담화에서 몇 구절 혹은 전체를 인유하여 서정적 장면을 확장시키는 것이다. 무가. 타령 잡가, 민요 등은 서정적 장르에 속하는 것으로 작품에 수용될 때 사건 진행의 촉발과는 무관하다. 따라서 이러한 선행담화들은 상황의 정서를 표출하고 극대화 시키는 것과 직결된다. 이는 판소리에서 청중들이 귀에 익숙한 대목으로 정서적 감흥을 확장하고 나아가 참여 동기를 유발하는 내적 필연성의 구술전통을 답습하고 있는 것과 같다.

판소리에서 인물이 등장하면 으레 그 인물의 복식치레나 인물치레가 장황하게 펼쳐지기 마련이다. 또한 「춘향전」에서 보는 것처럼 춘향집의 후원後苑 사설, 서화 · 기물 사설, 주효 · 기명 사설처럼 사물을 상세하게 묘사하고 있음을 볼 수 있다. 이러한 언술은 모두 정서적 효과를 목적으로 한다. 「만월까지」에서도 유사한 장치들을 발견할 수 있다. 류영국은 해박한 그의 지식을 장황하고 상세하게 서술함으로서 우리의 정서를 끊임없이 자극한다.

> 여자의 바느질 솜씨는 저고리깃하고 버선으로 알아본다. 그러기에 갓 시집온 새색시한테 시어머니는 뜯이버선을 깁게 해서 트집을 잡고 며느리를 풀죽였다. (중략) 이러한 구속을 인내하며 다듬어온 것이 저고리깃이나 버선 수눅에 흐르는 선이다. 그 선들은 가속으로 내리지르는 직선이 아니고 쏟아질 듯하면서도 끝에 가서 산뜻하고 부드럽게 돌아가는 곡선이다. 같은 곡선이지만 저고리깃은 저고리깃답게 버선볼은 버선볼답게 두리뭉실하고 원만해야 한다. 옷에 흐르는 선은 격에 맞게 소리 없이 흐르다가 끝에 가서는 가야금 가락처럼 여운을 남긴다. 아래로 급강하하는 듯하다가 위로 흐름이 있는가 하면, 한없이 위로 뚫고 솟는 듯하다가 구름에 가뭇이 꼬리를 사리고 월궁에선가 흐르는 피리 소리 같은 가락이 은은한 달빛 타고 내려와 풀잎 끝에 맺히는 이슬방울 같은 것이 있다.
>
> 모두가 살아가면서 익힌 순박한 사람들의 생활 예술이다. 밋밋하게 뻗은 산줄기나 강줄기는 우리에게 곡선의 예술을 그렇게 가르쳤다. 질박하기만 한 질그릇의 곡선을 비롯해서 지붕의 용마루나 처마 끝의 부연, 저고리의 배래기, 바리 밥그릇, 심지어 똥오줌 담는 요강 단지에 이르기까지 그러한 곡선이 흘러내린다. 살점저미는 슬픔이나 그리움, 뼈마디 쑤시는 괴로움 다 쓸어서 여며넣는 곡선이다. 그 곡선은 누대를 내려오면서 깎고 갈고 다듬어

온 것이라서 아무리 더듬어도 모진 데 하나 없고 잡히는 거스러미도 없다. 울음이 솟구쳐도 해반한 곡선의 웃음으로 지그시 눌러 참고 살아온 여인상이 그러하다.(2-241,2)

긴 문장을 인용한 것은 이 부분이 「만월까지」의 백미가 될지 모른다는 필자의 생각에서이다. 물론 위의 문장은 서사적 핍진성이나 유기성의 시각에서 본다면 장황한 수식에 불과할 뿐이다. 중인댁이 며느리의 손놀림을 흘겨보는 것으로 서사의 진행은 이미 완수되었기 때문이다. 이 긴 사설은 저고리와 버선에 나타나는 한국 특유의 선에 대한 작가의 미학적 설명문이다. 이처럼 민족의 곡선에 대하여 서정적으로 서술하는 작가는 없었다. 심지어 이런 분야의 전공자들인 미학, 민속학계의 어떠한 학자도 저고리와 버선에 흐르는 곡선의 미학을 자세하게 설명한 이는 없었다. 특히 버선에 대한 류영국의 애정 어린 시선은 다른 장에서도(2-113) 길게 서술되고 있다.

이러한 설명형식이 아니라 작품에 등장하는 인물들의 대화 내에서도 작가는 그의 박식을 드러낸다. 예로 길쌈이 서툰 며느리가 입에 물을 물고 뿜어가며 베를 짜지만, 날씨가 한건寒乾한 탓으로 자꾸 베의 날실이 끊어져서 바디치는 소리가 멈추자 시어머니가 며느리에게 지청구를 하는 대목이다.

"야, 이 오사 육시를 헐 년아. 눈썹노리를 바싹 취켜올려 줘야 날실 가닥이 입을 짝 벌리지, 씹가랭이마냥 좁은 틈새기다가 억지로 북만 쑤셔넣을려고 허니 실이 안 끊어지겄냐? 아이고, 호랭이 물어 가네. 아니, 베틀신은 뭣 때미 신었어? 발모가지를 바싹 뒤로 댕겨서 잉앗대를 들어 올려야 날실 가닥이 짝 벌어지지. 오사 서를 빼고 있네. 바디집을 잉아실까지 바싹 밀어 올리랑게. 그려야 북이 쑥쑥 들어갈 것 아녀? 말코를 풀어서 부티끈부터 바싹 졸라매고 눌림대에 심이 가야 베올이 팽팽혀. 최활도 씨올 간 디까장 다시 꽂고. 아이고, 니년 베짜는 것 가르칠라다가 내가 지레 죽겄다. … 아이고, 호랭이 물어가네, 저 도투마리에 거품 생긴 것 조깨 봐. 크게 가심앓이 허겄는디. 그렁게로 베 맬 때는 팽팽히 댕겨서 도투마리를 감어야 한다고 안허데. 이 서를 빼 년아. 밑에 베올이 헐거서 그려. 그렁게로 베 맬 때 벱댕이도 자주 넣고 끄실코에다 무거운 돌을 올려놓는 거여. 아이고, 참말로 소캐로 가심 찧겄네."

잉앗대, 잉아실, 북, 말코, 부티끈, 눌림대, 최활, 씨올, 도투마리, 뱁댕이, 끄실코 등 베짜는 전문용어가 이 지청구 한 마디에 모두 들어있고 독자로 하여금 베틀 앞에 서서 구경하고 있는 것처럼 베 짜는 행위가 상세히 묘사되고 있다. 혹 다른 평자는 이러한 상세한 묘사가 실상과는 괴리된 수식이고 서사적 사건의 초점이 분산될 것이라고 말할지 모른다. 그러나 류영국은 사건 상황과 무관한 선행담화를 견인하는 것만은 아니다. 「만월까지」의 서정적 장면들은 정조情調적 측면이나 주제적 측면에서 사건 상황과 밀접한 유대관계를 가지고 있다. 더욱이 중요한 것은 우리가 하나하나 베 짜는 방법을 방에 들어가 직접 구경하고, 혼내는 시어머니와 그 앞에서 머리를 수그리고 있는 며느리도 함께 구경하는 것이다.

구술문학은 상층취향의 언어와 하층취향의 언어를 망라한다. 양반계급이나 지식층이 향유했던 도덕경이나 금강경에서부터 서민 계층이 향유했던 무가나 잡가, 비속어에 이르기까지 모든 관용적 선행담화가 등장한다. 이는 등장인물들의 대화에서도 예외가 아니다.

"이 오사 썩어 죽을 년아(1-35), 이 간을내어 회쳐 먹을 년(1-35), 이 노내기 회쳐 먹을 년(1-36), 이런 문둥이 콧구녁 같은 년(1-46)", 행동이 느리다고 "곰 밑구녁에서 나온 년아(1-46)"

"내가 이 개백정놈을 언지라도 잡아 뜯어먹을 거여. 좆을 끊어서 회쳐 먹을 놈 그놈, 부자지가 썩어서 쉬 실을 놈. 그놈이 지 오매도 붙어먹었을 것이구만."(1-120)

"여자 아랫배하고 집터는 꼭꼭 다져줘야 하는 거여."(1-109)

"그집 봉창으서 철벅철벅험서 간간이 부엥이 소리도 새어나오고 들을 만 허드만 그려"(1-109)

이런 상욕설과 걸쭉한 음담패설은 작품의 도처에 깔려있다. 그런가하면 고상한 대화나 전아한 담론도 적지 않다. 별당마님이 자결한 후 찾아온 친정 동기간들과 서방님과의 대화는 그야말로 문자속이다.

"未亡守節이라니 자고로 구설이 많은 법인데…. 구설口舌을 꾸미자면 달밤에 창호지를 스쳐가는 雁行의 그림자만으로도 화제話題가 되거늘 치상(治喪) 후에라도 뒷소리나 없어야 고혼이 편히 잠들 것입니다만…."
"寒梅孤節에 어찌 누가 있겠습니까. 상심 마옵소서."(1-62,63)

또한 스님이 된 아들이 사나운 어머니에게 점잖게 훈수하는 대목도 마찬가지다.

"파리 한 마리가 날개를 치고 다녀도 온 고을에 바람이 이는 법입니다. 우선 잠덧하던 아이가 깨겠지요. 아이가 깨면 집안일을 못 한다고 어머니가 짜증을 낼 것이고, 그러다 보면 부부싸움 아니면 집안싸움이 됩니다. 집안싸움에 어찌 동네 속이 편하겠습니까? 한 사람의 입에서 나오는 화기가 이렇게 큰 불이 됩니다."(1-93)

위와 같은 이질적인 언어의 혼재는 배척과 질시가 아닌 어울림의 정신과 통한다. 이러한 배타적이 아닌 자유개방적인 정신은 마치 다원화된 청중 앞에서 어울림의 정신을 열창하는 판소리의 창자의 모습을 느끼게 한다. 사실 판소리의 음악적 정서는 신분계층의 차별화가 두드러지지 않는다. 이는 숙명적인 신분차이에서 야기되는 증오와 원한의 매듭도 결국은 풀려야 한다는 작가의 사유와 등가를 이루고 있다.

작품에 다양하게 견인된 선행담화들은 독자의 예술적 심미안과도 쉽게 영합한다. 인유된 구술가창물들이 판소리의 음악적 영역을 확장해주는 것은 그 다양성과 광역성에 기인하는데 이것들은 청중의 귀에도 친숙한 것들이다. 마찬가지로 「만월까지」의 염불에서 타령까지의 갖가지 선행담화들도 우리의 삶 속에 녹아들어 있던 것들이다. 모두에게 친숙한 이러한 서정적 사설들은 그만큼 정서적 호소력과 설득력을 가지게 되고 참여를 유발하는 동기로 작용하게 되는 것이다.

6.

「만월까지」의 서사구조는 3권으로 나누어지고 그 아래 21장의 하위단위로 구성되어 있다. 각 장은 다시 몇 개의 서사단위로 세분되면서 복합적인 서사가 전개된다. 주인공의 가족 이야기가 전체적인 골격을 이루지만 수많은 민초들의 삶의 부침과, 그들의 만남과 헤어짐에 대해 그 경위와 과정이 소상하게 그려진다. 그리고 그 사이사이에는 인과의 연결고리가 서로 묶여진다. 많은 개울이 흘러들어 강물이 되듯 연결고리가 되는 많은 곁가지 이야기들이 얽혀져 총체적 서사구조를 만들어 나가는 것이다. 판소리의 창자는 이러한 긴 이야기를 아니리와 창으로 형상화한다.

류영국도 판소리의 창자처럼 인물간의 대화와 독백을 제시하기도 하고 상황 설명과 함께 자신의 논평을 가하기도 하면서 서사를 풀어 나간다. 위의 예들처럼 서사진행 과정 중에 많은 이질적 담화를 견인하여 서정을 환기시킨다.

그런데 작가는 서사를 풀어나가며 궤도를 벗어나는 일탈을 보이기도 한다. 판소리에서도 자주 일탈적 서사를 추구하는 것을 보게 되는데 이는 골계적 웃음을 유발하기위해서이다. 특히 상층담화가 격하되어 하층담화와 교류하는 대화로 많은 부분이 웃음을 위해 확장된다. 예로 춘향전에서 "元은 亨코 貞코 춘향이 코는 딱 댄 코…"같은 경우 점잖은 '주역'이 '춘향이 코'로 희화화된다. 이런 어희語戱는 '送君南浦不勝情'과 같은 전아한 한시구절이 '투정', '방정'과 같은 속어로 패러디되는 경우도 마찬가지이다.

"아니, 자네들 참말로 옥문열고 손님 지달린다는 것 몰라?"
"옥문열고 지달리는 지집 있으면 안내 조깨 허쇼. 조개젓 국물 나올 때까지 절굿굉이로 쿡쿡 찧어줄 텡게로."(1-65)

발음이 같은 옥문獄門을 여성의 성기인 옥문玉文으로 비하시키고 있다. 이러한 엉뚱한 대답이 노리는 효과가 바로 골계적인 웃음이다.

"정 참읜가 개똥 참읜가".(1-157)

지방의 양반 벼슬인 참의參議는 발음이 비슷한 개똥참외로 비속화된다. 판소리를 청중들이 즐겨 들었던 근본요인은 정서적 감흥과 이야기의 흥미에 있었다. 흥미를 유발하는 것이 바로 웃음의 장치인데 이는 구술문학에 가장 중요한 특징 중의 하나이다. 류영국은 이를 극대화하기위해 여러 방법을 동원한다. 그는 설명적 서사에서도 웃음을 만들어 낸다.

> 쉬어터진 보리쌀을 훔쳐 먹었던지 다복솔 뒤로 들어가더니 광목가닥 찢어지는 소리가 나면서 개 대가리에 사태가 나게 설사를 하는데, 마파람에 묻어오는 그 냄새라니. 쉬파리가 달려들다가 기겁을 하고 도망할 지경이었다.(3-74)

설사 소리를 '광목가닥 찢어지는 소리'로 듣는 작가의 상상력은 정말 대단하다. 우리는 이 소리를 들으며 웃음을 참을 수 없다. 더구나 설사를 하는 장본인은 스님이다. 불도를 닦는 점잖은 스님이 광목 찢어지는 소리를 내는 이 장면은 웃음을 유발하는 장치 중 압권이 아니라 할 수 없다.

이외에도 열거하기 힘들 정도의 웃음이 있다. 판소리의 창자가 가끔 긴장된 목을 풀며 이와 같이 골계적 대목으로 한바탕 웃음을 선사하는 것처럼 류영국은 서민들이 만들어내는, 때로는 생생하고 발랄하며, 때로는 우직스러운 웃음으로, 우리에게 새로운 미적 체험을 하도록 만들고 있다. 연행 현장에서의 창자는 웃음을 통해 청중들과 친화를 도모하고 청중을 한 동아리로 묶는다. 웃음을 통하여 청중은 삶의 질곡으로부터의 심리적 카타르시스를 함께 체험하기 때문이다. 독서 중 자주 웃음을 터뜨리며 작가가 판소리 연행현장의 창자와도 같다는 느낌을 우리가 갖게 되는 것도 이 때문이다.

7.

「만월까지」의 서사적 진행은 일직선상의 진행방식이 아니다. 장황한 서정적 대목들이 수시로 동원되고 웃음을 위한 서사적 확장의 일탈이 있다. 이런 곁가지들은 판소리가 끊임없이 변화의 마디를 조절함으로서 정서적 전환을 시도하는 것과도 같은 이치이다. 이처럼 작품은 서정성과 서사성의 언술이 복합적으로 교직되고 있다.

「만월까지」는 곁가지 이야기들이 서로 연결고리가 되어, 완급을 조절하며 진행되어 가는데 이러한 평면상의 진행을 입체화 시키는 것이 '극성'이다. 창자의 인물 모방충동에서 판소리의 극적언술은 비롯된다. 이러한 모방충동은 억양, 고저장단, 음색 등 말 자체의 역동적 속성 뿐 아니라 표정, 동작의 초언어적 수단으로까지 강화된다. 사건상황 속의 인물의 의식을 공유하고 그 인물의 감정 속으로 자신의 감정을 이입시키기 때문에 판소리의 등장인물들은 생생하게 살아 꿈틀거리는 것이다. 창자가 사건 속에 참여하여 직접 등장인물처럼 발화할 때 객관적 서술자의 역할은 불필요하게 된다. 연극에서처럼 등장인물은 자신만의 언어로서 스스로 발화하는 '극성'이 나타나게 되는 것이다.

> "아니, 엄니는 언제까지 이럴 거요? 참말로 메느리 못 잡어먹어서 한이 맺혔는개비어."
>
> "무엇이 어쩌고 어쪄? 메느리 못 잡어먹어서 한이 맺혔다고? 그려. 나 늬 지집 못 잡어먹어서 한 맺혔다. 그렇게 어쩔티냐? 나를 내 쫓는다는 말여?"
>
> "무신 말을 또 그렇게 혀요? 어린애 업고 이 무거운 것을 어떻게 이어 날러요?"
>
> "허이고, 지집생각 참 귀역질나게 허네. 야 이 창시에다 쉬 실을 놈아. 나는 니들 업고 부소매도 이어 날렀어. 나무도 혀다 때고. 늬 동생 방에다 가둬놓고 지게질도 혔단 말여. 그렇게 살었어."
>
> "그렸다고 메느리한티 그런 일을 시켜야만 허는가요?"
>
> "뭣이 어쪄? 그러닝게 양반집이서 데려온 공주님한티는 그런 일 못 시킨다 이 말여? 우리 집은 양반집 아녀. 춘헌것들은 츤허게 일혀야만 살어." (3-105,106)

아들과 어머니가 말다툼하는 이 대목에는 사건의 상황을 설명하는 객관적 서술은 전혀 개입되지 않는다. 한마디로 위의 장면은 극적대화의 재현이다. 작가는 등장인물 속에 자신의 감정을 이입시켜 그들을 실제 인물과 같은 부피를 준다. 이러한 대화 장면은 작품의 도처에서 나타나는데 특기할 사항은, 각 인물들은 각각 자신의 연령과 신분과 성격에 걸맞은 언어로써 말하고 있다는 것이다. 중인댁의 발화에는 언제나 질펀한 욕설과 사투리가 깔려있다. 위의 두 모자의 대화에서도 우리는 농촌에 사는 서민들의 하층담화의 전형을 보게 된다. 이것은 바로 판소리라는 구비 서사적 연행물이 가지는 특성에서 기인하는 것으로, 즉 판소리가 지닌 모방충동에서 비롯되는 것이라 할 수 있다.

"만월까지"에는 수많은 남도사투리가 다채롭게 인용된다. 우리도 귀에 익숙한 츤헌(천한), 똥구녁(똥구멍), 맹키로(처럼), 하닝게로(하니까), 시상(세상)과 같은 사투리 뿐 아니라 지금은 거의 잊혀져 가는 불 써라(불켜라1-10), 대간헌디(피곤한데1-13), 가상(가1-22), 쇠아치(송아지1-110), 인자(이제1-111), 쪼간(이유1-137), 깁디끼(깁듯이1-140)와 같은 방언들이 대화중에 반짝인다. 물론 그 발음으로 대충 뜻을 이해할 수 있는 숭악(1-188), 씨잘디(1-301), 지릅뜬(1-18), 깨구락지(1-48, 69), 싸게싸게(1-67), 뿌랭이(1-154)와 같은 사투리들도 작품에 널려있다.

같은 맥락에서 류영국은 먼지 속에 숨어있던 수많은 고유어, 토속어를 건져내어 작품 전체에서 종횡무진 구사하는데, 작품 '1권'에서만 뽑아도 어휘들의 잔치는 풍성하다.

> 가암하게(1-13), 고공살이(1-14,231), 뜨막해지다(1-16), 겨끔내기(1-18), 부실목(1-19), 콩소매(1-21), 천봉답(1-24,42), 잔자누룩해지다(1-26), 버성기다(1-30), 희부윰해지다(1-32), 바지개(1-34), 거적때기(1-35), 도리소반(1-39), 띠다랭이(1-40), 발채(1-40), 엉그름지다(1-41), 별똥배미(1-41,84), 삿갓배미(1-42), 간잔지런한(1-48), 고봉밥꼭지

(1-49), 무르춤하다(1-50,61), 어섯눈(1-50,62), 푸새나무(1-50), 항뚱거리다(1-58), 아갈잡이(1-60), 동자아치(1-60,186), 반빗아치(1-60,186), 나분대다(1-61), 방 소쇄(1-61), 덩덕새머리(1-61), 어스름발(1-63), 악소패(1-64), 장주릅(1-64), 발피(1-64), 사다듬이(1-65), 아금받게(1-69), 이엉일(1-89), 기스락(1-89), 가풀막지다(1-94), 너덜겅이(1-94), 비대발괄하다(1-103), 고래실논(1-103), 우렁배미(1-104), 모춤(1-107), 달굿돌(1-108), 배내기(1-110), 멧갓(1-111,277), 깍짓손(1-111), 들메끈(1-114), 홀태질(1-114), 해토머리(1-115,117), 보리거스러미(1-117), 마장스럽다(1-117), 사품(1-118), 엄지머리(1-118), 사발잠방이(1-118), 땀등거리(1-118), 희읍스름하다(1-124), 허든거리다(1-124), 찍수그려붙이고(1-125), 이엉(1-125), 동부레기(1-126,133), 보리누름(이 들 때)(1-126), 워낭(1-127,134), 발싸심, 깨방정, 용천지랄(1-129), 정중걸음(1-130), 목매기(1-133), 모시가리, 삼가리(1-135), 가잠나룻(1-137), 짚초리, 이바지, 저마직(1-141), 고자누룩해지다(1-160), 그리메(1-165), 강그러지다(1-168), 끄시랑(1-168), 마장스럽다(1-171), 겨끔내기(1-174), 엉너릿손(1-175), 소 영각(1-178), 무르춤하다(1-214), 어정칠월(1-215), 시월공달(1-218), 가직잖다(1-191), 어리뜩하다(1-207), 검북데기(1-222), 으등거리다, 시장스럽다(1-229), 곱장리(1-240), 채롱(1-241), 무렴하다(1-252), 낫세, 수리목(1-253), 사발잠방이(1-255), 잉걸불, 개상질(1-262), 얼터귀, 해거름판, 벌달음질(1-271), 잇바디(274), 어덕 입다(1-284), 악머구리(1-288), 옴더깨(293), 감때세게(1-294), 작두날 사북(303), 냉갈령(1-316),

우리는 위의 어휘들 중 제대로 이해하고 있는 것이 얼마나 있는가. 이 밖에도 농사와 관련된 전문용어, 무속용어, 불교용어, 백정사회의 용어들이 그 다채로움을 더한다. 논을 말하는 다양한 어휘가 한 예가 될 것이다. 우렁배미, 반달배미, 장구통배미, 텃논배미, 넓적배미, 공알배미, 삿갓다랑이, 삿갓배미, 천봉답, 띠다랑이 등. 이러한 모든 말은 주인공들의 신분과 직업의 특성, 그리고 그들을 에워싸고 있는 전통적 농경사회의 환경과는 떼어서 생각할 수 없다.

구술적 연행물이 지닌 특성으로부터 기인하는 판소리의 모방성은 우리 국문소설 발달사상, 구어체 문장을 실현시킨 주체자로서 커다란 의미가 있다고 할 수 있다. 문어체 소설은 기록문학이 지닌 서술 충동에 충실하다면 구술전통을 가진 판소리 소설은 모방 충동에 더 충실하다. 이런 점에서도 「만월까지」는 우리의 구술문학 전통의 지평에서 그 뚜렷함을 더하고 있다.

8.

지금까지 필자는 「만월까지」가 내포하고 있는 구술전통을 다각도로 논증하고자 하였다. 이 작품에는 친화력의 언술인 '말 건넴', 독자의 재고반응을 겨냥한 공식 말, 여실한 감정과 율문정서를 위한 시늉말이 다양하게 구사되고 있다. 또한 선행담화를 견인하여 작품의 서정성을 확보하고 골계적 웃음을 추구함으로 작품의 재미를 더하고 있으며, 또한 평면상의 서사적 움직임을 입체화 하기위해 극성이 도입되고 있다. 이러한 여러 가지 언술은 구술문학 전통의 백미라고 할 수 있는 판소리와 비교 분석됨으로서 이 작품이 그 계승 선에 위치함을 알 수 있다.

물론 이 작품에도 옥의 티들이 산견된다. 예로 서사 진행상 경오와 상희 같은 인물들은 서사진행 중 어떤 중요한 역할을 할 것이라는 예단을 갖게 하지만 어느 사이 사라진다. 특히 작품 후반에 등장하는 노회하고 약삭빠른 최갑철은 주인공의 장애인물로 상당한 서사적 갈등을 초래하는 역할을 할 것으로 긴장되었으나 그도 없어지고 만다. 이는 플롯의 정치精緻성의 문제이다.

또한 특별한 인물이나 상황을 서술할 때 상투적 표현이 반복되는 점이다. 판돌네의 눈을 표현할 때는 의례 '오려 붙인 듯 또렷한 검은자,'

하얀 바탕에 까맣게 오려 붙인 눈동자'와 같은 말이 사용된다. 염탐하는 사람을 느끼는 주인공은 반드시 '속눈썹이 간지러웠다', '속눈썹을 간질이는 것만 같다', '속눈썹이 간질간질했다'라고 느끼는데 이러한 특수하고도 반복적인 표현들은 조금 껄끄럽다. 그러나 이런 옥에 티는 작가가 "만월까지"에서 발휘한 문학적 미학의 성과에 비하면 별 것도 아니다.

소설공간과 등장인물이 한 농촌마을의 공간에 한정되어 있다는 점은 오히려 이 소설의 또 다른 미덕이다. 다른 장편소설들이 경성으로 만주로 공간이동을 하면서 새로운 인물들을 등장시키고 새로운 이야기를 생성해내는 것은 신문이나 잡지 연재를 마냥 이어가기 위한 수단으로 밖에 보이지 않는다.

구술전통을 고스란히 간직한 류영국의 「만월까지」에 1억의 상금이 헌상된 것은 당연하다.

제 4 부

비움 끝에 채워진 향기 — 이용찬

화촉불 찬 바람에 흔들리는 신혼의 어느 붉은 방

나비장 나무 무늬결을 흔들고 나온 노오란 나비 두 마리가

서로 들러붙은 채 방바닥 위에서 날개를 파닥이고 있다

나비는 죽어서도 물결 같은 제 날갯짓을 잊지 않았다

— 김세형 시 「나비장 2」 중에서

비움 끝에 채워진 향기
— 누구나 지녀야 할 「녹색수건」 한 장

1.

우리의 삶과 가장 가까이 있는 문학이 수필이다. 그 것은 먼데 있는 것이 아니라 바로 우리의 일상과 함께하고 있는 것이다. 그런데 자신이 직접 체험한 삶의 편린들이 글의 바탕이 되게 됨으로 아무래도 신변잡사, 개인사, 가족사 등이 글의 중심이 될 수밖에 없는데 이는 수필문학의 한 속성이 아닐 수 없다. 물론 개인적인 삶의 양태는 많은 차이가 있겠으나 인간의 희로애락, 오욕칠정의 느낌과 그 표현양태는 대동소이하다. 특히 신변잡사는 깨어나 일하고 먹고 자는 우리의 하루일과가 크게 다르지 않듯 대개 유사성을 띄게 마련이며 이를 그대로 기록한다면 말 그대로 일상을 '그대로 기록한' 신변잡기일 뿐 새로운 의미와 가치부여를 통한 미학적 창조물인 문학과는 거리가 있다.

그럼에도 다수의 수필작가들이 '수필隨筆'이란 말의 뜻 그대로 '붓 가는대로' 글을 쓰고 발표하고 있다. 그러다 보니 어느 정도 문장력을 갖춘 사람이면 누구나 쓰는 글이라는 오해가 발생하고 최근에는 타 장르의 문인들도 별 생각없이 자신의 장르 외의 여담들을 모아 수필이라는 이름으로 발표하고 있다. 심지어 문학과는 거리가 먼 정치, 경제, 연예인들까지 잡다한 글을 쓰고 이를 버젓이 수필이라고 행세하며 출판하는 것도 흔히 볼 수 있는 사실이다. 이런 경우 대개는 자신의 삶의 기록과 그에 대한 견해 정도에 그치게 됨으로 진부하다는 평에서 벗어 날 수가 없다. 이런 까닭에 많은 수필집들이 소재와 주제가 엇비슷하고 신변잡기 중심이어서 가게에 나란히 진열된 상품과도 방불할 지경이다.

근래에는 다양한 문예지와 수필문학 전문지가 양산되었다. 그 결과 수필문학이 대거 활성화된 것이 사실이다. 그러나 발표지면의 급격한 팽창은 오히려 질적으로 낮은 많은 수필가들이 발표할 지면을 확보하게 하였고 따라서 맑고 순수한 수필문학의 정신이 퇴색하게 된 사실도 주지하는 바이다.

조금은 어둡고 무거운 문제를 가지고 글을 시작하였다. 그러나 이는 우리 문인들이 공통적으로 느끼는 문제일 것이며 이를 극복하는 것이 수필문학의 중요한 과제라는데도 동의할 것이다. 따라서 이용찬의 수필 『녹색수건』을 분석함에 있어 이 과제를 주요 담론으로 견지하고자한다.

2.

작가는 책머리의 「향기가 있어야」라는 글에서 자신의 근황과 창작태도에 대해 몸을 낮추는 겸손의 말을 하고 있지만 글은 '숨을 쉬는 생물'이며 '읽는 사람이 향기를 느껴야한다'고 글쓰기에 대한 그의 인식을 피력하고 있다. 이러한 인식은 작가의 전편 수필집 『또 바람이 부는구나』의 서문에서도 뚜렷이 나타난다. 그는 이 글에서 작품의 진정한 구성분자는 '세월이 흐르면서 반추되고, 소화되고, 의식 속에 침잠해 있다가 신의 계시처럼 갑자기 현시'되는 것이라고 주장한다. 일견 이 두 주장은 다른 것처럼 들리기도 하지만 실상 창작태도에 대한 진정성이라는 작가의 일관된 인식에 다름이 아니다. 작가는 즉흥적 신변잡기를 경계하며 시간 속에서 반추되고 소화된 후에야 향기가 나는 글이 현시 될 것임을 말하고 있는 것이다. 이는 그가 수필이 독립된 문학 장르이며 따라서 뜨거운 열정과 거듭된 고민 후에 씌어져야하는 것이라는 확고한 인식을 가지고 있음을 알 수 있다. 그의 이러한 창작태도는 이번 수필집의 작품 전체에서 일관하고 있지만 대표작의 하나로 간주되는 「소 이야기」를 예로 들며 살펴보자.

다른 작품들도 마찬가지지만 작가는 현실과 과거, 과거와 현실을 교차시키면서 작품을 구성하는 독특한 글쓰기 스타일을 보인다. 작품은 농가에서 소가 가지는 사회적, 경제적 의미, 그리고 농촌의 자연과 소가 어우러지는 평화롭고 정겨운 풍경을 서술하며 전개된다.

> 키 큰 포플러 위로 솜 같은 뭉게구름이 한가롭게 흐르는 맑은 시냇물 가에 새끼를 거느린 소가 조는 듯 세월을 반추하는 모습, 그래서 사라져가는 고향이 더욱 아련하고 그리운 것인지 모른다.

짙은 서정성으로 독자를 고향의 풀밭으로 인도하던 작가는 이어 유년시절 본인이 직접 체험한 소에 관한 특별한 기억들을 소개한다. 그는 잊혀져가는 이러한 체험을 어떤 사명감을 가지고 정확하게 기록하려고 하는 것 같다. 특별히 우리의 눈길을 끄는 것은 작가의 사물을 포착하는 예리한 관찰력이다. 그는 구유와 쇠말뚝에 대해 자세히 서술하기 시작하는데 그것들을 만드는 재료, 위치 그리고 그러한 이유까지 말하고 심지어 '모깃불은 소와 사람들의 중간쯤에 위치'하는데 이는 사람들이 '소가 모기에 시달릴까 배려한 것'이라는 데까지 설명을 붙인다. 그는 소의 짝짓기와 그 때 목격한 소의 웃음, 이어 임신과 출산에 대해서도 정확한 시각으로 묘사한다. 그의 날카로운 관찰은 우리가 현장에서 소의 출산을 직접 목도하게 하는 것 같다.

> 농번기가 지나 잠시 한가한 여름이 무르익을 즈음이었다. … 그날도 소는 동구에 있는 느티나무 그늘에서 축구공처럼 팽팽하게 부풀어 오른 배로 인해 숨을 헐떡이면서 본능적으로 반추를 하고 있었다. … 소가 서있는 채로 출산이 시작 된 것이다. 뱃속에 있는 송아지의 앞발목 두 개가 이미 어미소의 밖으로 나와 있었고 어미소가 힘을 주면 발목이 조금 더 나오다가 다시 들어가는 것이었다. 내가 보기에도 어미소는 매우 힘들어하고 있었고 지친 듯 보였다. … 일꾼이 화급하게 점심용 찬밥이 그득 담긴 대소쿠리와 큰 양동이를 가져왔고 거간 할아버지는 옆개울에서 물과 밥을 양동이 가득 섞었다. 그리고 그것을 암소에게 먹도록 했다. … 두 양동이를 먹은 소는 기력을 회복했는지 송아지를 낳기 시작했다. 소가 몇 번 힘을 주자 앞발이 나오고 송아지의 머리와 몸통이 나타났다. 새끼는 끈끈하고 투명한 막에 쌓인 채 어미의 몸에서 빠져나와 땅에 미끄러지듯 떨어졌고 이어서 어미소는 새끼를 혀로 핥기 시작했다. 앙증맞은 송아지의 부드러운 털이 어미 소의 혀 자국을 따라 들어났다. 몸에서 물기가 채 마르기도 전에 송아지는 비실거리며 몇 번을 시도한 끝에 일어섰고 바로 어미의 곁으로 가더니 젖을 찾는 것이다. 불과 1시간 남짓한 일이었다.

위의 인용문에서는 출산 당시의 다급한 상황과 그 과정이 단계별로 생생하게 포착되고 있다. 소는 서서 출산을 하고 그 과정은 앞발, 머리, 몸통의 순서이다. 새끼는 태어나 스스로 일어나고 바로 젖을 먹기 시작하는데 이 전 과정이 약 한 시간쯤 소요된다. 힘들어하는 어미소에게는 먹이로 기력을 회복시켜 출산을 도와야한다. 이것뿐이 아니다. 작가의 빈틈없는 시각은 바쁜 와중에서도 주위상황 어느 것 하나도 빠뜨리는 게 없다. 때는 이른 여름이고 장소는 동구이다. 동구에는 느티나무가 있으며 그 옆에는 개울이 흐르고 있다. 또한 냉장고가 없던 시절의 여름철, 아침밥을 많이 지어 점심에 먹을 밥은 '대바구니에 담아 시원한 살

강이나 마루의 선반 위에 삼베보자기로 덮어두던 농가의 생활풍습도 '찬밥이 그득 담긴 대소쿠리'로 작가는 소의 출산 과정과 함께 재생해내고 있다.

수필은 시, 소설, 희곡 등 픽션fiction과 달리 논픽션nonfiction이다. 따라서 허구가 아닌 사실적 체험을 진솔하게 드러내어야한다. 수필 쓰기는 작가의 삶과 인생을 '진실의 거울 앞에 비춰 보이는 행위'라고 한다. 그러므로 수필은 진실이 바탕이 되어야 하는 것이다. 이용찬은 이점에서 부족함이 없다. 사물을 보고 묘사함에 있어 적당주의는 그에게 통하지 않는다. 그는 모든 글에서 예리한 관찰력으로 사물을 보고 그것을 진실 되게 기록한다. 위의 인용문이 그런 예라 할 수 있을 것이다.

그렇다고 해서 그가 일반 사실의 객관적인 서술에만 충실한 것은 아니다. 그는 대다수의 독자가 체험하지 못했던 세계, 혹은 잊어버리고만 세계를 새롭게 펼쳐 보임으로서 흥미와 호기심을 유발하는 동시에 신선한 감각을 선사한다. 위의 인용문 하나에서도 '대소쿠리'나 '양동이' 같은 우리 주위에서 사라져가는 사물의 이름을 구사하고 또한 '축구공처럼 팽팽'한 부풀은 배의 비유, '미끄러지듯 떨어'지는 출산의 모습, '앙증맞은' 송아지의 형용, '비실거리며' 일어나는 새끼의 동작 등이 소 새끼 낳는 걸 본 일이 없는 수많은 독자에게 당시 현장을 생생하게 전달하고 있다.

작가는 이어 송아지의 젖떼기, 어미와의 격리 그리고 시장에 팔려가는 어린 송아지가 어미와 애절하게 작별하는 모습을 매우 서정적으로 그려낸다. 비록 짐승의 이야기지만 신산한 우리 인간의 삶을 보는 것 같아서 가슴이 뭉클해지는 대목이다. '밤낮없이 애태우며 울어대던 어미가 진정이 되고 사람들도 팔려간 송아지의 몸값으로 만져 본 목돈의 사용처를 놓고 고민할 때쯤이면'과 같은 미문은 뛰어난 서정소설의 한 대목을 읽고 있는 것 같다. 바로 이러한 점에서 이용찬의 글이 신변잡기와 같은 수필과는 크게 거리를 두고 있고, 정확한 기록에 문학적 감동을 더하는 창작태도를 보여주고 있다하겠다.

작가는 소를 부리는 장치인 고삐와 코뚜레에 대해서도 연민의 눈초리를 보내며 상술하고 있다. 그는 코뚜레를 뚫는 것을 소가 '일생을 굴종의 세월로 살아야하는' 의식으로 본다. 이 잔인한 의식은 소에게 '일생일대의 억울함이며 무엇과도 비교할 수 없는 아픔'이다.

> 껍질을 벗기고 매끄럽게 다듬은 노가주나무의 둥그레한 코뚜레를 오른손에 든 거간 할아버지는 기회를 포착하기위해 잠시 뜸을 드리고 있었다. 어른 손가락보다 약간 굵은 노가주나무의 한쪽 끝은 예리하게 깎여 있었다. 할아버지가 코뚜레용 노가주나무를 고추 세웠다고 생각되는 순간 나무의 끝이 두 개의 송아지 콧구멍사이에 있는 막을 뚫고 들어갔다. 찰나에 일어난 상황이었다. 짧고 격한 송아지의 비명과 저항의 몸부림이 일어났으나 사람들의 물리적인 억압으로 옴짝하지 못했고 할아버지는 빠른 동작으로 둥글게 코뚜레의 양끝을 묶어버렸다. 삼으로 만든 끈으로 단단하게 묶고 나자 송아지는 조금 전의 자유로웠던 모습에서 둥근 고리를 코에 낀 다른 모습으로 변했다. 억지로 살이 뚫린 송아지의 코에서는 붉은 피가 흘러내렸고 큰 눈이 겁에 질려 있었다. 코뚜레는 속박과 부자유의 상징인 것이다.

소 출산 과정의 묘사보다 박진감이 더 했으면 더 했지 못하지 않는 탁월한 묘사이다. 정확한 상황포착으로 잔인한 코뚜레의 과정이 소름 끼칠 정도로 생생하다. 특히 어리고 순한 송아지 콧구멍 사이의 얇고 연한 코청을 날카롭게 깎은 '어른 손가락보다 굵은 나무'를 가지고 단번에 뚫어버린다는 대목은 강한 연민과 함께 그로테스크한 느낌조차 갖게 한다. 이처럼 독자가 미처 생각하고 느끼지 못했던 것을 작가의 안목으로 새롭게 재생시킬 때 흥미는 배가 된다. 문학의 효용이 '재미있고 유익한 것'이라면 그는 이러한 리얼리즘적 표현으로 글은 '재미있어야 한다'는 문학적 효용의 하나를 이미 충족시키고 있는 것이다.

그런데 위 인용문에서 또 하나 유의할 점은 '코뚜레는 속박과 부자유의 상징인 것'이라는 마지막 선언적 문구이다. 이 말은 '…라고 생각한다'와 같은 작가의 의견이나 '…일 것이다'와 같은 예측이 아니다. 작가는 생생한 감각적 묘사로서 코뚜레 의식을 진술하였고 이에는 사실의 객관적 진술 외에 자신의 느낌과 감정도 이미 내포시켜 표출한 것이다. 그렇다면 자신의 감정, 느낌을 진부하게 반복할 필요가 없다. 그에게는 보편적 가치를 가진 진리로서 마지막 이 선언 한 마디면 족할 뿐이다. 그리고 시치미를 뚝 떼고 다른 이야기를 시작한다. 이런 이용찬의 글쓰기는 사물에 대한 호불호 정도의 견해를 피력하고 마는 예의 '신변잡기' 수필과 다른점이다. 이 또한 미학적 장치임에 틀림이 없다.

3.

속마음을 열어 보이는 문학이 수필이다. 수필을 '고해성사告解聖事'라고 말하는 것도 감추고 싶은 마음조차 적나라하게 드러내어야 하기 때문이다. 작가의 내면적 심경을 거울처럼 투사하여 진솔하게 고백하는 문학인 까닭에 수필을 일러 자조自照문학이라고도 한다.

독자들은 작품 속의 몇 문장으로 작가의 삶을 읽어 낼 수 있다. 예로 「소 이야기」에서는 작가의 고향과 유년시절을, 「세발자전거」에서는 그의 군대생활과 정년 후 직장생활을, 「녹색수건」에서는 가족관계가 드러나고 있다. 그런데 수필쓰기에 있어 가장 어려운 것의 하나가 드러내야 할 것과 드러내지 않아야 할 것을 구분하는 것이다. 이것은 아주 중요한 문제라고 할 수 있다. 수필은 개인적 체험을 공유화하는 것이다. 따라서 개인성, 일과성이 아닌 공공성, 지속성의 가치와 의미를 드러내어야하며, 작가 자신의 자랑과 과시, 대상에 대한 과장이나 증오, 또한 교시나 설득의 자세는 드러내어서는 안 된다.

이용찬은 「소 이야기」에서 그가 '꼴을 벤다든지 소에게 풀을 뜯기는 일'을 하였고 그것은 '귀찮고 짜증나는 일'이었다고 말한다. 「세발자전거」에서는 군 시절 자신의 서툰 영어실력을 고백한다. 또한 정년 후의 직함이었던 '고문'을 모자라거나 영악하지 못한 '고문관'에 빗대고 10여 평이나 되는 큰' 고문顧問실'을 으스스한 '고문拷問실'에 빗댄다. 그는 드러내어서는 안 되는 것을 잘 알고 있으며 겸손하고 온화한 자세를 취해야 하는 것도 또한 알고 있다. 특히 그는 '개인적 체험의 공유화'에 있어서의 가치와 의미의 천착에는 투철하다. 드러내야 할 것은 철저히 드러내고자 하는 것이다. 그 중의 하나가 「녹색수건」이다.

피천득은 수필이 '금싸라기를 고르듯이 선택된 생활 경험의 표현'이라고 말한 바 있다. 표제작이기도 한 「녹색수건」은 사소하고 평범한 신변잡사에서 경이와 감동의 보석을 찾아낸 좋은 예라 할 것이다. 우리는 작품의 몇 문장으로 작가의 가족관계와 처한 상황을 쉽게 파악할 수 있다. 작가에게는 시은이라는 외손녀가 있다. 사위는 미국 유학 중이고 딸은 직장에 근무하고 있다. 돌보아주던 옆집 할머니가 이사를 가게 되어 시은이는 외가에 와서 작가 내외와 생활을 하게 된다. 이런저런 이유로 떨어져 지내는 가족이 어디 한 둘인가. 그러나 누구나 겪고 볼 수 있는 대수로운 상황과 사물에 대해 작가는 독자적인 의미를 부여하기 시작한다. 그의 다른 작품들을 보더라도 그는 크고 위대한 것보다는 오히려 작고 소외된 것들에 대해 애정과 관심을 보이고 그런 것들에서 가치와 의미를 추구하고 있음을 알 수 있다.

김열규는 '수필은 일상성에 대한 사랑'이라고 했다. 즉 지극한 사랑의 눈으로 삶을 바라보는 것이 '수필의 눈'이다. 사랑의 눈으로 바라볼 때 모든 것은 달라지며 그렇지 않은 경우와의 차이는 엄청나다. 평범한 일상에 의미의 옷을 입히고 예술화시키는 것이 바로 일상성에 대한 사랑이기 때문이다. 「녹색수건」이 바로 사랑의 눈으로 일상을 바라본 글이다. 서울에서 가지고 내려온 녹색수건은 어린 시은이에게 '어머니에 대한 그리움'이자 시간이 지나면 다시 '만날 수 있음을 예고'하는 아주 중요한 상징물이다. 따라서 보통의 수건과는 감촉과 냄새까지 차별화되고 녹색수건은 더 나아가 다정하게 말을 주고받을 정도가 되어 '인격의 경지'에 까지 격상되게 되는 것이다. 낡아서 헤져가는 녹색수건을 '대체할 수 있는 대상'을 걱정하고 그 때 시은이가 겪을 '진통이 심하지 않고 자연스럽게 치유되길 간절히 바라'는 작가의 외손녀에 대한 지극한 연민과 사랑이 심금을 울린다. 사랑하는 마음 없이 좋은 수필이 씌어 질 수 없다.

수필은 생활과 예술의 조화라는 말이 있다. 문학성 높은 수필이 되려면 관현악의 합주처럼 평범한 일들이 서로 조화를 이루어 화음을 이루어야한다. 서울에서 내려와 유치원에 다니는 나이가 되고 수건이 낡아가는 동안 「녹색수건」은 여러 에피소드가 적당히 어우러져 조화를 이루고 있다. 한 사람의 목소리가 너무 크다면, 혹은 너무 작다면 합창이 이루어지겠는가. 적당한 어우름을 통하여 조화를 이루는 것이 성공적인 수필 쓰기라면 「녹색수건」은 이에 잘 부응하고 있는 글이다. 또한 좋은 수필은 삶을 진지하게 바라보는 철학적 자세를 요구한다. 작가는 이글 말미에서 '녹색수건'을 바라보는 융숭한 철학적 견해를 피력한다.

> 우리는 누구나 은연중에 '녹색수건'을 마음속에 지니고 산다. 그것은 … 어버니의 인자한 눈길일 수도 있고 사랑스런 가족이나 친지일 수도 있다. … 무엇으로, 어떤 것을 '녹색수건'으로 했느냐는 것은 나이와 성격이나 환경에 따라 각각이겠으나 주위의 권유나 강요로 결정되는 것은 결코 아니다. 특별한 계기와 반복된 경험으로 인하여 내면에서 분출하는 자연발생적인 현상이다. 공통적인 것은 그것은 기대를 갖게 하고 안도와 용기를 준다. 그것은 바로 소망인 게다.

그렇다. 우리 모두도 한 장씩의 녹색수건은 간직하고 살아야 할 일이다.

4.

이문구의 『관촌수필』은 인구에 회자되는 소설이다. 플롯 중심을 배제한 글이기 때문 수필 같기도 하지만 어디까지나 소설작품이다. 이병천의 『사냥』 같은 소설도 스토리 전개와는 무관한 갖가지 포획방법을 재미있게 쓴 소설이다. 그러면서도 큰 문학적 성취도를 이루었음은 주지하는 사실이다. 그런데 이용찬의 수필을 읽다보면 꼭 이러한 소설류를 읽는 느낌이 들게 된다. 이는 배경, 인물, 심리, 사물 등에 대한 탁월한 묘사, 치밀한 구성, 유장한 문체와 강한 서사성에서 비롯된다할 것이다. 그의 글은 일반 수필에 비해 길이도 길고 문장의 호흡도 긴 편이다. 그는 책의 서문에서 그의 글이 '너무 길다'라는 지적을 받은 일이 있다고 씁쓰레한 반응을 보이고 있다. 그러나 간결과 함축은 시에 해당되는 것이지 산문과는 무관하다. 요즘은 산문시도 유행하는 때가 아닌가. 오히려 호흡이 긴 글은 웬만한 문장력이 없고는 아무나 쓰는 게 아니다. 글의 길고 짧음은 작가의 개성에 해당되는 것이지 어떤 잣대를 들이 댈 일은 아니다.

대부분의 글에서 작가는 마치 장편소설의 도입부를 쓰는 것처럼 서정성 짙은 서술로 배경을 묘사한다.

> 우물 옆을 돌아 남쪽 돌담에 산죽이나 삭정이 나무로 엮어 달아 놓은 삽작문을 밀치면 바로 이 작은 텃밭이 나온다. 집 뒤편으로는 야트막한 산이 이어지는데 이 부근에는 갖가지 과일나무나 약용식물들 심어놓았다. 탱자나무 옆에 옻나무, 은행나무, 배나무, 밤나무, 살구나무, 상수리나무 등이

며 감나무도 고등시, 먹시, 팔월시, 남양시, 들감, 고욤 등 고루 심겨져 있었다.… 어린 나에게는 은밀하고 아기자기한 세계였다. 특히 봄철에 주걱모양의 노오란 꽃을 피우는 골담초와 가을이면 작은 고추 모양의 열매가 빨갛게 익어가는 구기자에 관한 기억이 유별나다.

—「구기자 차」

그대로 한 편의 서정소설의 도입부를 읽는 느낌이다. 작가는 위의 길지 않은 인용문에서 10가지나 되는 식물이름을 소개하고 감나무도 무려 6가지나 나열함으로서 텃밭과 뒷산의 '은밀하고 아기자기한' 모습을 묘사한다. 그리고 인용문 말미에 가을이 되면 '열매가 빨갛게 익어가는' 구기자를 언급함으로 이제 그가 본격적으로 구기자에 대한 이야기를 할 것임을 예시하고 있다.

대숲을 스치며 설쳐대는 산바람과 함께 아침나절까지 비가 내렸다. 반야봉에서 흘러내린 산등성이와 골짜기에서 운무가 피어 하늘로 올라가면서도 비는 그치지 않았다. 그것은 안개인지 구름인지 구분이 안 되는 미세하고 희뿌연 포말이 기류를 타고 산정을 스치며 높이 솟구침을 말한다. 비가 내릴 때는 안개가 피어오르지 않는다고 생각했던 내 상식이 무색하다.

—「포말」

마찬가지로 작품의 도입부에서 비가 내리는 가운데 산골짜기에서 피어오르는 운무를 감각적으로 묘사하고 있다. 깊은 산골에서나 볼 수 있는 풍경이다. 도시를 떠나 그가 우기에 여행한 지리산의 산사 이야기를 할 것임을 시사하고 있다. 그는 이 운무를 '안개인지 구름인지 구분이 안 되는 미세하고 희뿌연 포말'로 묘사하는데 작품의 제목 「포말」이 여기에서 비롯되었음을 암시한다.

「포말」은 개인적인 견해지만 이번 수필집의 대표작으로 매김 될 것이다. 이 작품에는 소설에서나 볼 수 있는 문학적 장치가 가득하다. 또한 수필의 본질이라고도 할 수 있는 유머, 지혜와 위트, 비판정신이 이 글에서 완곡하게 표현되고 있지만 예리함 또한 행간에 번뜩이고 있다.

작가가 친구와 함께 피아골 연곡사의 산문에 들어서자 공양간에서 나이가 많은 보살 하나가 나와 일행을 훔쳐보고 이내 들어가 버린다. 인사를 하거나 안내를 하지 않고 그대로 들어가 버린 이유는 새로운 식객이 '별 도움이 안 될 무기력한 사람'임을 알아차렸기 때문이다. 그의 비판적 시각은 자신이 환영 받지 못하는 식객이라고 인식하는 여기서부터 예리하게 번쩍인다. 그러나 작가의 비판정신은 살벌한 눈이 아니라 오히려 따뜻하고 해학과 위트가 있다.

> 주지스님은 미국에서 며칠 있어야 귀국한다고 한다.… 마루에 앉아 친구와 나는 지나간 경험담과 주변이야기를 소재로 부담 없이 담소를 하고 있는데 마루 끝방에서 상좌승이 나와서 정숙해줄 것을 요구했다. 명상에 방해가 된다는 것이다. 나는 이곳이 구도에 정진하는 특수한 도량이라는 사실을 깨달았지만 별 볼일 없는 식객에게 자신의 존재를 새롭게 부각시키고자 하는 상좌승의 경고를 느낀다. 당분간 이곳의 실세라는 은연중의 과시와 함께.

작가는 짤막한 문장으로 이 절의 주지는 지금 미국 여행 중임을 독자에게 자신의 견해 없이 보고하고 있다. 비록 속세를 떠났다고 하나 스님이 해외여행을 못하라는 법은 없다. 그러나 산 속에 은거하며 구도의 길을 걷는 승려의 모습과 초현대식 비행기를 타고 미국여행을 하는 승려의 모습은 무언가 어색한 구석이 있다. 작가는 자신의 의견을 전혀 말하고 있지 않지만 이런 함의를 짧은 행간에 장치하고 있는 것이다.

주지 없는 절에서는 당연히 상좌승이 실세일 터이다. 그는 담소하고 있는 식객들에게 명상에 방해가 됨으로 정숙을 요구한다. 있을 수 있는 일이다. 그러나 또 다른 속내가 있다. 자신의 존재를 새롭게 부각시키고 자신이 '이곳의 실세'임을 과시하고자하는 상좌승의 심리를 작가는 단번에 간파하고 있는 것이다.

발우공양鉢盂供養은 평상시 승려들이 식사하는 것을 이르는 말이다. 발우는 승려의 밥그릇으로 4개로 구성된다. 작은 그릇이 큰 그릇 속에 차례로 들어간다. 제일 큰 그릇은 밥그릇, 두 번째는 국그릇, 세 번째는 청수그릇, 가장 작은 그릇이 찬그릇이다. 밥그릇은 무릎 왼쪽 바로 앞에, 국그릇은 오른쪽 앞에 놓는다. 찬그릇은 밥그릇 앞, 물그릇은 국그릇 앞에 놓는다. 발우를 펼 때는 전발게를 읊고 죽비 소리에 따라 편다. 이어 "반야바라밀다심경"을 외우고 봉발게를 읊는다. 행자가 청수물을 돌리면 큰 그릇에 물을 받아 국그릇 찬그릇을 헹구고 청수물 그릇에 다시 담는다. 밥과 국은 각각 먹을 만큼만 담아, 남거나 모자라지 않게 한다. 공양이 끝나면 밥그릇과 국그릇, 찬그릇을 깨끗이 닦아 원래대로 쌓아놓는다.

사찰음식의 특징은 첫째가 고기를 사용하지 않는 것이며 둘째가 채소 중에서 파, 마늘, 부추, 달래 흥거 등 오신채를 사용하지 않는 것이다. 이는 성내고 탐내고 음란하게 하는 음식이라고 해서 수행인에게는 절대 금한다. 인공조미료도 쓰지 않고 다시마, 버섯, 깨, 콩가루 등 천연 조미료를 쓰고 있다. 이것이 우리가 알고 있는 사찰음식과 식사에 대한 상식이다. 핵심만 뽑아 기술했어도 제법 긴 문장이 되었다. 상당히 까다롭고 엄숙한 의식이라 할 수 있다. 이용찬이 본 발우공양을 보자.

오후 6시, 공양간 옆에 걸려있는 종소리가 들렸다. 저녁공양시간임을 알리는 것이다. 몇 가지 부식을 기호대로 양식기에 담아다가 먹는 흔히 말하는 뷔페식인데 채소류와 함께 고등어구이, 멸치볶음, 새우 등 생선 류가 나왔다. 지나친 금욕생활이나 절제가 꼭 바람직한 것은 아니고 이러한 식단이 현대화된 차림인지 모르나 역사 깊고 큰 절의 공식적인 공양에 비린 것이 등장하다니 조금은 당혹스럽다. 식탁에 마주앉은 상좌승은 천연덕스럽게 가시를 골라내며 고등어를 맛있게 먹고 있다.

사찰음식과 식사법에 관해 요약을 해도 제법 '긴 문장'이 되는데 작가는 결코 '길지 않은 문장'으로 우리의 상식을 여지없이 뒤집어 놓고 있다. 그는 그가 본 것을 가감 없이 우리에게 보고하고 있다. '양식기에 담아다가 먹는 흔히 말하는 뷔페식'이라는 짧은 문장은 실상 다양한 의미가 내포되어 있다. '양식기'는 '발우'와는 거리가 멀어도 너무 멀다. 양식기에 담아 먹으니 청수그릇이 따로 있을 수 없다. 식사 후 양식기는 당연히 우리 속세사람의 일상대로 설거지통으로 들어갈 것이다. 엄숙히 가부좌를 틀고 앉아 차례가 오면 음식을 받는 대신 '기호대로' 담아다 먹는 '뷔페식' 저녁공양에 전발게고 봉발게고 있을 여지가 없다. 이것은 '발우공양'이 아니고 속인의 '저녁식사'다. 그러나 작가는 이를 '역사 깊고 큰 절의 공식적인 공양'이라고 자못 엄숙하게 말함으로 우리를 실소하게 만든다. 더구나 생선류의 식단은 우리를 놀라게 하고 어처구니없게 하는데 작가는 시치미를 뚝 떼고 비난의 말 대신 지나친 금욕이나 절제가 바람직한 것은 아닐 것이라고 사뭇 이해하는 태도를 보인다. 따라서 그는 '많이' 당혹스런 게 아니고 '조금' 당혹스럽다. 그의 견해가 들어나는 유일한 대목이지만 유머와 재치가 담뿍 담겨있다.

우리는 혹 세속의 식객들을 위한 저녁공양은 아닌가 생각할 수 있다. 그러나 이러한 생각은 상좌승이 식사하는 모습을 짤막하게 기술 -이글의 백미라고 할 수 있다- 하는 데서 뒤집어진다. 상좌승은 당연히 승려이다. 승려인 당사자가 고등어를 먹는 데, 그것도 '천연덕스럽게 가시를 골라내며', '맛있게' 먹고 있다. 전혀 직접적인 작가의 비판이나 의견을 제시하지 않고 있지만 해학과 위트 속에 비판정신이 날카롭다.

이미 언급한 것처럼 이용찬은 뛰어난 관찰력의 소유자이다. 그는 절 안 여기저기에 감시용 무인카메라가 설치되어 있음을 발견한다. 물론 문화재의 훼손이나 도난을 방지하기 위함이다. 그러나 작가의 예리한 눈은 카메라의 앵글이 어디에 맞추어있는지를 간파한다. '대웅전과 명부전의 불당 내부를 볼 수 있도록 설치된 카메라의 앵글'은 '하나같이 불전함에 맞추어져 있다.' 문화재를 보호할 목적으로 설치된 카메라는 돈 담는 궤짝을 감시하는 목적으로 그 기능이 바뀐 것이다. 그는 이 뒤바뀐 기능에 대해

> 물욕을 금기하는 무소유의 이념에 비추어 본다고 해도 카메라의 초점이 된 불전함의 의미는 초라하고 유치하다.

라고 따끔한 일침을 가한다. 작가는 '카메라의 초점이 된 불전함'에 대해 간결한 비평적 발언을 하고 있지만 실상은 불전함 뒤에 존재하는 물욕에 눈이 어두운 인간들에 또 다른 초점을 맞춰 화살을 날리고 있는 것이다.

절에 온지 5일째 되던 날, 작가는 귀국한 주지스님과 '공양간에서 식탁을 마주하는 짧은 시간'을 갖게 된다. '식탁을 마주했다'는 것은 이미 '발우공양'의 의식과는 거리가 있음을 시사한다. 작가는 주지승을 '위엄을 잃지 않으려 노력'하고 '대화도 간결하고 짧게'한다고 긍정적으로 서술하고 있다. 그 이튿날 하산하겠다는 작가에게 주지승은 자기 방에서 '차나 한 잔'하자고 말한다.

> 주지 방은 차를 다리는 도구와 통나무를 잘라 만든 긴 찻상위에 찻잔이 가지런하게 놓여있다. 상좌스님이 차를 달여 잔에 따른다. 녹차의 향기가 방안에 가득 퍼진다. 골프이야기에서 자동차이야기까지 도량에서는 흔치않은 화제가 스스럼없이 오른다.

주지 방도 '녹차의 향기'가 피어오르는 선방의 분위기가 느껴지는 정갈한 방으로 긍정적으로 묘사된다. 그러나 바로 이어지는 문장에서 그 분위기는 산산조각이 난다. 방안에서 나누는 그들의 대화는 우리를 당혹케 한다. 주지는 골프나 자동차이야기를 '조심스럽게'도 아니고 '스스럼없이' 하고 있는 것이다. 바로 '스스럼없이'라는 어휘 하나가 주지에 대한 '긍정에서 부정'으로 의미의 물꼬를 틀어버린다. 작가는 '아쉽게도' 그가 '군데군데 속세 부유의 냄새가 묻어있음'을 감지하고 마는 것이다.

이외에도 「포말」에는 수필이 해학과 비평정신의 문학임을 웅변하는 많은 문학적 장치가 있다. 이곳은 'TV는 물론 라디오도 잘 들리지 않는' 난시청 지역이다. 그러나 '주지스님이 기거하는 방과 공양주가 있는 방은 유선방송으로 시청이 가능'하다. 그런데 작가는 '신경질적인 소음을 피해 온 처지에서 잘 된 일이라고 생각하고 아예 눈과 귀를 닫고 지내기로 한다.' 도를 닦는 수도승과 속세에서 온 식객의 자세가 역전되고 있다.

절의 화장실은 공양간, 수돗간과 더불어 삼묵三默의 한 곳으로 근심을 풀어버린다는 해우소라 불린다. 그런데 작가는 모기를 쫓기 위해 '화장실에 가면서도 에프킬러나 홈 키퍼 등으로 무장하고 가야한다.' 고 말하며 이는 '마치 병사가 항상 무기를 휴대하는 것과 다름이 없다.'고 심각한 척 우스갯소리를 한다. '근심을 없애는' 해우소는 갈 때마다 무장을 해야 하니 '근심을 해야만'하는 곳이 된다. 해학과 기지가 번뜩이는 대목이다.

5.

수필은 논픽션이다. 따라서 어떤 장르보다 작가의 삶이 진솔하게 드러나게 됨으로 독자는 문장의 행간에서 작가의 삶의 모습과 태도를 보게 된다. '글이 곧 인생'이다. 즉 작가의 인생경지가 바로 그의 수필의 경지가 되는 것이다. 한 편의 향기로운 수필을 만난다는 것은 맑고 고결한 영혼을 만나는 것과 마찬가지이다.

> 대수롭지 않게 지내온 안일이 밉고 이제야 찾게 된 무능이 아쉽기만 하다.

작가가 「포말」에서 어린 시절의 친구 집을 찾아갔다가 집은 헐리고 그 친구도 불행한 삶을 살다갔다는 말을 듣고 소회를 기술하는 장면이다. 짧은 글이지만 작가의 따뜻한 인품을 느낄 수 있는 울림이 큰 문장이다. 작가는 「포말」의 마지막 문장을 다음과 같이 맺는다.

> 날씨가 흐린 날이 많아서 쏟아질 듯 영롱한 새벽별을 제대로 보지 못한 것이 아쉬움으로 남는다.

그는 비록 며칠간이었지만 '산비둘기가 사람을 두려워하지 않고 방안으로 잠자리가 날아 들어오는 자연 속에서', '하나의 돌이 되고 풀꽃이 되었으며 무심한 안개'로 자연의 일부가 되어 지냈다. '오는 사람 막지 않고 가는 사람 잡지 않는' 절의 관행은 곧 '인생의 덧없음과 현세의 가벼움을 뜻'한다. 작가 역시 '구름처럼 지나가는 그림자'에 불과하다. 절을 떠나며 작가에게 한 가지 아쉬운 것은 '쏟아질 듯 영롱한 새벽별을 제대로 보지 못한 것' 뿐이다. 작가의 맑은 영혼이 손에 잡히는 듯하다.

인간은 가시영역의 대상물을 보게 되고 이는 누구나 다 볼 수 있는 것이다. 그러나 수필가는 '보이는 것과 접촉돼 있는 보이지 않는 것'을 보아야 한다. 작가는 산방에서 가시적인 뜰과 나무와 숲을 보았겠지만 그 자연과 접촉하는 또 다른 자연, 즉 돌, 풀꽃 그리고 무심한 안개를 보며 스스로 그것들과 하나가 된다. 수필가는 나무를 보며 햇살, 바람, 그리고 흐르는 세월을 보게 되는 것이다. 이는 삶을 통한 총체적 경험과 이에서 우러난 인생경지에서 비롯된다. 물과 얼음과 수증기는 모두 'H2O'라는 사실에 근거를 두고 있으나 수필가는 이 사실적 근거를 연곡사의 '계곡물'로, 하동포구의 '강물'로, 파초 잎을 흔드는 '비'로, 피아골에 흐르는 무심한 '안개'로, '구름'으로 그리고 피어오르는 '포말'로 형상화시키는 사람인 것이다. 그것이 강물이던 포말이던 작가는 스스로 그것에 동화된다. 내가 물이 되고 물이 내가 되는 물아일체의 동질화로서 이는 자연 앞에 나를 비워야만 가능하다. 동화된 상태에서의 순수와 진실을 얻기 위해서 작가는 '자연 속에 모든 걸 의탁해 돌과 나무와 산새와 종소리'가 되고자한다. 자신을 비운자리에 그만큼 채워지는 것이 순수의 향기, 즉 물의 마음이자 자신의 진실이 되기 때문이다.

이용찬은 '소'같은 짐승을 보던, '구기자'같은 식물을 보던, '녹색수건'같은 사물을 보던, '포말'같은 자연현상을 보던 자신을 철저히 그것에 동화시킨다. 즉 자신을 그만큼 비우고 비운만큼 순수의 향기를 채우고 있는 것이다.

글은 '향기가 있어야'한다는 그의 바람은 이루어진 셈이다. 그의 글에는 자신의 인생경지와 함께 비움 끝에 채워진 향기가 있기 때문이다.

나비의 궤적

초판인쇄일 | 2011년 3월 21일
초판발행일 | 2011년 3월 30일

지은이 | 호병탁
펴낸곳 | 도서출판 황금알
펴낸이 | 金永馥

주간 | 김영탁
실장 | 조경숙
편집 | 칼라박스
표지디자인 | 칼라박스
주 소 | 110-510 서울시 종로구 동숭동 201-14 청기와빌라2차 104호
물류센타(직송 · 반품) | 100-272 서울시 중구 필동2가 124-6 1F
전 화 | 02)2275-9171
팩 스 | 02)2275-9172
이메일 | tibet21@hanmail.net
홈페이지 | http://goldegg21.com
출판등록 | 2003년 03월 26일(제300-2003-230호)

값 15,000원

ISBN 978-89-91601-96-3-03810

* 이 책은 전라북도 문예진흥기금 일부를 지원받아 발간하였습니다.